認知心理検察官の捜査ファイル
検事執務室には嘘発見器が住んでいる

貴戸湊太

宝島社

認知心理検察官の捜査ファイル　検事執務室には嘘発見器が住んでいる

#［目次］

第一話　殺人ウエディング

純白のウエディング・ドレスが、真っ赤な色に染まった。

愛を誓い合った彼女が、俺の首筋めがけてケーキ入刀用のナイフを振り下ろした。

熱いものがほとばしり、彼女のドレスが赤く濡《ぬ》れる。

彼女に首筋を切りつけられ、噴き出した血がドレスに散ったのだ。そう悟った瞬間、膝から力が抜けた。俺は崩れ落ち、巨大なケーキの前に倒れ込む。

彼女は呆然《ぼうぜん》とした表情で俺のことを見下ろしていた。その手には血で濡れたケーキ入刀用のナイフが握られていて、その顔には返り血が散っていた。殺戮《さつりく》の後の夜叉《やしゃ》を思わせる恐ろしげな立ち姿だ。

彼女はしばし立ち尽くしていたが、やがてその目から涙が流れ落ちた。夜叉の佇《たたず》まいに反する、朝露のように澄んだ涙だった。

その涙が彼女の頬《ほお》を伝うのを見上げながら、俺は思った。

そうか、彼女はとうとう――。

◇

「検事執務室」と書かれたドアのプレートを前に、私は唾を飲み込んだ。

全身に小刻みな震えが起きるほどの、強い緊張を感じた。だが、その緊張すら楽しめている自分を確認し、きっとうまくいくという確信が湧いてきた。

四月一日――今日この日から、私は立会《たちあい》事務官になる。検事と二人一組になり、検事の職務をサポートするのが役割だ。一年目から、検務部門の事件事務担当として、警察からの事件受理や、事件の起訴・不起訴の処理などの事務処理を行って三年目。検察事務官の仕事の中でも花形の立会事務官に、この短期間で上り詰めたことは感慨深い。しかし、ここで満足せずさらに上を目指したい。あのドラマの事務官のように。

「大丈夫、私は大丈夫」

耳慣れた主人公の台詞《せりふ》で自分を勇気づける。検察事務官を志すきっかけとなったドラマ『検察事務官の捜査記録』の台詞だ。事務官が検事を差し置いて事件を解決する破天荒なドラマだった。リアリティがないと批判もあった。しかし、将来の夢がなく、大学で惰性のまま日々を過ごしていた私に、人生の指針を与えてくれた大切な作品だ。

ドラマのことを思い出すと、やる気がみなぎった。大きく息を吸い、重厚な造りのドアのノブを握る。ドアを開け、晴れやかな気持ちで執務室に足を踏み入れた。

「検事、おはようございます。本日付で配属されました、事務官の朝比奈《あさひな》こころです」

始業の八時半より一時間早い、七時半の出勤だった。とはいえ守衛室のキーボックスに鍵がなかったので、検事はもう部屋で仕事をしているはずだ。

だが私は、踏み出した足をすぐに止めることになる。

「ふあ。誰だ」

検事執務室。検事が職務を行う厳粛な空間だ。供述調書や起訴状を始めとする重要な書類の作成、さらには被疑者や目撃者の取り調べもこの部屋で行われる。

そんな執務室の中に、布団が広々と敷かれていた。しかも、その布団の中でジャージ姿の男が半身を起こして、眠そうに目をこすっている。私は思わず身構えた。

「ああ、新しい事務官か」

警戒する私を横目に、男は悠然と身を起こした。男は黒のジャージを着て、寝ぐせのついた黒髪を立てているが、整った顔立ちではある。年齢は二十代後半か、三十代前半といったところか。二重の目は大きく、色白の丸みを帯びた顔の輪郭は優しげだ。鼻筋も通っていて、アイドルでもやっていそうな中性的な雰囲気の顔立ちだった。

しかしその男は、ぼさぼさの髪ととろんとした目のまま私に近付いてくる。顔立ちの良さを割り引いても明らかに不審者だ。私はドアを押さえて逃げ道を確保し、いつでも逃げ出せるような体勢を取った。

だが、男が乱れていた髪を手櫛《てぐし》で整えた時、その顔に見覚えがあることに気付いた。

「もしかして、大神《おおがみ》検事ですか」

事前に髪の整った写真を見ていたのを思い出し、問い掛けた。すると男は落ち着いた態度で答えた。

「そうだ」

やはりそうだった。大神というのは、今日から私がつくことになっている検事の名前だ。しかし、そのことが分かってもなお、私の頭には無数の疑問が浮かんでいた。

「ですが、検事がどうして執務室で寝ているんですか」

あまりに奇妙な状況だったので、納得できず問い質《ただ》してしまう。大神は顔をしかめた後、あきらめたように息を吐いた。

「仕方ない。どうせ説明することになる。今のうちに教えておこう」

大神はさも嫌々といった様子で語り出した。

「俺は検事執務室に住んでいる」

我が耳を疑った。

「あの、『住んでいる』というのは、この部屋に長くいることの比喩ですか」

検事の仕事は激務だ。半ば執務室に住むように、夜遅くまで働く検事も多い。

「いや、文字通りここで生活している」

ところが大神はあくびを嚙《か》み殺し、相変わらず短い言葉で答えた。

「部屋を見れば分かる」

大神に言われて執務室を見回すと、そこには奇妙な光景が広がっていた。

執務用の机が並び、壁際の本棚には法律関係の書籍が並んでいる。だがその隣には、先ほどの布団を皮切りに、冷蔵庫、炊飯器、電子レンジなど日用の家電が列をなしていた。奥にはカセットコンロやテレビ、座卓、座布団までもが置かれている。ご丁寧に、それらを隠すためのものらしいパーティションまで壁際に用意してあった。

どうやら比喩でも何でもなく、この男、文字通り執務室に「住んでいる」らしい。

「ですが、ご自宅は？」

「住民票は実家に置いているが、ここ一年は帰っていないから自宅とは呼べないな。ずっとここ千葉地検に住んでいる」

「そんな。どうしてですか」

「むだな時間を削って仕事に充てたいからだ。部屋から出れば、また戻ってくるむだな時間が必要になる。それをなくすために、ずっとこの部屋から出ないと決めたんだ」

それで通勤さえ削って職場に住んでいるというのか。仕事熱心なのはいいことだが、少々極端すぎる気がする。それではほとんど引きこもりだ。

「まさか、それだけの理由で執務室に住んでいるんですか」

「その通り」

信じがたい理由だ。私が懸命に理解しているうちに、大神は炊飯器に歩み寄り、ふたを開ける。昨晩からセットしていたのか、美味《おい》しそうな湯気がもわっと立ち上った。

「これから食事と着替えをする。出て行ってもらえるか」

ついには追い出されるようだ。大神は早くもご飯を紙皿によそっていて、私のことには目もくれない。仕方がないので、私はそっとドアを閉じて廊下に出た。

検事との初めての顔合わせは、この上ないほど不可思議なものに終わった。


「改めて、千葉地検刑事部検事、大神祐介《ゆうすけ》だ」

地検前のカフェで時間を潰し、二十分後の執務室。お互い席に着いてからもう一度挨拶をする。短髪を七三に分けた大神はスーツに着替えていて、襟元には秋霜烈日《しゅうそうれつじつ》を表す検事バッジを付けていた。

「よろしく」

大神はすっかり目が覚めた様子だ。言葉少なで変わった男だったが、まあ寝起きということもあったのかもしれない。私も改めて挨拶を返す。

「検察事務官の朝比奈こころです。事務官になって三年目で、これまでは検務部門の事件事務を担当していました。今日からは初の立会事務官です。未熟かもしれませんが、この若さを武器に頑張ります」

「ああ、頼んだ」

　相変わらず淡白な返事だった。寝起きかどうかは関係ないようだ。

　そしてこの大神、変人ではあるものの、千葉地検きっての優秀な検事であるとの噂《うわさ》だ。取り調べでは心理学的手法を用いるらしく、大学で心理学を学んでいた私としては興味深かった。取り調べ先進国であるイギリスでの研修でノウハウを学んだとも聞く。執務室に住んでいることも、彼の優秀さゆえに黙認されているのだろうか。

「ところで面倒だが聞いておきたい。朝比奈、検事の仕事とは一体何だと思う」

　急に大神が質問をしてきた。目つきが今までと違って鋭い。試されているようだ。

「そうですね。検事の仕事を簡単に言うと、警察での取り調べを終え送検されてきた被疑者を譲り受け、再度取り調べて裁判に掛け、その量刑を争うことでしょうか。ここ刑事部の場合、主な職務は取り調べで、裁判は公判部に任せますが」

　地検における刑事部とは、警察から送検されてきた被疑者を再度取り調べ、裁判に掛ける状態まで持っていく部署のことだ。大神はこの刑事部の検事である。

　その後の実際の法廷に立つのは、公判部というまた別の部署の検事だ。小規模な地検では、刑事部と公判部が一緒になっていることもある。しかしここ千葉地検のようなA庁と呼ばれる大規模庁では、刑事部と公判部が分かれているのが普通だ。

「なるほど」

自分なりに簡潔にまとめたつもりだったが、大神は少し間を空けて冷たく笑った。

「それはただの教科書的説明だ」

「でしたら、検事の仕事は何なんですか」

思わず問い質す。すると、大神は生徒の間違いを笑う嫌味な教師のように、口の端を浮かせて言った。

「被疑者の嘘《うそ》を見抜くこと」

「嘘、ですか」

「そうだ。被疑者は身を守るために嘘をつく。それを暴くのが検事の仕事だ」

理解できるような、できないような。私はどっちつかずの半端な笑みを浮かべた。

「俺は人様の嘘を暴くのが大好きだ。嘘を暴かれた人の顔。それを見るのが快感なんだ。だから検事という職は天職だと思う」

極端な男だ。検事の仕事については納得できなかったが、大神祐介という男が変人だということについては、充分すぎるほど納得できた。

そういえば、地検内での大神の噂を思い出した。彼はこう呼ばれている。《千葉地検の嘘発見器》と。

嘘を見抜くことが快感と豪語する、有能な取り調べ担当検事。その実力が本物なら、これ以上ないあだ名だろう。果たしてその実力はどれほどのものなのか。

「さて仕事だ。むだ話が過ぎた」

大神はパソコンの方に顔を向け、マウスを動かし始めた。私も自分のデスク――大神が生活用品を上に置いたりして目立たないが、この部屋にもちゃんと立会事務官用のデスクがある――に着いた。早速必要な書類の作成や、電話での各所との調整を開始する。自慢ではないが、私は事務処理の速さには自信があった。

「そうだ。早速だが特別な任務を与えよう」

不意に大神が一枚のメモを差し出した。特別な任務のメモか。どんなものだろうが、早々にクリアしてやろう。私は高鳴る胸を抑えて目を落とす。

米　五キロ　一袋
牛もも肉　三〇〇グラム　一パック
にんじん　一本
玉ねぎ　二個
じゃがいも　二個
カレールウ　一箱

「これ、買い物メモじゃないですか」

私が驚きの声を上げると、大神はうるさそうに顔をしかめた。

「新米事務官にはお似合いだ。これで支払え」

大神は一万円札を差し出してくる。なるほどこうやって買い物は事務官に任せて、自分は一切部屋から出ず仕事に没頭するのか、今日の大神の夕食はカレーなのか、など、どうでもいいことばかり頭に浮かぶ。

「早く行ってこい」

釈然としない思いはあった。検事の夕食の買い物など、立会事務官の業務の範疇《はんちゅう》から完全に外れている。

「分かりました。行ってきます」

それでも私は一万円札を受け取り、執務室から出て行った。立会事務官として、検事のサポートは完璧にこなしたい。そのためには、このような雑用だって求められた以上のクオリティーでこなしてみせると思ったからだ。

「ほう。早かったな」

買い物袋を両手にぶら下げ、私は執務室に帰ってきた。米五キロはなかなかの重量だったが、もたもたしていては能力を疑われると思い、全速力で帰ってきた。

「他に何かすることはありますか」

息を切らせながら、お釣りを大神に返す。すると、大神は涼しい顔で返事をした。

「冷蔵庫に入れるものを入れろ。終わったら庫内を整理整頓してくれ」

またしても雑用。しかし、大神のサポートをするのが私の役目だ。私は冷蔵庫を開けて食材を入れ、中身を綺麗《きれい》に整理していく。それにしても執務室に冷蔵庫がある光景には慣れない。違和感だらけだ。

「ああ、それから」大神はさらに声を上げる。まだ何かあるのかと思って大神の方を見ると、彼は真剣な表情で言った。

「あと三十分で被疑者が到着する。取り調べだ。準備してくれ」

立会事務官として、初めて挑む取り調べだった。私は逸《はや》る気持ちを深呼吸で抑えつつ、執務室の事務官席に着いた。執務室の机は、三つの机を合わせてT字型の島になるよう設置されている。検事と被疑者の机が向き合う形で接しており、それがTの縦棒、事務官の机がその二つに横から接するTの横棒の位置にある。

そして事務官は、取り調べ中の被疑者の供述を、パソコンの文章作成ソフトに打ち込んでいく。基本的に供述が固まった段階で、検事が被疑者に向かって「あなたはこのように言いましたね」と口述するものをそのまま書くだけだが、それが調書の元になるので責任重大だ。なお、文章の形式は物語式というものを取ることが多い。取り調べで出てきた情報を、被疑者の視点で「私は～」と一人称でまとめていく形式だ。どんな被疑者が来るのか。私は緊張しながら、警察から送られてきた調書を読んだ。

被疑者の氏名は、園村眞子《そのむらまこ》。年齢二十五歳。容疑は殺人罪だ。

事件が起こったのは、四日前の三月二十八日のことだった。現場は千葉市内にある結婚式場・ロイヤルウエディング千葉。園村眞子は、この式場で自身の結婚式を行っていた。結婚相手は園村晴斗《はると》、二十五歳。結婚式の最中、眞子は夫の晴斗を殺害した。ケーキ入刀用の特注のナイフで首を切りつけるという方法によって。頸動脈《けいどうみゃく》を傷付けられた晴斗は、そのまま失血死。眞子は通報で駆け付けた警察官によって逮捕された。

何ともセンセーショナルな事件だ。マスコミがこれを見逃すはずもなく、事件が起こってからというもの、ワイドショーはこの事件の話題でもちきりだ。私もテレビを見てこの事件のことを知っていたので、まさか初仕事がこの事件とはと驚いていた。

メモを取りながら調書を読み進めると、事件の詳細が分かってくる。ここから先は、テレビで報道されていなかった内容だ。

披露宴の出席者の証言によれば、最初に異変が起きたのはキャンドルサービスの最中だったという。トーチを持った新郎新婦が、ゲスト席のキャンドルに火を灯《とも》して回る定番の演出。その最中、花婿《はなむこ》の晴斗が手を滑らせ、火がついたままのトーチをテーブルの上に落としてしまった。トーチの火はテーブルクロスに引火して燃え上がった。燃え上がったとはいっても、ほんの小さなぼや程度だった。式場スタッフがすぐさま消火器を用い、火は一瞬で消えた。

だが、ぼやが起こってからというもの、眞子の様子は目に見えておかしくなったという。あぶら汗を流し、何かを気にしているようだったそうだ。

やがてケーキ入刀の場面になった。眞子は晴斗と一緒に巨大なケーキの元に歩み寄り、ケーキ入刀のナイフを握った。

このナイフはスイスのナイフブランドに特注したもので、式の後も日常生活でパン切りなどに使える本物のナイフだったらしい。通常のケーキ入刀用の模造刀とは違って、きちんと刃があったそうだ。

晴斗は眞子と手を重ね合い、ケーキにナイフを入れようとした。しかし、そこで眞子がナイフを振り上げ、晴斗の首筋を切りつけた。血飛沫《ちしぶき》が散り、眞子のウエディング・ドレスが真っ赤に染まった。そして血飛沫の散ったウエディング・ドレスをまとい、虚《うつ》ろな目で立ち尽くす眞子は、どういうわけか涙を流していた。

なぜよりにもよって結婚式の最中に花婿を殺したのか。調書の殺害動機に関する記述を見た私は、思わず首をひねった。そこに納得できない動機が記されていたからだ。

「失礼します」

調書に見入っていると、ノックの音がした。T字の縦棒の右側に当たる検事席の大神がどうぞと言うと、ゆっくりとドアが開かれた。そこから現れたのは、制服姿の女性警察官と、手錠と腰縄を付けられた被疑者・園村眞子だった。私は姿勢を正す。

私にとって、初めて見る生の被疑者だ。被疑者と言えば、いつ襲い掛かってくるか分からない狂犬のような人物を想像していたが、眞子はそのイメージからは程遠かった。目鼻立ちの整った、セミロングの黒髪を垂らした美人ではあったが、傍目《はため》からでも分かるほど憔悴《しょうすい》しきっていた。足元はおぼつかなく、今にも倒れ込んでしまいそうだ。制服警察官に引きずられるようにして席の前まで来た眞子は、手錠と腰縄を外され、崩れ落ちるようにして席に腰掛けた。あまりの疲弊ぶりに、彼女はもともと心身ともに不安定な人なのかと私は想像した。

「園村眞子さん、ですね」

正面に座る眞子に、大神が柔らかい声で問う。私はおやと思った。私に接する態度とは随分違う。これは《嘘発見器》たる大神の得意な心理学的取り調べだろうか。

「怖がらなくても平気ですよ。私はあなたの味方です」

さらに優しい言葉が続く。どうやら大神は、被疑者に接する時は態度を変えるようだ。普段からこうしてくれればいいものを。

「園村眞子さん？」

大神の態度に気を許したのか、眞子は緩慢ながら何とか頷《うなず》いた。

「結構です。ではまずお伝えしておきますが、あなたには黙秘権があります。そして、必要ならば弁護士も呼ぶことができます」

眞子はまたゆっくりと頷いた。私には位置関係上、向き合う大神と眞子の横顔しか見えないが、それでも眞子の緊張の色ははっきりと見て取れた。

「園村さん、それではお聞きします」

大神は穏やかな声で切り出した。

「今回の事件で、園村さんが体験したことや感じたこと、何でもいいので、自由に話してください」

私は思わず疑問の声を発しそうになった。眞子も、ぽかんとしたように目を見張っている。それも当然だろう。検事に厳しく問い詰められるかと思っていたら、優しく笑いかけられて、自由に話してください、なのだから。これも心理学的手法だろうか。

「どうぞ。何でもいいですよ。お話しください」

しばし沈黙が降りた。眞子は話しにくそうにうつむいたが、大神は言葉を挟まない。無言の状態が続き、大神と眞子は我慢比べに入った。

「晴斗を――夫を、殺しました」

先に根負けしたのは眞子の方だった。私はパソコンのキーを叩《たた》いて証言を記録する。

「結婚式場で、晴斗を殺しました。披露宴の最中でした。ケーキ入刀用の、長いナイフで、首を切りつけて殺したんです」

一度口を開くと、後は堰《せき》を切ったように言葉が溢《あふ》れ始めた。訥々《とつとつ》とした口調ではあったものの、眞子の言葉には妙な迫力があった。

それでも、大神はそれを止めることなく、笑顔でうんうんと頷きながら聞いていた。その態度に安堵《あんど》したのか、眞子はますます勢い込んで話を続ける。

「晴斗が倒れて、起き上がらなくなりました。大変なことですが、その時の私にはあまり実感がなくて、まるで夢の中にいるような感覚でした」

眞子は弱々しい声で、しかし狂ったように話し続ける。大神は相変わらず笑顔で、うんうんと頷いたり、「そうですね」「それで？」と相槌《あいづち》を打ったりして聞いていた。その反応は眞子の語りを後押ししたようで、彼女の弁舌は一層滑らかになっていく。

「これは悪い夢だ。逮捕されてからずっとそう思っています。取り調べを受けている間も、これは夢で、目が覚めればまた晴斗が生きているような気がしています」

大神に乗せられ、眞子は心のうちを語り始めた。殺害を後悔しているのだろうか。

「晴斗は優しい人でした。高校で初めて出会った時から、私に特別優しくしてくれて。すぐに好きになりました。私の方から告白して、付き合い出して。楽しい時間でした」

眞子は、晴斗とのなれそめを語り出す。殺害しておきながら、眞子は晴斗のことを大切に思っていたのだろうか。疑問に思っていると、大神が身を乗り出した。

「園村さん、殺害を後悔されているようですが、ご主人のことは本気で愛していらっしゃったんですか」

眞子は虚を突かれた格好になったが、すぐに訴えかけるようにして言った。

「愛していました。これだけは、確かです」

眞子の目に涙が浮かんだ。それはやがて溢れ出して頬を伝う。私の目には、それは本物の涙のように映った。眞子は本気で晴斗を愛していたのだ。

「そうですね。園村さんは本当に、ご主人を愛していらっしゃいました」

大神は大きく頷いた。だが、それならばなぜ晴斗を殺したのか。

「それでは園村さん、一つお尋ねします」

すると大神が重々しい口調で言った。

「あなたはどうして、愛していたはずの園村晴斗さんを殺害したんですか」

ついにその質問が放たれた。眞子は目を白黒させ、消え入りそうな声で答えた。

「答えたく、ありません」

やはりそう来るか。私はそう思った。調書によれば、眞子は警察で全面的に犯行を自供した。だが、殺害動機については黙秘を貫いたという。そして最後の最後に、とある動機を語っている。だが、その動機について私はどうしても納得がいかなかった。

「そうでしょうね。愛するご主人を殺害するような非常事態に陥れば、そういう気持ちにもなるでしょう」

大神は柔らかい態度を保って返事をした。ここでも肯定的な言動を取っている。

「では質問を変えます。警察ではご主人の不倫が原因で殺害したと供述したそうですが、それは間違いありませんか」

大神は切り込んだが、眞子は口を閉ざした。今度も答えたくないのだろう。

私は先ほど読んだ調書の内容を思い出していた。警察の取り調べで、眞子の動機は結局「夫の不倫を知ったから」ということになっている。いかにもありそうな動機だが、長い黙秘の末に語る動機とは思えない。

さらに調書にも、不倫を示す証拠は一切見つかっていないと記されていた。つまり不倫は、眞子の証言ただ一つによってしか示されていないのだ。警察の捜査から、不倫の証拠を何もかも隠し通すなど果たして可能だろうか。眞子の証言は疑わしかった。

「いかがでしょう。お話しいただけませんか」

眞子は口を閉ざし、何かを考え込むようにじっと目を閉じた。大神はその間、何も言わずに待ち続ける。時計の針の音が大きく響き、焦《じ》れるような時間が流れた。だが眞子は視線を落とし、それ以上は答えなかった。貝のようになった彼女は一言も発さず、私の手が再びパソコンのキーに触れることはなかった。

「結局、動機については何も供述しませんでしたね」

眞子が執務室を去った後、私はため息交じりにつぶやいた。検察での取り調べは、今回のような送検直後の「初件」、勾留期間の中ほどの「中調べ」、勾留期間満期近くの「最終調べ」の三回が主だが、いくら繰り返したところで、あの黙り込みがちの眞子の口を割らせるのは難しそうだった。例え《嘘発見器》の大神といえども。

ところが大神は検事席にもたれ掛かり、落ち込む様子もなく言った。

「いや、想定通りだ」

「想定通り？　どこがですか」

私が疑問の声を発すると、大神は助手を小馬鹿にする探偵のように口元を緩めた。

「分からないのか」

厳しい言葉が飛ぶ。私はさすがに反発心をくすぐられた。

「では、真の動機は何なのでしょう。不倫が動機だというのは明らかに不自然です」

大神を試すつもりで訊《き》き返したが、返事は適当なものだった。

「現時点では分からない」

気が抜けた。もしや、大神は有能な検事ですらないのか。最初に抱いていたイメージがどんどん崩れていく。この分だと、心理学を駆使するという情報も、《千葉地検の嘘発見器》というあだ名も、誤ったものだったのではと思えてくる。

「あの、検事は心理学的な手法を取り調べに応用しているんですよね」

「その通り」

確認の意味を込めて問うと、大神は得意そうに鼻を鳴らした。だが、大学で四年間心理学を専攻した者としては一言申しておきたくなってくる。

その気持ちが顔に出たのだろうか。大神は意味ありげな笑みを浮かべた。

「言いたいことは分かる。人の心理を操る派手な心理テクニックは邪道。それは心理学の本質ではない。そう言いたいんだろ」

ずばり言い当てられた。思わず顔が熱くなる。

心理テストやカウンセリングに憧れて、何となく心理学科に入った私はそのことを痛感していた。心理学というのは実際に人の心を操るテクニックではなく、数多くの実験データの数値から人間の知覚・心理を測定する「統計」の学問なのだ。日本では文系学部にあることの多い心理学科だが、本来は理系の学問である。

「気持ちが顔に出すぎだ。心理学の本当の姿を知っていたのは良いが」

褒められたのか。だが大神はとても人を褒めているとは思えない渋面を作っている。

「面倒だがはっきり言っておこう。俺は嘘を見抜く手段として心理学を研究し尽くした。学問的、統計学的な裏打ちのない手法は使わない。実験もしていない個人の経験則を、軽々しく心理学と称して世間に流布する愚かな人種も、嫌というほど知っている。そういう輩《やから》に限って、『人の心を見抜く、操る』と言って派手な手法を使いたがることも。だが俺はそういった輩とは違う」

珍しく饒舌《じょうぜつ》に語る。そして大神は立ち上がって、壁際の書棚に向かった。よく見れば書棚には心理学の本も多く並んでいる。大神はそこから一冊の専門書を手に取った。

分厚いその本を、大神は私の机に置いた。タイトルは『虚偽検出』。サブタイトルは『嘘を見抜く心理学の最前線』となっている。翻訳もののようだ。

「Chapter 9を読んでおけ。俺のやろうとしていることが分かる」

分厚い本を抱えた私を残し、大神は背中を投げ出すようにして自席に腰掛けた。

「今回の取り調べで布石を打った。次が本番だ」

「ああそうだ、二つ指示を与える。一つ、被疑者と被害者の仲を調べろ。一つ、被疑者の母親に聴取しろ」

関係者に事情聴取をせよとの指示が下った。ようやく事務官らしい仕事だ。

「分かりました。では、この事件の担当刑事の連絡先を教えてください」

手帳とペンを取り出して前のめりになる。だが、大神はひらひらと手を振った。

「自分で調べろ。長々と説明して、随分と時間をむだにした」

大神はパソコンに向き直り、こちらをちらりとも見ない。素っ気ない態度だった。

「何だ。俺が手取り足取り教えないと何もできないのか」

確かに、事務官にも自分で考えて動くことが必要だ。しかし、担当刑事の連絡先ぐらい教えてくれてもいいのに。

「分かりました。それでは、行って参ります」

それでも仕方がないので、カバンを肩に掛けて執務室から出ようとする。すると、大神があぁと声を上げた。

「報告は夜までに頼む」

「えっ。夜って、今日中ですか」

驚いて大神を見たが、彼はパソコンの方を向いたままだ。

「できないのか」

挑発するような言葉だった。これを受け入れて無能を認めることはできない。

「いえ、大丈夫です。今夜までに必ずご報告いたします」

できる見込みも立たないまま、私は大口を叩いてしまった。

私は意を決して千葉県警のビルに向かった。千葉県警は千葉地検とそう遠くない距離にある。陸橋《りっきょう》を渡って十分ほどの距離だ。

受付で検察事務官の身分証である検察事務官証票を示す。事件の担当刑事を呼び出してもらった。通行の邪魔にならないよう壁際に寄り、待ち時間で手帳にメモをしていた調書の内容を確認しようとする。すると、意外に早く声が掛かった。

「おう、待たせてすまんな」

顔を上げると、背の高い男性刑事が受付から歩み寄って来るところだった。担当の刑事だ。書類で名前を確認して、面識のある人物だということは分かっていた。相手も受付を通して私の名前を聞いていたのか、気安い態度だ。

「友永《ともなが》先輩」

私が声を上げると、相手は手を挙げて微笑んだ。

「よう、朝比奈」

刑事の名前は友永俊《しゅん》。千葉県警捜査第一課強行犯係の刑事にして、私の大学時代の先輩だ。背が高くほっそりしているように見えるが、体力があって熱血漢、頼り甲斐《がい》のある男だ。千葉県警にいることはもちろん知っていて、仕事の上でも何度か顔を合わせていたが、まさか担当刑事が彼だったとは。

「友永先輩、私、立会事務官になりました。今日は担当の事件について捜査することになって、担当の刑事に話を聞きに行くことになったんです」

簡単に説明すると、友永は納得したように頷いた。

「大神検事のところだろ。新しい事務官っていうのは朝比奈のことだったか」

「友永先輩、大神検事とは知り合いなんですか」

「ああ、よく捜査で一緒になるよ。まああの人は、執務室から一歩も出ずに、呼びつけたり電話で指示を飛ばしたりしてくるだけだけど」

友永は苦笑した。執務室から出ないというのは筋金入りらしい。呆《あき》れたが、その一方で大神の能力については気になる。

「大神検事は優秀なんですか。《千葉地検の嘘発見器》と呼ばれているそうですが」

問い掛けると、友永の表情がにわかに真剣なものになった。

「優秀なんてもんじゃない。天才だよ。俺たち捜査一課が取り調べで何回やっても落とせなかった被疑者たちを、ことごとく一、二回の取り調べで落としてしまう。《千葉地検の嘘発見器》なんていう呼び方が広まるのも当然だよ」

県警の精鋭たちが集う捜査一課。その面々が何度挑んでも成し得なかったことを、簡単に成し遂げてしまう。それが大神の実力なのか。

「だから俺たち捜査一課は、大神検事に頭が上がらない。いつも被疑者を落とせないまま送って、後始末を任せてしまって申しわけないってね。それで俺は、今も大神検事の事務官が来ていると聞いて、自分のデスクから飛んできたんだ。彼の意向を受けた事務官を待たせるわけにはいかないからな」

それで、私が手帳を読む間もないほど早くに現れたのか。

「あ、でも、大神検事に気をつかって嫌々朝比奈に協力するわけじゃないからな。俺としても、満足に動機を吐かせられなかった園村眞子を再捜査できることは願ったり叶《かな》ったりだ。今度こそ彼女の動機を明らかにしてみせる」

友永は相変わらずの熱血漢ぶりを見せた。しかしその発言は気に掛かる。

「あの、満足に動機を吐かせられなかったというのは、どういう意味ですか。まさか、不倫が動機だという証言、警察も疑っているんですか」

私の問いに、友永は即座に表情を翳《かげ》らせた。

「正直言うと、不倫が動機だという証言は、取調官が苦し紛れにひねり出したものだ。ほとんど誘導尋問に近かった」

やはり、と言うべきか。

「先輩刑事が取り調べを担当したんだけど、どうしても動機を吐かせられなくて。こちらで作ったストーリーに沿う形で証言をさせた。園村眞子は素直に従ったが、不倫を示す証拠が何一つ出てこない以上、やはり嘘だろうな」

だとすると、不倫が動機である可能性は低くなる。真の動機を探す捜査は必要だ。

「まあそういうわけだから、再捜査は俺にとってもありがたいよ。車で送ってやるから、一緒に行こう」

友永は自動ドアの外を指差した。思わぬ申し出に私は驚く。

「いいんですか。お忙しいのに」

「ああ、いいんだ。これぐらい協力しないと、大神検事に申しわけないからな」

事情はどうあれ、心強い助っ人を得た。私の気分は上向いていた。


「それじゃあどこに行く？」

車に乗りシートベルトを締めていると、友永が尋ねてきた。色々と聞きたいことはあるが、ひとまずは行き先だ。私は大神からの指示を思い出す。

「まずは、被疑者・園村眞子さんと被害者・晴斗さんの仲について知りたいです。二人の仲を知る関係者のところへ行きたいんです」

私は手帳を取り出し、関係者のメモを探した。調書を読みながらメモしていたものが役立つ時が来た。

「では最初は、二人の共通の友人を回りましょう。大学時代からの友人、早川《はやかわ》さんからお願いします」

友永は頷くとエンジンを掛けた。だが、そこで私は大事なことに気付いた。これは言い出すべきか、黙っておくべきか。私はしばし迷った。

「どうした朝比奈、何か言いたそうな顔してるな」

車を出しながら、友永はちらりと私の顔を見た。

「さしずめ、不倫という証言が嘘なら、眞子と晴斗の仲を尋ねて回ることに意味はあるのか、っていうところか」

「いえ、そんなことは」

思っていたことを、見事言い当てられた。私は恐縮してしまう。

「朝比奈は昔から、本当によく顔に出るな」

友永はからからと笑った。大学時代も、彼にはよく表情を読まれたものだ。

「確かに気持ちは分かるよ。眞子と晴斗の仲の捜査は、意味のないもののようにも見える。でも、朝比奈は大神検事にそうするよう命じられたんだろ。だったら指示に従うまでだ。あの人は変人だが、間違った指示は出さない」

友永は正面を向いたまま言った。大神のことを信頼している——。この短いやり取りの中でも、そのことは強く伝わってきた。

私たちが訪ねた関係者は皆、口を揃《そろ》えて同じようなことを答えた。

――あの夫婦はとても仲が良かった。

――喧嘩《けんか》さえしたことがない。

――晴斗は眞子にベタ惚《ほ》れで、飲み会さえ早く帰りたがる。

――ましてや不倫なんてあり得ない。

どこへ行っても同じような反応。私の手帳のメモには、切り取って貼り付けたような同一の文言が並んでいた。

「園村夫妻は本当に仲が良かったようだな。かけらも不倫を疑われていない」

停車中の車内で友永が言う。彼の言う通り、夫妻の仲は極めて良好だったようだ。

「二人は高校時代に出会ってから二十五歳まで、ずっと付き合ってきた仲ですよね。付き合いが長い分、絆《きずな》が深いんでしょうか」

調書で読んだことを思い出して問うと、友永はちらと視線を寄越してきた。

「そのことだが、二人は小学校時代にも同級生だっただろ。その点が重要なんじゃないかと、俺は思っている」

友永の言わんとすることを、私は即座に理解した。二人は同じ小学校に通っていたからだ。身上調書などを読むうちに気になったので、手帳に太字でメモをしている。

警察が作成する供述調書には大きく分けて二つある。一つは、事件のあらましを被疑者が語る形で記した弁解録取書《べんかいろくしゅしょ》。もう一つは、被疑者の学歴や職歴などの生い立ちを記録した身上調書だ。この身上調書に、眞子が在籍した小学校のことが記してあった。一方、被害者に関する報告書の中にも、晴斗の出身小学校は記されていた。

「ですが、弁解録取書には、二人は高校の時に出会って付き合い出した、と書かれていました。なぜそれ以前の交流についての記述がないんですか」

「ああ。当然、弁解録取書を読んだだけでは分からないよな。眞子の方はその小学校を二年生の時に転校している。これは身上調書にある通りだ。一方、晴斗はそのままその小学校を卒業し、中学高校と進んで、高校で眞子と再会した」

「ですけど、どうして弁解録取書にそのことが詳しく載っていないんですか」

私が問うと、車を進めながら友永は苦渋の表情を作った。

「上が不要な事実と判断した。幼い頃の、二年にも満たない期間の話だ。話をややこしくするだけで意味がない。そう考えられて、詳細な記載は見送られた」

確かに小学校一、二年の頃のことなら大昔の話だ。当人たちの記憶にない可能性が高い。しかし、これは本当に意味のないことなのだろうか。

「眞子さんの転校の理由は何だったんですか。友永先輩、独自に調べたんでしょう」

興味を持った私は前のめりになって問う。仕事熱心な友永なら、気になったことは調べずにはいられないはずだ。

「火事だ。眞子の自宅で火事が起きて、父親が焼死したんだ。そのせいで眞子母娘は母親の実家に移り住むことになって、転校した」

案の定調べていた。私はさらに問いを重ねる。

「火事の原因は何ですか。まさか、放火とか」

「いや、失火らしい。原因は眞子だったそうだ」

「眞子さんが原因？　それって、どういう……」

「それは関係者に話を聞いた方が早いな。眞子の母親はこの近くに住んでいる」

丁度いいタイミングだ。大神に、眞子の母親にも話を聞くよう言われている。

「友永先輩、眞子さんの母親の家まで、お願いします」

「了解」友永はウインカーを出し、車線へと車を滑り込ませた。


「眞子と晴斗さんは、とても仲の良い夫婦でした」

眞子の母親・聡子《さとこ》は紅茶を出しながら、泣きはらした目で私たちを見つめた。

「晴斗さんはとてもいい人でした。眞子もあの人のことが大好きだったはずです。それなのにどうしてあんなことになったのか、今になっても分かりません」

聡子の瞳は虚ろで、衝撃の大きさを物語っていた。事件発生時、彼女は親族席にいたそうなので、目の前であの凶行を目撃したのだろう。そのショックは想像を絶する。

「大変な日に遭われましたね。繰り返しにはなりますが、お気持ちお察しします」

取り調べで何度か同じ言葉を掛けたのだろう。友永が繰り返しという言葉を使って慰める。私は深く頭を下げた。

「ようやく幸せを摑《つか》んだと思ったのに。あの人も、天国で泣いています」

聡子は目に涙を溜《た》め、部屋の仏壇を見つめた。優しそうな男性の遺影が飾ってある。

「ご主人ですか」

私が尋ねると、聡子は洟《はな》をすすってから答えた。

「ええ、若い頃に火事で亡くなりました」

話題が聞きたいことに及んだ。これ幸いにと私は質問を深める。

「火事といいますと、原因は？」

聡子は言いにくそうに口ごもり、しばらくしてからためらいがちに言った。

「眞子です。その頃は小学二年生でした。あの子が使い捨てライターを拾ってランドセルに入れたままにしていて、弾《はず》みでスイッチが入ったんです。ランドセルが燃え上がって、そのまま家全体に燃え広がりました。ひどい話です。あの火事さえなければ、もっとましな暮らしができたのに。あの人も死なずにすんだのに。私もこんなに苦しまずにすんだのに」

聡子の声音がどんどん強くなる。私は即座に、すみません、と頭を下げた。

「失礼しました。火事のことになると、つい興奮してしまって」

聡子は我に返ったようになって、慌てて頭を下げ返した。

「火事のことではこんな具合なので、当時は随分眞子を責めてしまいました。手を上げたこともあります。そのせいなのか、いつも元気で活発だったあの子は、私のせいでふさぎがちの情緒不安定になってしまって。でもしばらくして、あの子はこんな私を許してくれました。ですから、今では仲の良い親子に戻っています」

聡子は神経質そうに、髪先を束にして弄《いじ》った。申しわけない気持ちが募った。

「では話題を変えましょう」

恐縮した私を気遣ったのだろうか。友永が私に代わって口を開いた。

「眞子さんと晴斗さんが、小学校時代に同級生だったことはご存知ですか。眞子さんが転校するまでの二年にも満たない期間のことですが」

「えっ、そうだったんですか。知りませんでした」

聡子は不思議そうに首を傾《かし》げた。本当に知らなかった様子だ。

「どうしてあの子たち、私に言ってくれなかったんでしょう」

聡子は言い知れぬ不安に襲われているようだった。

「ご苦労」

日が暮れて執務室に戻ると、大神のおざなりな挨拶が飛んできた。なぜおざなりだと分かるかというと、彼は座卓に座って、テレビでニュースを見ながらスマホをいじってカレーを食べていたからだ。本当に住んでいるのか、と私は呆れる思いだった。

「それにしても、むだな時間を使うことが嫌いなのに、料理はするんですね。出前は取らないんですか」

気になって問い掛けると、大神はフンと鼻を鳴らした。

「機密情報ばかりのこの部屋に、出前は入れられないからな。それに出前ばかりでは体に悪い。その点、カレーは完全食で栄養が豊富だ」

情報管理と健康に気をつかったらしい。特に健康については、部屋に引きこもって検事という激務をこなすためには必要不可欠なものだ。健康の維持も仕事の一環という認識だろう。

「そして、カレーは大量に作っておけば何日も持つ」

さらには実利も兼ね備えているらしい。

納得したところで、私は座卓の反対側に座った。手帳を開き、大神と向かい合う。

「検事。それでは捜査の報告ですが、今お話ししてもよろしいでしょうか」

「ああ、いいぞ」

私は説明した。眞子と晴斗の仲は良好で、不倫など考えられないこと。眞子と晴斗が、一時期小学校の同級生だったこと。母親はそのことを知らなかったこと。その他こまごましたことも全て話した。その間、大神はカレーを掻《か》き込み続けていた。

「初めてにしては良い成果だ」

全て説明し終えると、大神がようやく私を褒めた。現金なもので、少し嬉《うれ》しくなる。

「まあ、友永にくっついて行っただけだろうが」

その通りではあるのだが、言い方というものがあるだろう。

「これで充分だ。明日の取り調べで、被疑者を落とす」

大神が突然宣言した。私は思わず問い掛けてしまう。

「新しい情報はほとんどなかったのに、動機を語らない眞子さんを落とせるんですか」

「当たり前だ」

口には出さなかったが、さすがに無理だろうと思った。何ら成果のなかった先の取り調べ前後の発言といい、大神は大言壮語が過ぎる。

「また顔に出ている。俺の能力を疑っているな」

大神に言われて、私は口ごもった。今日は特に表情から気持ちを見破られる。

「すみません。以後気を付けます」

私は気を紛らわせようと、腰を上げて自分のデスクに向かった。とにかく気持ちを切り替えようと、残っている書類を整理する。だがその際に、バインダーを殊《こと》の外《ほか》大きな音を立ててデスクに置いてしまった。

「俺に指摘された八つ当たりか。心理学的に言えば、防衛機制の置き換え」

勘違いした大神は、専門用語を使って挑発してくる。防衛機制とは、心理学用語で、受け入れがたい衝動や、危険・困難に直面した時、それによる不安を軽減するために無意識に働く心理的作用のことだ。

置き換えはその中でも、本来の欲求が達成困難になった時、欲求を本来のものとは別の対象に置き換えることで充足することだ。早い話が、怒りのような攻撃衝動の場合、それを別の対象に置き換えるのはいわゆる八つ当たりに相当する。

「八つ当たりではありません」

勘違いを正そうと言い返すが、大神は淡々と言葉を続ける。

「いや、八つ当たり結構。防衛機制はマイナスのイメージが大きいが、昇華という良き例もある。負の感情を良い方向に転換させてくれ」

また専門用語。試されているのだろうか。昇華は防衛機制の一種で、受け入れがたい衝動を社会的に価値のある行動に変化させることだ。暴力衝動をスポーツにぶつけて結果を残すなどの例が考えられる。

「それに、防衛機制もマイナスの意味ばかりじゃない。壊れそうな心を守る面もある。例えば、抑圧を知っているだろう」

急に防衛機制講座が始まった。戸惑うが、抑圧についてはもちろん知っている。

「防衛機制の一つで、嫌なことを無意識下に押し込んで忘れてしまうものです」

「そうだ。抑圧は、壊れそうな心を守る代表例だ。何せ、嫌なことを綺麗に忘れてしまうんだからな。完璧な防御だ」

大学の講義で習った。幼少期の、虐待のような危機に関連した記憶を失うケースが多いそうだ。成長して、危機が去った頃にその危機と同じような目に遭遇すると記憶を取り戻すことがあるが、それがなければ一生忘れているままだ。まさに完璧な防御。

「しかし、あんたも基礎は学んできたようだな。それならあの本も読めるだろう」

私を認めてくれたのだろうか。あの『虚偽検出』という本のことを持ち出してくる。

それにしても、この饒舌な防衛機制講座は、大神の能力を疑った当てつけだろうか。疑問に思っていると、大神はカレーの最後の一口を大きく開けた口に放り込んだ。

「結局は論より証拠。俺の能力を疑うあんたには、明日、面白いものを見せよう。それまであの本で予習しておけ」

大神は胸を張って言った。私は大神から渡された本を見た。『虚偽検出』というタイトル。サブタイトルは『嘘を見抜く心理学の最前線』。私なら読めるというこの本の中に、一体何が書かれているというのだろう。

「検事執務室」と書かれたドアのプレートを前に、私は唾を飲み込んだ。

四月二日、二日目の執務室への出勤も、早起きして七時半にはドアの前に到着した。だが、そこからが問題だ。この執務室には、大神が住んでいる。入室してもまた布団で寝ているかもしれないし、場合によっては着替えている最中かもしれない。そんなことを考えると、ドアを開けるのにも勇気がいった。

だが、いつまでもこうして立ち止まってはいられない。私は大きく息を吸い、重厚な造りのドアのノブを握る。ドアを開け、覚悟を決めて執務室に足を踏み入れた。

「検事、おはようございます」

執務室に入ると、大神はジャージ姿で手鏡を前にひげを剃《そ》っていた。丁寧にシェービングフォームをつけて、電動シェーバーではなく剃刀《かみそり》を使っている。

「昨日と違って、今朝はお早いんですね」

昨日はまだ布団の中だったことをさりげなく指摘したが、大神は気にも掛けない。

「朝一番で園村眞子の取り調べだ。早起きもしたくなる」

私は改めて緊張した。ついに、眞子を追い詰めるべく取り調べが行われる。

「では着替える。外に出てくれ」

また追い出されるようだ。私はそそくさと執務室を出る。

しかし、昨晩読んだ『虚偽検出』の記述は気になっていた。大神はあれをするつもりなのか。頭の中ではChapter 9の内容と、《嘘発見器》のあだ名が思い出されていた。

眞子は、昨日と同じように憔悴しきった状態で入室してきた。足元はやはり不安定で、女性の制服警察官に支えられて席に着いた。デスクの位置は前回同様、向き合っている検事席と被疑者席をTの縦棒にして、私は横棒の位置にデスクを置いている。

「園村眞子さん、ですね」

スーツに着替えた大神が、取り調べ用の柔らかい声で問い掛ける。眞子は窺《うかが》うように正面の大神を見てから小さく頷いた。

「それでは本日の取り調べを始めます。まずは、そうですね」

大神は顎に手を当てて思案した。いきなり重要なところから切り込むつもりか。

「園村さんはカレーはお好きですか」

「えっ、カレーですか」

眞子は思わずといった具合に声を上げた。意外な問い掛けだ。

「ええ、カレーです。私は昨日の夕食がカレーでしてね。美味しくいただきました。園村さんはお好きですか、カレー」

「カレーは、好きですけど」

眞子は怪訝《けげん》そうな表情で答える。すると大神はうんうんと頷いた。

「カレーはいいですよね。子供から大人にまで人気があって」

「は、はあ」

「作ってすぐのカレーもいいですが、一晩寝かせたものもいいですよね。私は今も、昨日のカレーを冷蔵庫で寝かせているんですが、今夜が楽しみで楽しみで」

いやに饒舌にカレーを語る。どうも大神らしくない言動だった。

「そこの冷蔵庫に入れているんですよ。食べる時はそこのカセットコンロで温めます」

大神は部屋にある冷蔵庫とカセットコンロを指差した。ここまでの取り調べで、大神は家電や生活用品をパーティションで隠してはいない。

すると、恐らくずっと気になっていたのだろう、眞子が自ら質問を繰り出した。

「あの、どうしてこの部屋に冷蔵庫やカセットコンロがあるんですか」

「おや失礼。説明していませんでしたね。私はこの執務室に住んでいるんですよ」

大神は自分が執務室に住んでいる理由を語った。眞子は驚いたように聞いていたが、驚いたのは私も同じだ。あの黙り込みがちの眞子が、自分から質問をするなんて。

「と、まあ、そういう理由で私はここに住んでいるんです」

「へえ、そうなんですか」

眞子は幾分か緊張の解けた様子だった。もしや、事件とは全く無関係のカレーのことを話したのはこれが狙いだったか。さらに家電などを隠さなかったのも計算通りか。

「まあ私の話は置いておいて、園村さんはどうですか、一晩寝かせたカレー」

「そうですね。私も好きです」

「いいですよね。カレーはさらにアレンジができますから、色々と楽しむことができます。カレーうどんとか、カレーピラフとか」

「他にも、カレースープとか、カレードリアとかもありますね。私もたくさんのアレンジをしていました」

事件とは無関係の話題と察したのか、眞子はよく喋《しゃべ》るようになった。

「しかし園村さん、アレンジするほど連続してカレーだと、飽きませんか」

「ええ。少し飽きましたね」

「おや、飽きていたのにカレーを続けたんですか。やめるという選択肢はなかったんですか」

「それは……」

唐突に、眞子の声のトーンが暗くなった。過酷な現実に引き戻されたような顔をしている。

「夫がカレーが大好きだったんです。何日続けても美味しい美味しいと言ってくれて」

眞子は寂しそうに声を落とした。思わぬところで事件と繋《つな》がってきた。

「ご主人のことは、残念でした」

大神が神妙な声で言う。眞子はうつむきがちになった。

「事件のことで、今何か考えていることはありますか。自由に話していただけると助かります」

　大神はさりげなく自由に語るよう要求する。眞子は人見知りの少女のように視線を落としていたが、前回話を聞いてもらえた経験と、先ほどのカレーの会話で緊張が解けた勢いからか、しばらくすると顔を上げた。

「こんなことになってしまって、本当につらいです。できることなら、今すぐにでも死んで全てを終わりにしてしまいたいです」

　大神はうんうん頷きながら聞いている。だが、眞子は相当落ち込んでいるようだ。私にもそれは伝わってくる。夫を殺してしまった罪悪感によるものだろうか。

「私みたいな人間は、いなくなってしまった方がいいんです。本当に存在自体がどうしようもないんですから。消えてなくなってしまいたいです」

　眞子は延々と語り続ける。私はパソコンのキーを叩いてその発言を記録した。

「晴斗を殺してしまうなんて、私はひどいことをしました。最低です」

　眞子は落ち込んでいる。だが、その落ち込みに寄り添うように、大神がふと言った。

「園村さんはご主人にひどいことをしたと思っているんですね。ですがご主人の方はどうだったのでしょう」

　眞子が不思議そうに顔を上げた。大神は続ける。

「ご主人は不倫をしたんですよね。それもまた、ひどいことではないんですか」

「え、まあ、そうですけど」眞子は言葉を詰まらせながら応じた。

「園村さんはご自身を責めてばかりですが、ご主人の方にも非はあったわけですよね。そちらももっと主張していいのではないですか。むしろその方が自然だと思いますよ」

大神は晴斗の不倫へと話題を移行させていく。不倫は恐らく嘘だというのは大神も分かっているはずなので、これは嘘だと証明するための流れだろう。

「どうですか。ご主人の不倫について、自由に語ってみませんか」

「えっと、それは……」

眞子は微《かす》かに目元を痙攣《けいれん》させ、迷うような仕草を見せた。

「答えられませんか。愛する夫が不倫をしていると思うなんて、何か根拠があるのではありませんか。恨み言を語りたくもなるでしょう。ここで吐き出してみませんか」

大神に追い詰められ、眞子は戸惑った様子だった。とはいえ、ここで証言を拒絶するのは不自然だと考えたのだろう。しばらくすると眞子はうつむきがちに語り出した。

「夫は、数年前からある女性と不倫をしていました。私に内緒で会っていたんです。私はそのことでずっと我慢していたんですが、結婚式でついに耐えられなくなって」

「とある女性というのは、どのような方ですか」

大神が切り込むと、眞子は一瞬明らかに考えるような間を空けてから答えた。

「夫の会社の同僚だと思います。ただ、名前や部署は分かりません」

あいまいな供述だ。嘘の可能性が高いが、こうあいまいだと証明も難しい。

「その女性とご主人が、内緒で会っていた状況について、詳しく教えてください」

大神が詳細な説明を求めると、眞子は言いよどみ、しきりに髪を触り出した。

「えっと、夫は、仕事上がりに頻繁にその女性と会っていました。そうですね……そう高くない居酒屋に行く時が多かったように思います。食事の後は手を繋いでホテルに向かっていました」

不自然な態度だった。また、警察の捜査で不倫の証拠が一切見つからない以上、これは嘘に違いない。何とかしてこれが嘘だという証拠を摑みたかった。

「あなたはどうやってそれを知りましたか」

「当時は……その、晴斗と入籍前に同棲《どうせい》をしていたんですが、彼の帰りが遅いので、会社の前で張り込んで後を尾《つ》けました。そうしたら、女性と一緒に食事やホテルに。悔しくなって何度も尾行をしました」

ここで、しどろもどろだった供述が、徐々にしっかりと意思をもったものになっていった。嘘をつき通すと決心したようだ。これを崩すのは楽ではないだろう。

「どの日でもいいので、ご主人を尾行した際の様子を詳しく教えてください」

それでも大神は詳細に質問する。眞子は面倒臭そうな様子を押し殺し、語り出した。

「では最初に尾行した日のことを。その頃は夫の帰りが遅い日が続いて、私は疑惑を抱いていました。だから夫の会社の前で張り込んで、夫が出てくるのを待ったんです。そうしたら、女性と一緒に出てきました。二人は居酒屋に入っていきました。そして食事をして店から出るとホテルに入りました。私は悔しくて、泣きながら家に帰りました」

供述におかしなところはない。私は黙ってそれを記録していった。

「それはいつのことですか」

大神が穏やかに問い掛けた。眞子は一瞬はっとしたが、すぐに答える。

「去年の八月のことです」

「何日ですか」畳みかけるような大神の質問。眞子は目を泳がせ、少し言いよどんだ。

「確か、十四日ぐらいだったかと」

「八月十四日ですね。では、ご主人とその女性が行った居酒屋の店名は何でしたか」

「確か、紅《べに》だるまというチェーンの居酒屋です」

「では、どのあたりにあるお店ですか。大体の場所を教えてください」

「京成電鉄の千葉中央駅の近くです。夫の会社が千葉中央駅に近いんです」

「紅だるまはビルに入っているタイプですか」

「そうです。確か、ビルの二階でした」

「では、紅だるまの近くにはどんなお店がありましたか」

「えっと、そうですね」

機関銃のように次々発せられる質問に、眞子はたじろいでいた。

「向かいのビルの一階に、個人経営の居酒屋が入っていたかと思います。向かいとは言っても、ごく狭い歩道を挟んだだけの、すぐ目の前ですが」

「他には、何か覚えていませんか」

「他には、ええと、紅だるまの入っているビルの地下にライブハウスがあったかと」

大神は手元のノートパソコンで何やら検索を始めた。パソコンが斜めを向いていたので、私にはその画面が少し見えたのだが、大神はなぜか、金髪や茶髪のイケメン男性の写真がずらりと並ぶページや、屋外に座席のある飲食店のページを閲覧していた。ここまでの話とは無関係そうだが、一体何のページだろう。

そして検索を終えると、大神は再び眞子に質問を投げ始めた。

「ご主人と女性が食事をしている間、あなたはどうしていましたか」

眞子は、困惑を絵に描いたような表情を浮かべた。予想外の質問で答えづらいのだ。

「外で待っていたに決まっています。主人のいる店の中に入るわけにはいきません」

「どのぐらいの時間、外で待っていましたか」

「そうですね、二時間ほどだったかと思います」

「具体的にはどのあたりに立っていましたか」

「向かいのビルの前です。先ほど言ったように、歩道は狭くて、実際はほとんど目の前ですが」

「では、二時間ずっと、紅だるまの向かいのビルの前で立っていた、と？」

「その通りです。ずっとビルの前にいました」

二時間立ちっぱなしは長いが、不倫を突き止めるためならそのぐらいはするだろう。崩せそうで崩せない証言だ。私は横目で大神を見る。

すると、彼は微笑《ほほえ》んでいた。しかも、不敵な、企《たくら》みに満ちた笑みを浮かべている。

「分かりました。では立って待っているうち、何か特別な出来事は起こりましたか」

「いえ、特には何も」

眞子は時間を掛け、言葉を選んで答えた。さすがに慎重になっている。

「誰かに声を掛けられるようなことはありませんでしたか」

「ありません。何もありませんでした」

「間違いなく、誰にも声を掛けられなかったんですね」

「ええ、ありませんでした」

妙なこだわりだ。意味があるのだろうか。そう疑った時、大神がふっと息を吐いた。

「園村眞子さん、あなたの証言は虚偽のものです」

断定するような口調。私も、眞子も、驚きに打たれ、痺《しび》れたように硬直した。

「どうして嘘だと言い切れるんですか。私は、本当のことを話しました」

当然、眞子は反論する。しかし大神は得意げに口元を緩めた。

「いえ、おかしいんですよ。あなたが本当に八月十四日に紅だるまの前にいたのであれば、紅だるまの入っているビルの地下の店舗を間違えるはずがないんです」

「地下の店舗って、ライブハウスでしょう。間違いないですよ。ドアが開くたびに賑《にぎ》やかな音が漏れ聞こえてきて、こんなところにライブハウスがあるんだって記憶に残っていますから」

眞子は詳細に語る。いかにも本物らしい証言だ。

「なるほど。去年の五月以前には、紅だるまの前に行ったことがあるようですね」

大神は、突然意味不明なことを言い出す。私は首を傾げるしかなかった。

「五月以前ではありません。八月です」

眞子は言い返すが、大神はかぶりを振った。

「いいえ、五月以前です。なぜなら、そのライブハウスは去年の五月に潰れているからです」

大神はパソコンのマウスを操作し、画面を眞子の方に向けた。

「これはそのライブハウスのホームページです。はっきりと、去年の五月に閉店、と書いてあります」

眞子は思わずといった具合に目を伏せる。それは嘘をついている者の反応に見えた。

「いかがですか。あなたの言う去年の八月にはライブハウスはもうなかったんです」

大神はあくまで優しく問う。だが、その攻め方は容赦がなかった。

「すみません、勘違いでした」

大神に追及され、眞子は取り繕うように大声で返事をした。

「ライブハウスを見たのは、以前に紅だるまに行った時でした。尾行をした時にライブハウスはもうありませんでした」

そう来るだろうな、という反応だった。大神も想定済みのようで、すぐ言葉を返す。

「では八月には、ビルの地下には何の店舗がありましたか」

「さあ、何だったか。覚えていません」

墓穴を掘るのを恐れて、眞子はことをあいまいにした。容易に想定できる返事だ。

「そうでしょうか。あなたが地下の店舗を忘れるはずはないんですがね」

ところが大神は自信ありげに言った。

「いえ、覚えていません」

眞子は首を振るが、大神はなおも自信満々に続ける。

「いいえ、覚えているはずです。なぜならあなたは、その店舗の従業員に声を掛けられたはずなんですから」

眞子はきょとんとした表情を浮かべた。私も大神の意図が読めず、戸惑うしかない。

そんな私たちを後目《しりめ》に、大神はマウスをまた操作した。

「閉店したライブハウスの後に、ビルの地下に入った店舗ですが、ホストクラブなんですよ。去年の八月、ビルの地下にはホストクラブがあったんです」

眞子が目を見張った。パソコンの画面は、眞子の横にいる私には見えないが、きっとホストクラブの情報が映っているのだろう。なるほど、先ほど大神が閲覧していたイケメン男性たちのページは、このホストクラブのホームページだったのだ。

「しかも、ただのホストクラブではありません。今は常識的な営業を行っているようですが、今年の二月には行政指導を受けています。強引な客引きをした件が問題になってね」

眞子の表情が引きつった。これからの展開を悟ったようだ。

「そのホストクラブは開店した去年の六月から今年二月までずっと、夜間に店の前に客引きを立たせて、女性の通行人にしつこく声を掛けていたそうです。ネットニュースの記事にも出ています。もちろん今問題になっている去年の八月にも、客引きはいたわけです。それなのに、ホストクラブの真ん前に二時間も立っていた若い女性であるあなたを、客引きが放置するでしょうか」

眞子の目に絶望の色が浮かんだ。これではもう言い逃れのしようがない。

「あなたは声を掛けられたはずです。そんなホストクラブのことを忘れるなどあり得るでしょうか。忘れていたというのは、筋が通らないんですよ」

大神はあくまで穏やかな声音で問い詰める。しかし、声が穏やかなだけに、逆に追及の厳しさが際立っていた。

「おや、そうなるとおかしいですね。あなたは二時間立っている間、誰にも声を掛けられなかったとも証言しています。それもまた、嘘ですね」

今更気付いたように、白々しく指摘する。実際は、パソコンで検索をした時にあらかたの攻め方は決めていたのだろう。情報の出し方が、いちいち嫌らしい。

「それは、その、違うんです」

眞子は喘《あえ》ぐように口を開閉させる。ホストクラブのことなど知らなかったという顔だ。もしかすると、眞子が詳細に証言できたのは、ホストクラブが開店するより前に、紅だるまに行っていたからかもしれない。ひょっとしたら、晴斗と一緒に。その時の記憶をすり替え、眞子は証言をしていたのかもしれなかった。

「いいえ違いません。園村眞子さん。ご主人を尾行したというのは嘘ですね」

矛盾を見破った大神は、笑顔で迫った。

「さらに言えば、ご主人が不倫をしていたというのも嘘ですね」

さらなる追及。今度ばかりは、眞子も言い逃れはできない。彼女は呆然としていた。これで、眞子の証言は限りなく疑わしいものになった。『虚偽検出』に載っていた「認知的虚偽検出アプローチ」によって。

認知的虚偽検出アプローチは、様々な心理学的負荷を掛けることによって、言葉と態度の両面から嘘を見破る手法だ。認知心理学に基づくもので、心理学を取り調べに応用する取り調べ先進国のイギリスなどで取り入れられつつある。膨大なデータや実験に基づいて編み出された、統計学としての心理学から発展したやり方だ。恐らく大神は、イギリスでの研修の際にこれを学んできたのだろう。

認知的虚偽検出アプローチは、とある大前提に基づいている。それは、「嘘をつくことは、真実を述べることよりも精神的に負担になる」というものだ。この手法では、面接者（この場合検事）が被面接者（被疑者）に様々な心理学的負荷を掛けようとする。それらの負荷は嘘をついていれば重い負担になるが、正直に答えていれば負担にはならない。その負荷から生じる発言の矛盾や態度の不自然さを見抜くことで嘘を暴くのだ。

この手法では、面接者と被面接者の信頼関係（ラポール）を重視する。負荷を掛けようにも話をしてもらわないことには始まらないので、「この人になら話をしたい」と思わせる信頼関係作りが必要不可欠なのだ。だから大神は、初回の取り調べで眞子の独白を聞いたり、事件とは無関係にも見えるカレーについての長い雑談をしたりしていた。話を聞いたり、雑談を交わしたりすることは信頼関係作りに大いに役立つ。

信頼関係が作られると、そこで初めて、面接者は本題に入る。本題では、被面接者を本題の記憶に導き、YES／NOで答える「クローズド・クエスチョン」ではない開かれた質問――「オープン・クエスチョン」でひたすら自由報告をさせる。「どうだったか」「なぜか」といった答えの幅が広い質問だ。その質問の後、細部を詰めていくことで、細かいところまで説明ができるかをチェックし、嘘か本当かを判断する。

オープン・クエスチョンでの自由報告は、真実を述べるなら簡単だが、嘘をつくなら細部の設定を次々考えねばならず、しかもその整合性にも配慮しなければならないので負荷が多いということだ。眞子はその負荷に耐え切れず、矛盾を呈《てい》したのだった。

「ご主人が不倫をしていたというのは、嘘ですね。なぜ嘘をついたのでしょう」

大神は、仏像のように穏やかに微笑んだまま促す。《嘘発見器》の面目躍如だ。眞子は喉を震わせながら、それでも懸命に言葉を紡いだ。

「晴斗が悪かったんです」

「どのように悪かったんですか。詳しくご説明願います」

「晴斗は、ひどいことをしたんです」

「どのようにひどいんですか。ご説明願います」

「だから、不倫です。不倫をして私を傷付けたんです」

「ではどのような不倫ですか。先ほどとは違う真実の証言をお願いします」

大神はあくまで、詳細な報告を要求する。眞子はその姿勢にたじろいでいた。

「不倫は、不倫です。晴斗は女性と食事をして、一緒にホテルに……」

「では、その女性はどのような女性ですか。食事とはどのようなお店でどのような食事を？　そしてホテルというのはどこにあるどのようなホテルで、何時間いたんですか。それは何月何日の出来事ですか」

流れるように質問が飛び出していく。一度矛盾を指摘された眞子は、今度は指摘される恐怖で発言ができないようだ。

こうなると、眞子は黙秘したり「覚えていない」と言ったりして逃げるべきだろう。しかし、眞子は何とかして質問に答えようとしている。嘘をついている後ろめたさが、黙秘や言い逃れをすれば疑われるのではという疑念を生んでいるようだ。

「どうされましたか。どうぞ、ご自由にご説明ください。真実を述べているのなら、簡単に説明できるはずです。いかがですか」

とどめとばかりに、大神が言う。眞子は迷うようにうつむいた。ここで黙秘しても不倫の存在を信じてもらえず、かといって証言を続けてもボロが出るという袋小路に追い詰められたと思い込んでいるようだ。

さあどう出る。私が待っていると、眞子がゆっくりと顔を上げた。

「失礼しました。先ほどは無理をして思い出そうとしたんですが、今度は正直に申し上げます。紅だるまに行ったのは、去年の八月ぐらいのことでした。詳しい日にちは忘れたので、はっきりとは分かりません」

開き直ったかのような態度で、眞子は乱れた髪を指先でかき上げた。

「不倫を疑った私は、晴斗の仕事帰りを尾行しました。晴斗は同僚らしき女性――雰囲気はよく覚えていません――と一緒に紅だるまに入りました。二人は二時間ほど食事をした後、繁華街のホテルに消えていきました。どこのどんなホテルだったかは、ショックでよく覚えていません」

何もかもあいまいにした供述だ。大神にとっては追及しづらいものだろう。

「それでは、お手数ですがこれを手元に置いてください」

大神はどこからか、小型のデジタル式置時計と、クイズ解答用のような小さなボタンを取り出した。ボタンは、直方体の土台の上に透明半球のボタンが載っている。百均で売っているような安物のボタンだ。

眞子は戸惑いながらも、それらを受け取り手元に置いた。すると大神はその置時計とボタンを指差し、

「これからは、十五秒おきにボタンを押しながら質問に答えてください」

と指示を出した。『虚偽検出』に記載のあるやり方だったが、眞子にとっては当然初めてだろう。その顔には困惑がありありと浮かんでいる。

「それでは始めます。もう一度先ほどの、不倫の目撃情報を語ってください」

「えっと、不倫を疑ったので、晴斗の仕事帰りを尾行しました。晴斗は同僚らしい女性と一緒にチェーンの居酒屋に入りました。二人は二時間ほど食事をした後」

「はい、ボタンを押してください。十五秒経《た》ちましたよ」

大神に言われて、眞子は慌ててボタンを押した。どうもペースが狂うようだ。

「さあ、続きをどうぞ」

「二時間ほど食事をした後、二人は繁華街のホテルに入りました。それで終わりです」

「では改めてお尋ねしますが、ご主人と女性が食事をしている間、あなたはどうしていましたか」

「それは、外で待って」

「ボタンを押してください」

また十五秒が経った。眞子は若干のいらだちを込めたのか、強めにボタンを押した。

「外で待っていました。ホストクラブの件なら、本当にたまたま声を掛けられなかっただけです」

限りなく疑わしいが、完全に否定はできない証言だ。これ以上のホストクラブの件への追及は、恐らく何も生み出さないだろう。

「では、二時間、ずっと路上で立っていた、と？　確か向かいのビルの前ということでしたね」

「その通りです」

眞子はまた、殴るような勢いでボタンを押した。安物のボタンだからいつかは壊れてしまいそうだ。

「それは少し妙ですね」

ふと大神が食いついた。私はボタンに引き寄せられかけていた注意を大神に向ける。

「夜の繁華街といえば、人の行き来が多いはずです。路上にずっと留《とど》まっていては、通行の邪魔になったのではありませんか」

眞子は唇を歪《ゆが》め、大神から逃げるように視線を逸《そ》らした。

「あの、それは」

「ほら、ボタンを押す時間ですよ」

眞子はもはやいらだちを隠そうともせず、ボタンを凹《へこ》みそうなほど拳で叩きつけた。

「いかがですか」

大神は手を組んで問い掛ける。眞子はどう答えるべきか思案している様子だが、そのたびボタンを押す時間が来てしまい、思考がリセットされてまとまらないようだ。

「分かりました。では質問を変えましょう。あなたはどのあたりに立っていましたか」

「それは、向かいのビルの前です」

「前といっても色々ありますが、どのぐらいの距離にいましたか」

眞子は面倒そうにボタンを押しながら、目を閉じて必死に考え込んでいた。

「先ほど言った、ビルの一階にある個人経営の居酒屋のすぐ前です。具体的には壁に背をつけるぐらいですかね。通行の邪魔になってはいけなかったので」

眞子は答え終わるとまたボタンを押した。これまた慎重な答え方だ。通行の邪魔にならないような位置を懸命に考えて答えている。

「間違いなく、居酒屋の壁に背をつけるぐらいでしたか」

「ええ、間違いありません」

大神は妙にこの位置にこだわっていた。意味があるのだろうか。会話をパソコンに記録しながらそう疑った時、大神がふっと息を吐いた。

「園村眞子さん。あなたの証言はやはり、虚偽のものです」

再び断定するような口調で、大神は言い切った。

「どうして嘘だと言い切れるんですか。私は、本当のことを言いました」

ボタンを押すことも忘れて、眞子は反論する。しかし大神の方も、もはやボタンのことは指摘せず口元を緩めた。

「間違いなく嘘です。あなたが向かいの居酒屋の壁際にいられたはずがないんです」

大神はノートパソコンのキーを叩き、言葉を続けた。

「紅だるまの向かいの居酒屋、赤福《あかふく》というんですが、この居酒屋が夏場に売りにしているものをご存知ですか」

「ご存知ですかって、知るわけないでしょう」

眞子はつい本音をこぼしたようだ。しかし大神は素知らぬ素振りでパソコンのマウスを操作し、画面を正面の眞子に向けた。大神の右側にいる私には見えないが、眞子が目を見張ったのは容易に見ることができた。

「いわゆるテラス席です。七月から九月にかけて、赤福は店の前に涼しげなテラス席を出しているんです」

大神はパソコンの画面を指差した。眞子は瞠目《どうもく》する。

「夏場の赤福は、敷地内である店舗の壁沿いにテーブルと椅子を並べています。涼しげなテラス席はネットで評判で、大勢のお客さんが来るそうです。ほら、去年の画像もたくさん上がっていますよ」

大神はパソコンの画面を眞子に示す。私の位置からは相変わらず見えないが、きっと店の壁沿いにテラス席が並んでいる画像が映っているのだろう。大神がホストクラブのページと同時に見ていた、屋外に座席のある飲食店の画像に違いない。

「さて先ほど、赤福の壁に背をつけるほどの位置にいたと仰《おっしゃ》いましたが、それは不可能ですね。八月には、赤福の壁沿いにはテラス席がずらりと並んでいたんですから。強引に座席の合間を縫って壁際まで行くことはできるかもしれませんが、テラス席のお客さんに不審な目で見られることは間違いないでしょう。ご主人の尾行中に、わざわざ注目を浴びるような真似をするでしょうか」

眞子の目に絶望の色が浮かんだ。きっと、以前に来たのは夏以外の季節で、テラス席は出ておらず存在を知らなかったのだろう。もはや言い逃れは不可能だ。

「不倫があったというのは嘘ですね」

大神は、そっと背中を押すような声で促した。眞子はぼんやりしていたが、やがて目に涙を浮かべ、むせぶように泣き始めた。

「晴斗が、晴斗が悪かったんです。あいつが、全部悪かったんです」

眞子は体を折り、嗚咽《おえつ》に体を震わせた。

質問への回答と、ボタン押しを同時にさせる。これも認知的虚偽検出アプローチの手法の一つだ。質問への回答とボタン押しという二つの負荷をかけることで、嘘をついている場合は負担を増やし、矛盾を露呈させる狙いなのだ。嘘をついていると、嘘を考えながら同時にボタンを押すタイミングも計らなければならないので、見た目で挙動不審が判明するし、言葉の矛盾も呈しやすくなる。眞子が「壁に背をつけるぐらいの距離」と言ってしまったのも、ボタン押しに思考を邪魔されたからだ。

一方、真実を述べている場合はボタンを押すタイミングを計るだけでいいので、それほど負担にはならない。

「晴斗が悪かったんです」

眞子は狂ったように同じ文句を繰り返す。動機は不倫ではないようだが、それにしては夫への非難が強い。

しかし、眞子は最初の取り調べの際、夫を愛しているかと問われて肯定し、涙さえ流している。あの涙は嘘だったのだろうか。

「ご主人が悪かったとは、どういう意味ですか」

「悪かったものは、悪かったんです」

「具体的にお願いします」

「悪かったんです。とてもひどいことをしたんです」

大神は優しく問い続ける。眞子はもはや抵抗するというよりも、子供のように駄々をこねて泣きじゃくるばかりだ。嚙み合わない会話が続く。

だが、次の瞬間に彼女は思わぬことを言った。

「晴斗が悪かったんです。彼は、ずっと昔に人を殺しているんです」

大神の、笑みで細められていた目が見開かれた。重大な証言。会話を文字に起こす私の指にも緊張がこもった。

「人を殺した。それはどういうことですか」

大神が問うが、眞子は答えない。混乱したように頭を振るばかりだ。

「誰を殺したんですか」

緊張が一気に増すが、眞子はすっかり黙り込んでしまった。鋼鉄の檻《おり》のように、その口は固く閉ざされている。

「ずっと昔というのはいつですか」

大神が柔らかい声で追及するが、眞子はやはり答えない。すると大神は大きく息をつき、優しい声で眞子に語りかけた。

「では当ててみましょう。ご主人が人を殺したのは十七年前のことではありませんか」

具体的な年数が出てきた。十七年前といえば、と私は考え、やがてはっとした。

そして、それは眞子も同じだったようだ。彼女は愕然《がくぜん》とした表情を浮かべていた。

「その反応を見て、全てのピースが揃いました」

大神はそう言うと、不敵に笑ってこう告げた。

「動機について、何もかも分かりましたよ」

十七年前——まさか。私がある可能性を想像していると、大神の態度に変化が起こった。微笑みを絶やさなかった柔和な表情はいつもの不愛想な無表情に戻り、真っすぐに伸ばされていた背筋は、椅子に深くもたれかかることでだらしなく曲げられた。

「この事件の根底にあるのは、園村眞子、あんたの旦那に対する憎悪だ。あんたは今日ずっと、旦那が悪いと言ってきた。ようやくその意味が分かった」

大神の豹変《ひょうへん》を受け、眞子は驚いて泣くのをやめた。だが大神は我関せずといった様子で、なおも普段通りの口調で、しかし嘘を見抜いた快感からか饒舌に語った。

「あんたによれば、旦那が『人を殺した』のは十七年前。その頃、あんたの周囲で人が亡くなる事件が起こったな」

現在二十五歳の眞子の、十七年前——八歳当時の殺人。やはり、そうなのか。

「そう、あんたの父親が死んだ火事だ」

眞子は顔を上げた。それ以上はやめてくれ、という懇願の色が窺える。

「旦那を殺した直前にも、キャンドルサービスの失敗で火事が起きたな。それが殺人を行うきっかけだったとすると、火事がこの事件のキーワードだと分かる」

「やめて、もうやめて」

眞子は取り乱し、椅子から床に倒れ込んだ。しかし大神は容赦しない。ずっと控えていた制服警察官が眞子を立たせて椅子に座らせる間も、自らの推論を披露し続けた。

「父親が死んだ火事、旦那の仕業だな。小学校低学年の時の殺人という合致があるし、憎悪が生じるのも当然の出来事だ。あんたは旦那によって父親を殺された。その恨みを今になって晴らしたんだろ」

眞子は歯を食いしばっていた。まるで胸のうちから大切な何かがこぼれ落ちてしまうのを、必死に堪《こら》えているように。

「とはいえ、意図的な殺人ではないがな。恐らく、ランドセルにライターを入れたのは旦那だ。いじめとしての嫌がらせか、好意の裏返しとしてのいたずらかは分からない。ただ、父親が死ぬ原因を作ったという意味では同じだ。心の中で憎悪が広がり、それが爆発したきっかけがキャンドルサービスによる火事だったんだろう」

一見すると筋は通っている。だが、どうしても疑問を覚えずにはいられなかった。

「あの、検事。少しよろしいでしょうか」

私は丁重に割って入った。本来、事務官が検事の取り調べの腰を折るなどあってはならない。しかし、私は大神が間違っているように思えてならなかった。

「検事は、園村眞子さんの動機を父親を殺された復讐《ふくしゅう》と仰っていますが、それならどうして、もっと早い段階で復讐を果たさなかったのでしょう。出会って、付き合って、結婚して。それからようやく殺すなんて、あまりにものんびりしすぎています。いや、そもそも憎むべき相手と結婚なんてするでしょうか」

「ほう、少しは頭が回るな。その通り、朝比奈の疑問はもっともだ」

怒られるかとも覚悟したが、大神は嫌味交じりながらも認めてくれた。

「もちろん、園村眞子は意味もなく復讐を先延ばしにしてはいない」

もしや、殺害時に最大級の屈辱と驚きを与えるため敢えて結婚した、なんていう答えが来るんじゃないか。そんな動機、あまりに安っぽい。現実に起こり得るとはとても思えなかった。

しかし、そこで大神が放った言葉は全く別種のものだった。

「園村眞子は、殺害直前まで、旦那への憎悪を忘れていたんだ」

「はあ？」

思わず、素っ頓狂な声を発してしまった。

「もちろん、何もなくて忘れたんじゃない。きちんとした理由がある」

意味不明な展開に呆れたが、大神は私を見てにやりと笑った。

「園村眞子は、心理学上の防衛機制である抑圧により、記憶を封じ込めていたんだ」

抑圧。つい最近聞いた覚えがあった。昨日、大神が口にした心理学用語だ。私が大神の優秀さを疑った後に行われた、あの防衛機制講座で使われていた。

「防衛機制というのは、受け入れがたい衝動や、危険・困難に直面した時、それによる不安を軽減するために無意識に働く様々な心理的作用のことだ。その中でも『抑圧』は、実現困難な欲求や苦痛な体験を、無意識のうちに押し込めて忘れてしまう心理作用だ。凄惨《せいさん》な事件現場を目撃した人や、親から虐待を受けた子供などが、その記憶を無意識下に封じ込める。物理的に頭を打ってではなく、心理的な要因によって記憶を封じ込めるのが特徴だ」

「では、園村眞子さんもその抑圧によって記憶を封じ込めたというんですか」

もはやためらいもなく問うと、大神は静かに頷いた。

「そうだ。火事という恐怖、さらには父親との死別。小学二年生の幼い心には負担が大きすぎた。園村眞子の心は平衡を保つために、火事や父親の記憶を無意識下に封じ込めた。それに付随して火事の原因を作った旦那のことも、記憶の底に押し込めてな」

そうして、眞子は幼い日の記憶を封じ込めた。記憶の壺《つぼ》に重いふたをするように。

その結果、何が起こったのか。

「園村眞子は母親に連れられて引っ越した。この際、名字も変わっている。心機一転の新生活だが、抑圧は無理やり記憶を押し込めるものだ。当然心身ともに不調が生じたはずだ。園村眞子は母親に連れられて色々な病院を受診して回っただろう。だが幼い子供への投薬治療はためらわれただろうし、現状から察するにカウンセリング等の治療も効果を生じなかったようだ。結局、彼女は心身の不調とうまく付き合いながら成長していくしかなかった。やがて彼女は高校生になる。つらい記憶は封じ込めたまま。しかし、ここで事件が起こった」

眞子は探るように上目遣いで大神を見ている。しかし大神にはそんなことは気にもならないようだ。ついには堂々と脚を組んで、彼は続ける。

「後に旦那になる晴斗との再会だ。ここからは夫婦を区別するために下の名前で呼ぶぞ。偶然だろうが、晴斗は眞子と同じ高校に通っていた。そしてさらに悪いことに、晴斗は眞子のことを忘れていたと思われる。なにせ、小学校低学年時以来の再会だ。眞子の方は名字が変わっていたので、余計に気付きづらかっただろう。やがて二人は付き合い出す。二人はそのまま交際を続け、ついには結婚という運びになった」

話は現在に移った。私は唾を飲み込み、大神の語りに耳を傾ける。

「いよいよ結婚式だ。眞子はまだ記憶を封じ込めたままだが、ここでキャンドルサービスの火事が起こった。火事は小さなものですぐに消えたが、燃え上がる炎を見た眞子は、長年封じ込めていた記憶を、ついに取り戻してしまった。抑圧は記憶を完全に消し去るものではなく、あくまで無意識下に封じ込めるものだ。そのため、きっかけによって、記憶が無意識下から意識下に現れ出ることがある。そして危機が去って心が落ち着いた頃に、過去の危機に似たものを目撃すると記憶が戻ることがある。眞子の場合、まさにそれだったんだろう。もっとも、抑圧に陥っても危機——この場合は火——が必ずしも怖くなるわけではない。日常生活で火を使う分には何も問題はなかったはずだ。だからこそ火を使うキャンドルサービスもできたんだろう」

記憶を取り戻した眞子。彼女がいたのは、憎き結婚相手との結婚式だ。

「記憶を取り戻した眞子は、自分の置かれた信じがたい状況を知り、悩んだ末に晴斗の殺害を決意した。彼女はケーキ入刀用のナイフを使い、晴斗を切りつけ、殺害した」

そこまで語って、大神は大きく息をついた。渾身《こんしん》の作品を描き上げた画家のように。

「園村眞子、俺の語ったことに何か間違いはあるか」

「違います。全てでたらめです」

眞子は震える声で反論するが、大神は手を緩めない。

「では、どこが違うのか、具体的に説明してくれ」

眞子は目を見開き、絶句した。彼女はもう、大神に対抗する言葉を持たないのだ。

「もういいだろ。これ以上の言い逃れは時間のむだだ」

まさかあの防衛機制講座を行った時点で、ここまで読んでいたのか。大神の読みの深さに私は言葉を失っていた。

眞子は肩を震わせ、最後の抵抗にと首を振った。だが、それもほとんど効果を生じない。やがて、彼女は魂が抜けたようにがくりと項垂《うなだ》れた。

「全て、検事さんの仰る通りです」

か細い声を残し、眞子は何もかもを自白した。


眞子が言うには、小学生の時の晴斗は、何かと眞子にちょっかいを掛けていたらしい。悪口を言ったり、足を引っ掛けたり、スカートをめくったり。ただ、それはきっと好意の裏返しだったのだろう。しかしその延長線上で、晴斗は眞子のランドセルに使い捨てライターを入れた。当時、小学校の近所の空き地は不良たちが煙草《たばこ》を吸うための溜まり場になっていて、使いづらい粗悪な使い捨てライターをポイ捨てする不良が多かった。そのライターを拾った小学生たちの間で、ランドセルにライターを入れるいたずらが流行《はや》っていたのだ。

だが、その使い捨てライターは古く、簡単に着火してしまうものだった。眞子の自宅でランドセルから出火し、眞子の父親が焼死した。その後、眞子は母親に連れられ母親の実家に移り、転校したのだった。

眞子は火事のあった日、晴斗が自分のランドセルに何かを入れるのを見ていたという。その時は些細《ささい》ないたずらだろうと気にしなかったが、後になっていたずらの流行を思い出し、彼がライターを入れて火事の原因を作ったと理解した。

しかし、眞子は父親の死で動揺し、周囲の人々も皆落ち込んでいたこともありなかなか言い出せず、やがて抑圧で記憶を封じ込めてしまった。

「晴斗は最低な男です。火事の原因を作って私の家族をめちゃくちゃにしておきながら、高校時代には私のことを綺麗さっぱり忘れて付き合い出すなんて。忘れていた私も私ですけど、晴斗はひどすぎます。結婚式場で記憶を取り戻した瞬間、この男を殺さなきゃって思いにとらわれました。どうしよう、どうやって殺そうって思っているとケーキ入刀の時間になって、ちょうどいい凶器が手に入ったって思いました。だからそれで彼に切りかかりました」

眞子はぼろぼろと涙をこぼした。事情が事情だけに、私は眞子に深く同情した。

「では動機は、晴斗が過去の火事を起こした犯人だったから、ということだな」

「はい。そうです。晴斗は最低の男です。過去の罪も忘れて、普通に結婚して幸せになろうとした最低最悪の奴です。殺されて当然です」

眞子は涙に濡れた声で言った。深い憎悪の念が感じ取れる声音だった。

「ふう。これで真相解明。また一つ嘘を暴くことができた」

一方、大神は憐《あわ》れな眞子には一瞥《いちべつ》もくれず、嘘を見抜いた満足感に浸っている。

「裁判でもこの証言は使う。くれぐれも証言を翻さないように」

大神が締めの一言のつもりで言った言葉だった。だが、眞子は急にはっとした表情になって泣くのをやめた。

「すみません！　今の動機、裁判では使わないでください。お願いします」

眞子はいきなり頭を下げ、謎の懇願を始めた。

「どういうことだ。これが真実だろ」

「お願いします。裁判では、動機は『夫の不倫』ということにしてください」

「と言われてもな。裁判で嘘と分かっている動機を使うわけにはいかない」

「そこを何とか。お願いします」

眞子は必死だった。何か事情があるのだろうか。

「ダメなものはダメだ。大体、もし動機が嘘とばれれば、取り調べを担当した俺が無能だと思われる」

「まあ検事。事情だけでも聞いてみましょう」

同情した私がなだめると、大神はフンと鼻から息を吐いた。

「いいだろう。このままお願いされ続けるだけでは、わけも分からず気持ちが悪い。聞くだけは聞いておこう」

大神は頭の後ろで手を組んで、嫌々ながら聞く姿勢を取った。

「真の動機を使ってほしくない理由は、母のためです」

「母親のため、か」大神はさも面倒臭そうに相槌を打つ。

「はい。実は母は、父が火事で死んだ際に大きなショックを受けて、一時期精神を病んでいたんです。火事の原因を作ったとして、私のことを虐待するぐらい。一年ほどで虐待は止《や》んで母は落ち着き、私に謝罪もしましたが、あの頃の母は明らかに異常でした。今でも、母は父のこととなるとナイーブになるんです」

眞子の母親の元を訪ねた際にも、確かにその兆候はあった。

「もし晴斗が父の死の原因になっていたと知ったら、きっとまた錯乱すると思います。母は晴斗のことをとても気に入っていましたから、なおさらでしょう。どうか、真の動機は隠していただけませんか。母がショックを受けるのは、私の逮捕だけにしてほしいんです。どうかお願いします」

眞子は真摯《しんし》な態度でまた頭を下げた。大神は、面倒ごとが回ってきたとばかりに顔をしかめ、考え込むように頭を掻いた。

「なるほど。よく分かった」

「いいんですか」眞子が希望を見たように頭を上げた。

「いや、勘違いするな。よく分かったというのは、抑圧が起きた背景についてだ。抑圧は激しい虐待と連動して起きることが多い。母親からの虐待を知って、あんたの抑圧の発生に納得したというだけだ」

「では、裁判での動機の方はどうなるんですか」

「それについては伝えた通りだ。抑圧が原因だったという動機を使う」

眞子は肩を落とした。あまりに可哀想《かわいそう》だ。

「これ以上言いたいことはないな。では調書を作成する。朝比奈、頼んだぞ。供述人の目の前で上記のとおり口述して録取し、読み聞かせ、かつ、閲読させたところ……」

大神は前置きを語ると、これまでの眞子の証言をまとめたものを口述し始めた。これが調書の元になるものだ。私は仕事として、それをパソコンに記録する。しかし、キーを叩く指先は、眞子の運命がのしかかっているようで、とてつもなく重かった。


「俺の取り調べはどうだった」

眞子が出て行った後、大神は得意げな態度でパソコンのキーを叩いていた。裁判を担当する公判部の検事に向けての引継書――「公判引継書」を作っているのだ。

「しかし今回は簡単にいきすぎた。もう少し粘ってくれてもよかったな」

《嘘発見器》たる大神は嘘さえ見抜ければいいらしい。だが私は我慢ならなかった。

「あの、検事。動機ですが、何とか『夫の不倫』に変えることはできませんか」

「それは無理だ」

即答された。私は言いよどむが、ここで引くのも眞子が可哀想だ。

「このままでは園村眞子さんがあまりに可哀想です」

「入れ込んでるな。彼女はあくまで『被疑者』だ。流れ作業で処理しろ」

あんまりな言い方だ。取り調べ中は丁寧に名前を呼んで、ラポール――信頼関係を作っていたくせに。憧れのあのドラマのように、事務官として検事に反発したくなる。

「動機を『夫の不倫』にしても、被疑者の罪状は変わりません。それに、園村眞子さんのお母さんを余計に傷付ける必要もないはずです」

「あのな、俺は嘘を暴くこと以外一切興味がないんだ。下手な同情心など、時間のむだだ」

いかにも大神らしい返答だ。しかし、今の私には不愉快な言葉以外の何物でもない。積もり積もっていたものもあり、私はカチンときた。

「分かりました。もう、検事には頼みません」

私は捨て台詞を残すと、後先も考えず執務室を飛び出した。

事務官が検事の判断に盾突くなんて、さすがにまずかったか。

そう思いながら、私は千葉地検の玄関前に佇んでいた。勢いで執務室を飛び出してきたものの、今後の当てはなかった。眞子のことを何とかして救ってあげたい。その気持ちはあるものの、どうしたらいいか分からないのが実情だ。こんな時あのドラマの主人公だったら、現状をひっくり返すとっておきの手段を見つけられるのに。

眞子は、母親にショックを与えないよう、動機の変更を願っている。何とかして動機を変えてあげたいというのが私の気持ちだ。しかし、もはや大神の行動を変えさせることはできそうにない。そうなれば、眞子の母親が安心するような新事実を見つけ出すしかない。そんな都合の良いものがそうそう転がっているとも思えないのだが。

「お、朝比奈、ここにいたか」

聞き覚えのある声に我に返る。顔を上げると、スーツ姿の背の高い男が立っていた。

「どうした、何だかぼうっとしてるぞ」

友永だった。彼は微笑みながらこちらへ歩み寄ってくる。

「友永先輩、どうして地検に」

私が問うと、友永は不思議そうに首を傾げた。

「朝比奈に話を聞きに来たんだ。大神検事に取り調べはどうなったたって電話をしたら、外に出た事務官に聞いてくれって言われて」

電話を受けたのなら自分で説明したらいいのに。行き場のないいら立ちが頂点に達する。

「おい、朝比奈、聞いてるか」

友永が呼びかけてくる。そんな彼の腕を、私は反射的に掴んでいた。

「どうした」

　怪訝そうな友永に、私はある要求をぶつけた。

「友永先輩、私と一緒に捜査をしてください」

　友永はきょとんとした表情を浮かべた。一瞬、言葉のない時間が流れる。

「捜査って何の捜査だ」

　友永の切り返しを受けて返答に詰まったが、私は強引に彼の腕を摑み続ける。

「私が玄関前で待っていたのは、友永先輩に大神検事からの言葉を伝えるためです」

「検事からの言葉？」

「そうです。『事務官の捜査を手伝ってくれ』。これが検事の仰っていたことです」

　真っ赤な嘘だ。しかし、一度口にしたからにはもう後戻りはできない。

「そしてその捜査というのは、園村眞子さんの動機についての追加捜査です」

「追加捜査だと。動機は明らかになったんじゃないのか」

「いえ、まだ未解明の部分があります。その部分を追加捜査するよう、私は大神検事から命令を受けました」

　喋りながら、私の腹は決まっていった。動機について、もう一度再捜査をする。新事実などそう簡単には見つからないだろうが、それでも眞子のために頑張ってみたい。

「大神検事の命令、ね」

友永は疑わしそうな視線を向けてきたが、やがて呆れたように息を吐いた。

「命令なら、従わなくちゃならないな。よし、俺も捜査に同行するよ」

「本当ですか。ありがとうございます」

私が一礼すると、友永は苦笑しながらこう言った。

「事務官に聞けと言ったのは大神検事だからな。俺は大神検事の指示に従っているだけだ」


再捜査が始まった。友永に抑圧のことを話した上で、私たちは車で関係者を聴取して回る。中でも重視するのが、眞子と晴斗の小学校時代の関係者だ。抑圧という新たなキーワードが出現したことで、事件の様相は大きく変化している。眞子と晴斗の小学校時代が最重要と分かったので、まずはそこから攻めるのだ。

とはいえ、聴取を行うには少々時間が経過しすぎている。二人が通っていた小学校の教師は異動をしたり退職をしたりで、なかなか見つけることができなかった。見つけることができても、当時の記憶はおぼろげだった。当時の二人の関係性や、眞子の転校後の晴斗の様子を訊いても、満足な証言は得られない。あちこちを成果のないまま走っているうち、希望が翳っていくかのように日が暮れてきた。

「うまくいかないな」

路上に停《と》めた車の運転席で、友永が愚痴をこぼした。無理やり連れてきた私としては申しわけなさが募る。

「小学校の関係者を当たるのはもう無理かもな」

シートにもたれ、友永は言う。

「そうですね。これ以上は厳しそうです」

私はあきらめてそう口にした。この調子ではあと何時間かけても同じことだろう。

「お、眞子の事件、もうマスコミ発表されてるぞ」

ふと友永がスマホを差し出してきた。映っているのはネットニュースだ。《記憶をなくした花嫁の凶行　花婿を殺した衝撃の理由は》と扇情的な見出しが躍っている。

「大神検事も、さすがに上には報告したか。話題の事件だから、上がせっついたかな」

話題の事件。そう、今回の事件には世間が注目しているのだ。眞子の抱えてきた事情は、これからワイドショーで娯楽のために消費される。暗澹《あんたん》たる気分になってきた。

「今日はもう遅いですし、帰りましょうか」

無念の思いで私はつぶやいた。だが、友永は何かを思い出したようだった。

「そうだ。この近くに、高校から大学時代にかけて晴斗の親友だった男が住んでいる。昨日、朝比奈と一緒に捜査をした時には不在だった人物だ。話を聞いてみよう」

最後の望みだった。私もそれに賭けてみようと思い、友永に頷きかけた。

太陽はビルの向こうに沈みかけていたが、まだ最後の光を失ってはいなかった。

「ここだ」

しばらく走ると、二階建てのアパートに着いた。友永は車を停め、一階の角部屋のドアを叩いた。ネームプレートには「平岡《ひらおか》」とある。

「はい。あれ、刑事さん」

ドアから顔を覗《のぞ》かせたのは、二十代半ばぐらいの若い男だった。細身で背が低い。

「平岡さん。遅い時間に申しわけありません。追加捜査で新事実が出まして。ぜひお伝えしたく伺いました」

友永が言う。真の動機はネットニュースになった。伝える分には問題ないだろう。

「何か分かったんですか。でしたら、どうぞ上がってください」

親友として、晴斗の事件が気になるのだろう。平岡は私たちを迎え入れた。私が検察事務官だと名乗ると平岡は意外そうな顔をしたが、特別事情を訊かれはしなかった。

「それで、新事実というのは？」

三人分のコーヒーを出すと、平岡はカップを口元に運んで尋ねた。その手は微かに震えていて、コーヒーの黒い液面がざわつくように波立っていた。

「新事実というのは、殺害動機です。眞子さんが晴斗さんを殺害した動機は、小学生の頃、晴斗さんが期せずして眞子さんの家の火事を起こしてしまったことでした」

友永が切り出すと、ガシャンと大きな音がした。驚いて見ると、平岡がコーヒーカップを床に落とし割ってしまっていた。黒々としたコーヒーがフローリングに広がる。

「すみません。大丈夫です」

平岡は雑巾を持って来て後始末をする。だが、その肩は明らかに震えていた。その姿を見て、私は何もかもを悟った。

「全て、知っていたんですね」

私が言うと、平岡はコーヒーの染みを拭う手を止めた。

「その通りです。晴斗から全部聞いていました」

平岡は視線を上げ、観念したような表情で言った。

「高校三年生の時に、打ち明けられました。晴斗は眞子さんのお父さんを死なせてしまっていた、と」

平岡は肩を落として正直に語ってくれた。私はそんな彼の肩にそっと手を置く。

「晴斗さんは、小学生時代の眞子さんのことを覚えていたんですね」

「ええ。自分がいたずらで入れたライターのせいであんなことになって、とずっと悔やんでいました。彼としては、初恋相手への想いの裏返しとしてのいたずらだったんですが、招いた結果があまりに重大でした」

「では高校時代の晴斗さんは、眞子さんのことを覚えていながら近付いたんですか」

「そうです。かつての恋心と贖罪《しょくざい》の念から近付いたそうです。ですが眞子さんの方は何も覚えておらず、優しく接する晴斗に好意を抱いたようです。眞子さんの方からアタックがあったことで、晴斗は初恋を思い出し、流されるまま付き合い出したんです」

眞子は抑圧で晴斗のことを忘れていた。そのことが悲劇の引き金になってしまう。

「ですが、晴斗は覚悟がないまま眞子さんと付き合ったわけではありません。彼は常々言っていました。『彼女が覚えていないのなら、無理に思い出させる必要はない』『罪は俺が背負っていく、彼女にまで思い出させて苦しめるのはエゴだ』『それに、俺は彼女のことが小さな頃から好きだったのだし』と。それに、晴斗は眞子さんのお父さんのお墓に毎年こっそり参って、墓前で『彼女を幸せにする』と何度も誓いを立てているようでした」

晴斗の想いは本物だ。だがそれが、最終的に結婚式での惨劇を導いてしまった。

「披露宴に出席して、眞子さんが晴斗を殺害するのを見て、真実を思い出したんだと思いました。いつかはそんな時が訪れると覚悟をしていましたが、まさか披露宴であんなことになるなんて」

平岡はもはや、コーヒーの後始末など忘れたように口を動かし続けていた。

「晴斗から過去のことを打ち明けられてから二人が入籍するまで、何度も眞子さんに真実を告げようと思いました。しかし、この真実は眞子さんにとってあまりに残酷です。彼女を傷付けまいと、僕はこの事実を死ぬまで隠し通そうとしました」

平岡の目には覚悟が宿っていた。彼は晴斗の覚悟を、真剣に受け止めていたのだ。

それならば、私も覚悟を決める必要がある。

「平岡さん、この事実をある人物に伝えたいんですが、よろしいですか」

私は平岡の目を真っすぐに見つめて言った。平岡は困惑したように目をしばたたく。

「伝える？　誰にですか」

「眞子さんと、眞子さんのお母様にです」

平岡の目が一杯に見開かれた。

「こんな事実を伝えたら、お二人とも傷付くのではないですか」

晴斗が真実を隠しながら眞子と交際していた。その点のみを聞けば、傷付く可能性はある。しかし、

「晴斗さんの想いは確かなものです。それを聞けば、眞子さんも、晴斗さんのことを実の息子のように思っていたお母様も、きっと救われる側面があると思うんです」

平岡の目に涙が溜まっていく。そこへ、友永が歩み寄った。

「平岡さん、晴斗さんのやってきたことを全て肯定することはできません。ですが、彼は自分の罪に、きちんと向き合ってきました。その懸命さが、果たして眞子さんや

お母様に届かないことがあるでしょうか」

平岡は目元を押さえ、声を押し殺して涙を流した。

「そうか。被害者は十七年前のことを覚えていたのか」

日がすっかり暮れた執務室にて。炊飯器から紙皿にご飯をよそう大神は、興味なさそうにつぶやいた。

「検事が見逃した真実です。これは意味のあるものだと思いませんか」

大神への反抗心もあって私は言った。だが、ジャージ姿の大神は眉一つ動かさない。

「意味はない。その事情は被疑者の情状に影響しない。それに、これは被害者の嘘。俺がやるべきは、被疑者の嘘を暴くことだけだ」

「そうかもしれませんが、この真実で、私は眞子さんを救いたいんです」

私は熱弁を振るった。しかし大神は素知らぬ顔で、カセットコンロの上の鍋から一晩寝かせたカレーをすくい、ご飯にかけている。

「検事、聞いていますか」

「聞いている。だが理解はできない。あんたは一体何がやりたいんだ」

何がやりたいか。思わぬ質問を受けて口ごもったが、ここでためらってはいけない。

「眞子さんを救いたいんです。彼女は罪を犯しましたが、罪を犯したからといって嘘を暴いてそれで終わりなんて、冷たすぎます」

「温情をかけるのか。検事の仕事は被疑者の嘘を暴くことだけだ。それ以外は何もない」

大神はスプーンを取ってきて、カレーを掻き込み始めた。ここまで来ると、私たちが分かり合うことは不可能であるように思えてくる。

「分かりました。もういいです。検事はこの狭い部屋で、一生被疑者の嘘だけを暴き続けていればいいんです」

私は足音荒く部屋を出た。ドアを閉める時、僅《わず》かに期待して振り返ったが、大神は二日目のカレーに夢中のままだった。


「朝比奈、大丈夫か。顔が強張《こわば》ってるぞ」

隣に座る友永に指摘され、私は表情が硬くなっていることに気付いた。

「すみません。こういうところに来るのは初めてなので」

頬をマッサージし、できるだけ柔和な表情を作り上げる。しかしまたすぐに顔全体に力が入ってしまった。やはりこんな場所で落ち着くなんてことはできそうにない。

千葉刑務所内拘置区。千葉地方裁判所に起訴された刑事事件被告人は、この拘置区に拘置される。大神によって起訴された眞子は、現在ここに身柄を移されている。

「お、来たんじゃないか」

面会室のアクリル板の向こうの廊下で足音がした。私が姿勢を正して待つと、ドアが開いて眞子と刑務官が姿を現した。眞子はずいぶんやつれていて、髪は乱れ放題だ。

「園村眞子さん、お久しぶりです。千葉県警の友永です」

席に着きながら、眞子は、ああ、と声を漏らした。友永のことを覚えているようだ。

「千葉地検の検察事務官、朝比奈です。覚えてらっしゃいますか」

続いて挨拶したが、眞子は怪訝そうな表情を浮かべた。どうやら覚えていないらしい。事務官など陰の存在なので覚えていなくても仕方ないが、ちょっとショックだ。

「今日は、この朝比奈が新事実を持ってきました。それをお伝えします」

それでも友永は私に話を振る。いよいよ、覚悟を決めないといけないようだ。

私は話を切り出そうとする。だが、眞子は虚ろな目をして聞いているのかいないのか分からなかった。私は戸惑って、第一声を発することができない。

「頑張れ、朝比奈。何のために来たんだ」

友永が肘《ひじ》で突いてくる。私は、そうだあきらめるな、と内心で自分を叱咤《しった》する。

「高校で再会した時、晴斗さんは、眞子さんのことを忘れてはいませんでした。きちんと覚えていたんです。ですが眞子さんが覚えていない様子だったので、無理してそのことを言い出しませんでした。また様々な思いから優しく接していたところ、眞子さんからのアタックがあり、初恋の想いもあって付き合い出したんです」

私は熱く語るが、眞子の目は焦点を結んでいない。晴斗の想いなど興味がないのかと不安になってくる。

「晴斗さんは眞子さんのことを、本心から愛していました。忘れていたのでも、贖罪のつもりで結婚したのでもありません。その気持ちに偽《いつわ》りはなかったんです。このことはお母様にもすでにお伝えしています。晴斗さんの想いを受けて、お母様は少しだけ心を落ち着けられたようでした」

母親のことが出てきて、眞子の目は微かに焦点を結んだ。

「お母様のことはご安心ください。十七年前の火事のこと、今回の事件のこと。まだ悲しみは癒えませんが、色々なものごとに少しだけ整理がついたようです。私たちが説明した後、仏壇の近くに晴斗さんの写真を飾ると仰っていました」

自分の夫を死なせた晴斗の写真を、仏壇の近くに飾ると言った母親。その顔にはいくばくかの解放感が滲《にじ》んでいた。

「そうですか。母が」

眞子はようやく口を開いた。かすれた弱々しい声が漏れ出る。

「母は晴斗を許したんですね」

眞子の微かな声には起伏がなく、感情を読み取るのが難しかった。彼女は怒っているのか、それとも悲しんでいるのか。

晴斗は、眞子の転校後には反省をしていた。だが彼が犯した罪がそれで消えるわけではない。過去の罪に憤って晴斗を殺害した眞子が、彼を許すのは難しいだろう。

「晴斗……」

ところが、眞子は唐突に涙を流し始めた。彼女の両頬を涙の粒が流れていく。

私と友永は顔を見合わせる。しかし、私はすぐに気付いた。取り調べの際、晴斗を愛していたかと問われ、愛していたと答えた眞子は同じような涙を流した。それは本物の涙であるように私には思えていた。

そして殺害時にも眞子は涙を流していたという。それは何を思っての涙だったのか。

大神はきっと、その意味にいち早く気付いていたからこそ、真相にたどり着けたのだ。

確かに眞子は、記憶を取り戻した時、一瞬は晴斗を憎悪しそして殺害した。

しかし彼女が晴斗と長い時間を掛けて培ったものは、決して消えることはなかった。

抑圧から覚めてもなお、眞子は晴斗を愛していたのだ。

第二話　犬猿の仲の殺人

千葉地検の検事・大神祐介は職場である検事執務室に住んでいる。

そんなことを言っても、多くの人は鼻で笑って信じないだろう。私も、初めて聞かされた時は信じる気になれなかった。

だが、大神と一緒に仕事をするようになって一ヶ月。私はその事実を受け入れざるを得なくなった。

「検事、戻りました」

買い物袋と大きめのバッグを両手に下げて、私は検事執務室に戻った。時刻は夜の八時半。窓の外はすっかり日が暮れている。そして大神はというと、ジャージ姿で座卓に肘を突き、テレビのニュースに見入っていた。

「随分時間が掛かったな」

相変わらず素っ気ない。腹が立ちすぎて呆れさえ覚えるが、私は努めて笑顔を作る。

「すみません。コインランドリーで洗濯もしていましたので」

大きめのバッグを床に置き、中から洗濯物を取り出す。近所のスーパーでの買い物に加えて、今日はコインランドリーで大神の衣服を洗濯してきた。こうやって大神は、洗濯まで人に任せて部屋から出ない。

「それなら、洗濯をしている間に買い物を済ませばいいだろ」

もちろんそうした。言われるまでもないことだ。だが、買い物と洗濯物を両手に持つのが重く、いつもより行き来に時間が掛かってしまった。

「失礼しました。次からはもっと早く戻れるようにします」

それでも私は笑顔で言葉を返した。訴えたら勝てるレベルのパワハラだが、大神が有能な検事であることは間違いない。心理学的手法など、事務官としても活かせる能力を彼から盗んでやりたいと思い、雑用でも完璧にこなしながら近くにい続けている。

「ではシャワーを浴びてくる。その間に洗濯物を畳んでおけ」

大神がタオルと石鹸《せっけん》、シャンプーのボトルを抱えて立ち上がった。私は素早く道を空け、執務室から出て行く大神を見送った。

執務室に住む大神とて、執務室から外に出る場合が二通りある。風呂とトイレだ。さすがに執務室内にその二つはないので、それらを使う時だけは外に出る。

とはいえ、風呂は地検内の宿直者用シャワールーム、トイレも地検内のものを使う。庁舎内を移動するだけで、外には出ていないのだ。

大神曰《いわ》く、ここに赴任した去年の四月から一年以上、ずっと庁舎外には出ていないという。外に出なくて済むよう、立会事務官の不在時間や、お使いを頼むタイミングなど完璧に計算しているらしかった。つくづく常識というものが通用しない男だ。それにしても、これだけ長期間公的機関に住んでいて問題にはならないのだろうか。気になるところではある。

洗濯物を畳み終え、私は自分のデスクに座った。山積みになっている残務の処理に取り掛かる。

日中は大神に任された捜査やお使いで外に出てばかりなので、事務処理をする時間が少なくなり、仕事が溜まっている。結果として残業をする羽目になっているのだ。もちろん私の事務処理スピードなら、十一時までには終わらせられるのだが。

しかし、事務官の私よりはるかに業務量の多いはずの大神は、定時までに悠々と仕事を終えている。いくら捜査を私に任せているとはいえ、尋常でない速さだ。大神は事務処理能力もまた優秀なようだ。こういったところは積極的に技を盗んでいきたい。

しかし、大神が執務室に住んでいるせいで、残業する私の気は散ってしまう。なにせ、仕事をする隣でテレビを見られたり食事をされたりするのだ。まるで大神と一緒に生活しているような気分にさせられ、こそばゆいような妙な心持ちになってしまう。

——とはいえ、テレビで見るのは刑事事件がらみのニュースばかり。食事以外の時間は、事件の調書や心理学の論文を読んでいるので仕事中とあまり変わらないのだが。

しかも、九時を過ぎるとさらなる問題が起こる。大神が就寝するのだ。

「そろそろ寝るぞ」

大神が就寝を宣言した。早寝の大神は、毎晩十時には布団に入る。

私は内心でため息をつく。大神が布団に入るともなれば、電気をつけているわけにはいかない。私は部屋の電気を消し、デスクライトの必要最小限の明かりで仕事の続きをするしかなくなってしまう。

「早く帰ってくれよ」

嫌味交じりの言葉を残して、大神は布団に入った。これまでの経験で分かるが、数分もすれば規則的な寝息が聞こえてくるだろう。そして私は息をひそめて仕事をする。

大変だが、これも事務官として成長するためだ。大好きなあのドラマの主人公の事務官だって、どれだけつらい目に遭っても、自分に言い聞かせるようにこうつぶやいていたじゃないか。

「大丈夫、私は大丈夫」

この言葉を頼りに、私は今夜も頑張ろうと思った。

千葉県北部の七川市《ななかわ》は、人口約六万七〇〇〇人の地方都市だ。のどかな風景が広がるその町の医療を支えるのは、市内唯一の総合病院・七川市民病院。その七川市民病院で、ある殺人事件が起こった。屋上から男性が突き落とされ、死亡したのだ。

私は七川市の事件の調書の内容を思い出していた。忙しい中でも、調書の内容はきちんと把握している。細かい内容までそらで思い出すことができた。

とはいえ、今回は被疑者が全て自供している全面自供の事件だ。それほど時間を掛けずに取り調べは終わるだろうと私は踏んでいた。しかし、大神は違った。

「今回の事件、被疑者は隠しごとをしているようだ。それを暴き立てる」

検事席の大神が言った。執務室の机は、取り調べに向けてT字型の島になっている。これから、七川市の事件の被疑者・荒井紀世彦《あらいきよひこ》の取り調べが行われるのだ。

「隠しごとって、今回の被疑者は全面自供していますよ」

私は疑問を呈したが、大神は《嘘発見器》たる自分に自信を持った様子で続けた。

「殺害動機について、被疑者は嘘をついている」

今から三日前の五月十日、午後四時頃。七川市民病院の屋上から一人の男性が転落死した。被害者氏名は佐久間久幸《さくまひさゆき》。年齢七十歳。この病院の入院患者だった。

屋上には充分なフェンスがなく、少しの段差を乗り越えるだけで転落してしまう危険な状態だった。佐久間はその段差を乗り越えて転落したものと見られている。死体は仰向《あおむ》けに転落し、後頭部を強く打って即死だった。

そして転落時、屋上にはもう一人の人物がいた。荒井紀世彦という患者だ。六十八歳の男性で、佐久間と病室が同じだった。荒井は屋上で佐久間と言い争っているところを、地上にいた人々に目撃されていた。

荒井は佐久間の転落直後、なぜか両手を掲げて「裏切り者」と叫んで屋上から逃げ出したものの、すぐに自分の病室にいるところを発見され、通報で駆け付けた警察官に逮捕された。その後の鑑識作業の結果、死んだ佐久間の衣服の胸元には、押したような形でついた荒井の両手の指紋が残っていた。決定的な証拠だ。これらを警察が取り調べで突き付けると、荒井は観念したのか犯行を自供した。

殺害動機についても、「喧嘩の弾みで突き落としてしまった」と説明している。単純明快な事件のはずだ。だが大神は疑問を抱いている。その感覚が分からなかった。

「失礼します」

ノックの音と声がして、ドアが開いた。制服警察官に連れられて、被疑者の荒井紀世彦が執務室に入ってきた。私は姿勢を正す。

被疑者席に着いた荒井紀世彦は、白髪交じりのしょぼくれた老人だった。六十八歳ということだが、背中の丸まり具合といい、憔悴した目元といい、十歳は老けて見えた。

「荒井紀世彦さんですね」

荒井が席に着くと、大神は例によって優しい声で訊いた。荒井は力なく頷く。

「まずお伝えしておきますが、あなたには黙秘権があります。そして、必要ならば弁護士も呼ぶことができます」

荒井はまた緩慢に頷く。それを受けて、大神は柔和な声でいつもの質問を放った。

「それではお聞きします。今回の事件で、あなたが体験したことや感じたこと、何でもいいので、自由に話してください」

荒井は驚いたように目を見張った。やはり誰にとっても、この質問は予想外だろう。

「あの、検事さん。本当に自由に話していいんですか」

「ええ、結構ですよ」

荒井はなおも疑わしそうな目をしていたが、やがてぽつりぽつりと語り出した。

「佐久間を屋上から突き落としたのは私です。その点に間違いはありません」

犯行については全面自供。警察の調書に間違いはないようだ。

「屋上に佐久間を呼び出し、喧嘩になって弾みで突き落としてしまいました」

殺意も認めた。これで荒井は犯行のほとんどを認めたことになる。

「あの、検事さん。私はこれで裁判に掛けられるんでしょうか」

ちらちらと窺うような上目遣いをして荒井は言う。大神は目を細めて答えた。

「そうですね。自白もあって証拠もあるので、ほぼ間違いなく裁判になるでしょう」

「では、殺人罪で有罪ですか」

「そうなる可能性が高いでしょうね」

荒井は肩を落とした。全身が脱力したようになる。やはりショックだったのだろう。

「では、もう有罪にしてください。懲役何十年だろうが覚悟はできています」

完全に無抵抗だ。刑務所行きを覚悟しているように見える。しかし、大神は続けた。

「申しわけないですが、もうしばらくお付き合いを願います」

「どうしてですか。私はもう、言いわけのようなことは何も」

顔を上げた荒井に、大神は諭すようにして言った。

「荒井さんが何をしたのか。それを正確に知るためです。正しい判決を下すため、我々は細大漏らさず情報を知る必要があります。そのための取り調べなんです」

荒井は納得していない様子だった。不満そうに唇が尖《とが》っている。

「他に何かお話しになりたいことはありませんか」

大神が笑顔で促す。荒井は、ええと、と声を迷わせてから投げやりに応じた。

「では、死んだ佐久間と私の関係について。佐久間と私はいわゆる犬猿の仲でした」

「犬猿の仲。と言うと、仲が悪かったということですか」

「そうです。佐久間――あのクソじじいとは顔を合わせれば喧嘩をする仲でした」

「いつからそのような仲に？」

「この病院に入院し始めた、十年ぐらい前からです。佐久間と私は当時から同室でした。その頃からずっと、物音やいびきのことで言い争いをしていたんです」

十年も入院しているというのは尋常ではなかった。調書を読んでいなければ驚いていたことだろう。

「佐久間は、本当に癇《かん》に障る奴でした。顔を合わせれば罵詈《ばり》雑言《ぞうごん》を投げかけてきて、場合によっては摑みかかってくるんです。私が一体何をしたっていうんでしょう」

段々興が乗ってきたのか、荒井は饒舌に語った。私はそれを急いでパソコンに入力していく。佐久間のことを語る時、この老人はよく舌が回るらしい。

「そうですか。それは大変ですね。ご同情申し上げます」

一方、大神は荒井への賛同を繰り返した。荒井の信頼を勝ち取ろうという狙いか。

その後も、十分近く荒井は佐久間を罵り続けた。私は会話をパソコンに記録するのもつらかったが、大神は笑顔で、ふんふんと頷きながら聞いている。

「ところで荒井さんは十年入院されているそうですが、入院費はどうされていますか」

荒井が喋りたいだけ喋って疲れを見せ始めた頃、大神がようやく話題を変えた。荒井は気まずそうに皺《しわ》の多い顔を歪め、一転して言いわけするような小声になった。

「入院費ですか。実は、十年間で一円も払っていません。払うお金の余裕がないんです。家族も親戚もいませんし」

「それでは、入院費を払わずに入院を続けていらっしゃるんですね」

「そうです。病院の温情で、長い間いさせてもらっています」

こういったケースはそう珍しいことではない。日本各地の病院で、支払い能力のない長期入院患者は社会問題と化している。

「正直言いますと、私なんかはもう病気は治っているんです。でも、色々と言いわけをして病気のふりをして病院に置いてもらっていました。行く当てがなかったので」

荒井はすまなそうに頭を下げた。薄くなった白髪頭が憐れを誘う。

「荒井さんのご事情は分かりました。では佐久間さんはどうだったのでしょう」

「佐久間も私と同じです。家族も親戚もおらずお金もなくて、十年ほどこの病院に温情で置いてもらっているんです。私と違うのは、その間に病状が悪化し、去年の十二月に末期がんだと診断されたということです」

「佐久間さんは末期がんだったんですね」

「そうです。ステージ4の末期の肺がんです。医者も匙《さじ》を投げた状態らしく、よく不機嫌になっては私に当たり散らしていました」

県警からの調書にも、佐久間の診断書のコピーが添付してあった。

「そうですか。ですが、そうなると問題が生じますね」

大神が言葉とは裏腹ににっこりと微笑んだ。だが、その笑顔にはとげがあった。

「被害者の佐久間さんは余命いくばくかでした。だとしたら荒井さん、あなたはなぜ放っておいても亡くなるであろう佐久間さんを、わざわざ殺害したんですか」

ある程度気持ちよく供述していたであろう荒井の表情が、あっという間に翳った。

「どうですか、荒井さん」

「殺した理由は単純です。喧嘩をして、弾みで突き落としてしまったんです。だから、もうすぐ死ぬとか死なないとかいうことは関係なかったんです」

自然な主張だが、荒井はどこか困惑しているように見える。やはり大神が睨《にら》んでいる通り、動機には何かあるのか。会話を入力する私の指にも力がこもる。

「そうでした。ですが、犬猿の仲の二人が屋上で二人きりで会うでしょうか。しかも、あなたは佐久間さんを屋上に呼び出したと言った。佐久間さんが素直に従いますかね」

荒井の表情が明白に強張った。続く言葉が出てこず、荒井は黙り込む。

「いかがでしょう、荒井さん」

大神が穏やかに促すが、荒井は反論を用意できない。口を閉ざして固まっている。

ここに来て、私も悟った。これは単純な事件ではない。動機に何か潜んでいる。

「お答えになれない。では質問を変えましょうか」

大神は質問を変える。荒井は話題が変わってほっとしたのか、表情を緩めた。

「佐久間さんの転落直後、あなたは屋上で『裏切り者』と叫んだそうですが、それはどういう意味ですか」

「特に意味はありません。それこそ、罵詈雑言の一つですよ」

「しかし裏切り者という言葉には、一度は信頼関係で結ばれていた者の片方が、その関係に背いたというニュアンスが感じ取られるのですが」

「そんなことはありません。私と佐久間の間に、信頼関係なんてなかったんですから」

「となると、裏切り者というのは偶然出た言葉だと?」

「そうです。適当に選んだ言葉であって、他意はありません」

大神は荒井をじっと見つめると、椅子にもたれ掛かって大きな息をついた。

「分かりました。それでは本日の取り調べはここまでです。ご苦労様でした」

唐突に取り調べの終了が告げられた。私も荒井もぽかんとしたが、大神はさっさとパソコンに向き合い、別の作業を始めてしまった。

「被疑者の反応を見たか。これは単純な全面自供事件ではない」

荒井が部屋を出た後しばらくして、大神がパソコンから目を逸らさず言った。

「そうですね。あの反応を見る限り、動機に何かあると思わざるを得ません」

私が素直に頷くと、大神は得意げに鼻から息を吐いた。

「そして『裏切り者』という言葉。今回の事件のキーワードかもな」

大神がマウスを動かしながらつぶやく。だが、これには同意しかねた。

「そこまで大事な言葉でしょうか。荒井さんは偶然選んだ言葉だと言っていましたよ」

「本当にそう思うか」

大神の口の端が上がっている。反論を用意している様子だ。

「調書を読んだか。被疑者は犯行後、屋上に留まって両手を掲げ、大声で叫んでいる。明らかに間合いがある。殺害直後の一刻も早く逃げ出したい場面で、だ」

その箇所ならもちろん読んでいる。そう言われるとそうなのかもしれないが、完全に納得はできなかった。

「それに、罵声にしては不自然な言葉選びだ。罵声なら、もっとそれらしい言葉を選ぶだろ」

そう説明されると、私もつい信じてしまいそうになる。裏切り者という言葉には特別な意味があるのだと。

「さて、ここからは朝比奈、あんたに動いてもらう」

不意に大神が私の方を見た。いつもの捜査指令だ。

「もうやるべきことは分かっているな」

それだけを言うと、大神は黙ってパソコンの方に向き直った。どうやら、また私が動く番になったようだ。忙しくなるが、意地でも完璧な捜査をしてみせる。

「友永先輩、いつも捜査を手伝っていただいてありがとうございます」

助手席で頭を下げると、運転席で友永が苦笑した。

「おう、いいってことよ。後輩に頼られるのは嬉しいことだ」

ハンドルをさばきながら友永は軽快に言う。

「ですが、私の面倒を見るのも大変でしょう。お忙しい時は断っていただいても……」

遠慮がちに言ったが、友永は今度は快活に笑って応じた。

「おいおい、俺は朝比奈のお守《も》りをするためについて来ているわけじゃないぞ。事件の真相を知りたい、その一心で再捜査をしているだけだ」

友永は、熱血漢の眼差《まなざ》しで以《もっ》て熱く語った。

「特に今回の被疑者・荒井紀世彦は俺が取り調べたんだ。素直に全面自供したと思っていたけど、まさか動機に不審な点が見つかるとはな。見抜けなかった俺の責任だ。

だから今回は、名誉挽回《ばんかい》のために進んで捜査に出たようなもんだ」

そう言ってもらえると気持ちが楽になる。私は友永に深く感謝した。

「おっ、そろそろ着くぞ。ほら、あそこだ」

カーナビが到着を告げ、友永が指を差した。私が視線を向けると、曲がり角の先に背の高い五階建ての建物が見えた。

「七川市民病院。あそこが事件現場だ」

七川市民病院は五階建てで、西棟と東棟の二棟建てという造りだった。築五十年を超えているそうで、もともとは白かったはずの外壁は、煤《すす》けた薄い灰色になっている。

「まずは荒井と佐久間の担当看護師に当たろう」

荒井と佐久間は、担当医は別々でも担当看護師は同じだった。二人の関係についてより有益な情報をくれるのは、恐らく看護師の方だろう。

「お待たせしました。担当看護師の飯尾《いいお》です」

応接室に通されてしばらく待つと、丸々と太った四十代ほどの女性が現れた。

「前にいらっしゃった刑事さんですね。私はあの時忙しくて対応できなかったけど。あら、そちらは」

飯尾に訊かれたので、私は事務官の身分証である検察事務官証票を示した。

「検察事務官の朝比奈と申します。よろしくお願いいたします」

飯尾は特に疑問を差し挟むこともなく、巨体を揺らして席に着いた。

「それでは早速なんですが、荒井さんと佐久間さんの仲について詳しく教えていただけますか。前にも、随分と仲が悪かったとはお聞きしているんですが」

友永がまず問い掛ける。当然、その通りだという返事が来るものと思っていた。だが、飯尾は寂しげに、でもどこかおかしそうに笑い出した。

「あの二人が仲が悪い？　いえ、ごめんなさいね。きっと対応に出た看護師は、二人のことをよく知らなかったんでしょう」

私と友永は顔を見合わせた。どういうことだ。

「確かにあの二人は、年がら年中いがみ合っていました。でも、それはあの人たちなりのコミュニケーションの取り方だったんです」

「それでは、荒井さんと佐久間さんは、実は仲が良かったんですか」

「そういうことになりますね。いつも罵詈雑言を飛ばし合っていましたけど、それは二人の間の挨拶みたいなもので、本当に憎み合っていたわけじゃないんです。だって佐久間さんの末期がんが発覚した時、一番うろたえていたのは荒井さんだったんですから」

思わぬ新事実が飛び出した。これでは、末期がんで佐久間がもうすぐ死ぬという事実と合わせて、再び殺害動機の存在が否定されてしまう。

「そうなると、荒井さんが佐久間さんを殺害する動機はないということですか」

友永が私の気持ちを代弁するように、質問を繰り出した。

「そうなんですよ。あの二人の間で殺人なんて起こるはずないんです。それなのに佐久間さんは亡くなって、荒井さんは逮捕されて。もう何が何だか分かりません」

飯尾は本気で困惑した表情を浮かべていた。そこに嘘はなさそうだ。

「では、荒井さんは事件直後、『裏切り者』と叫んだようなんですが、その言葉の意味に思い当たることはありませんか」

友永はさらに質問を放った。飯尾は唸《うな》って考えた後、もしかしたら、と切り出した。

「退院のことかもしれません」

「退院というと、どなたの退院ですか」

「荒井さんです。あの方にはもう間もなく退院するという話が出ていたんです」

「えっと、ですけど荒井さんはお金がなく、入院費をずっと滞納していたんですよね。退院させてもいいんですか」

私は思わず問い掛ける。すると、飯尾は周囲を窺って声をひそめた。

「内密な話なんですけどね、この病院、近々潰れるんですよ。原因は財政難」

「潰れるって、病院がですか」

「そう。でも最近じゃ珍しい話でもないでしょう」

財政難を理由に潰れる病院は少なくなかった。この七川市民病院のような公立病院もその例外ではない。

「大体、院長が甘すぎるんですよ。身寄りのない荒井さんや佐久間さんのような患者さんを大勢受け入れて、入院費が払われなくても治療するんですから。温情措置と言えば聞こえはいいですけど、実際は経営の放棄ですよ」

荒井や佐久間は特殊なケースだと思っていたが、どうやら他にも大勢同じような患者がいるらしい。

「それに加えて、先日は西棟五階の看護師着替え室が盗撮されて、着替えの様子がネットにアップされるなんていう不名誉な事件もありました。泣きっ面に蜂《はち》ですよ。あの事件が最後の決め手になって、院長は病院を潰すことを決心されました」

悪いことは重なるものだ。こうなってくると、もう止めようがないのだろう。堰が決壊した川の濁流のようなものだ。一気に溢れて、甚大な被害が広がってしまう。

「そういうわけで、もう温情措置もできなくなるので、荒井さんのような元気な方には退院してもらう予定なんです。温情措置の患者さんのごく一部なんですが、元気な方を我々で選んで、三ヶ月前、全員にそのことは伝えました。即刻退院していただくようにとお願いしたんです。荒井さん以外の方々はそれから二ヶ月で退院していただいたんですが、荒井さん一人はそんなものは無理だと仰って、今もなお病院に留まっています。

ですが、無理なのはこちらも同じです。本当は引き取り先の病院が決まっていればいいんですが、入院費も払えない患者さんを受け入れてくれる病院なんてあるはずないんです。生活保護を受けてもらおうにも、役所で職員にひどい扱いを受けた経験があって、生活保護は嫌だっていう人も多くて」

病院側も大変だ。そう思っていると、友永が目つきを鋭くして訊いた。

「しかし、その話と『裏切り者』がどう繋がるんですか」

「ああ、そうでした。荒井さんは退院が決まっていたんですが、佐久間さんはまた別でした。あの方はステージ4の肺がんですからね。さすがに放り出すわけにもいかない。無理を言って受け入れ先の病院を決めようと八方手を尽くしていたんです」

「なるほど。退院が決定した荒井さんと、受け入れ先を懸命に探してもらっている佐久間さん。その待遇の格差が、二人の関係に亀裂を生じさせたということですか」

「そうじゃないかな、と思いますけどね。その結果喧嘩になって、あんなことに」

筋の通る話だった。退院決定の荒井から見れば、佐久間は自分だけ入院先を決めてもらえる「裏切り者」だ。その怒りが殺害に繋がった可能性はある。

「ああそうだ。遺品のこともそれを裏付けるんじゃないでしょうか」

私と友永が考え込んでいると、飯尾がぽんと手を打った。

「遺品……ああ、あの佐久間さんのベッドサイドのロッカーから盗まれたものですね」

私は調書の内容を思い出して言った。佐久間の遺品の、お金にもならないようなものがいくつか紛失していたのだ。佐久間自身が写った写真や、ぼろぼろのお守り、家族写真の入った汚れだらけのブローチなど。

結果的にそれらは、荒井のベッドサイドのロッカーから見つかっている。警察の見立てでは荒井が盗んだとのことで、荒井本人もそう自供している。

しかし、それにしても奇妙なものばかりが紛失している。金目のものならともかく、そんな一円にもならないようなものが盗まれるだろうか。

「それで、飯尾さんはその遺品についてどうお考えですか」

私は飯尾に尋ねる。飯尾は恐縮しながらも語り出した。

「事件捜査のプロであるお二人の前で何ですけど、遺品を盗んだのは『裏切り者』の佐久間さんへの当てつけじゃないでしょうか。金銭的な価値はなくても、佐久間さんが大事にしていたものですから」

佐久間を殺して、大事なものを盗んで当てつけとする。あり得ない話ではない。

「とはいえ、小銭程度が入った財布は残されていたんですよね。それは不思議ですね」

私が金目のものが残っていた事実を問うと、友永は難しそうに眉根を寄せた。

「そうなんだよな。金よりも、佐久間が大事にしていた品を優先したんだろうか」

歯切れの悪い答えだった。しかも、どのタイミングで遺品を盗んだのかも問題だ。殺害前に佐久間の目を盗んで奪い取るのは難しいだろうから、殺害直後か。調書によれば、荒井は犯行直後に屋上を立ち去り、逮捕された時は自分の病室にいたという。その時だろうか。

「なるほど。よく分かりました。お話どうもありがとうございました」

考え込んでいた友永が言った。聞き出せるのはここまでと判断したのだろう。飯尾は腰を上げる。だが友永は手で制し、それから、と言葉を重ねた。

「見ておきたい場所があるんです。ご案内願えますか」


午後四時頃。見下ろす先には、豆粒のようになった人々が行き交っていた。

許可を得て立ち入り禁止のテープをくぐり、病院の西側の屋上に上がった。まさに犯行が行われたその場所その時間で、私と友永は周囲を窺っていた。佐久間が転落した場所は、この西側の屋上の西端だ。屋上の外周にフェンスはなく、少しの段差を上がれば簡単に飛び降りられるようになっている。財政難でフェンスが設置できなかったそうだ。見ているだけで、雲を踏んでいるように足元がふわふわする感覚がある。この西端の部分から、佐久間は背中を下にして転落したのだ。

「では、私は階段の下で待っています」

飯尾はそそくさと階段室の中へと消えていった。それもそのはず。今日の気温は三十度を超える暑さなのだ。佐久間が転落した屋上の西端から地上を見下ろしていても、ぎらつく太陽の光が正面から目に入ってきて、鬱陶しいことこの上なかった。

「それにしても暑いな。まだ五月だぞ」

友永が額の汗を拭った。頭上には澄んだ青空が広がり、目をくらますばかりの太陽光が屋上のタイルを焼いている。

「ここ一週間はずっとこんな天気ですからね」

「ああ、日差しがまぶしくて仕方ない」

友永は返事をしながら、渡り廊下を挟んだ隣の東棟を見ていた。東棟は、事件のあったこの西棟と一緒でフェンスもなく、見ているだけで危なっかしい造りだった。

「こんな造りじゃ、いつ事件や事故が起きてもおかしくない。今、屋上は西棟も東棟も全面立ち入り禁止らしいが、遅すぎたな。もっと早くに手を打てていれば」

友永は複雑な表情で東棟の屋上を見ていた。

「ちょっと、何しているんですか」

その時、階段室の方から大声がした。先ほど聴取した飯尾の声だ。

私たちは階段を下りて真下の五階に向かった。階段を下りてすぐは、事務室や会議室、職員休憩室などが連なる、職員以外立ち入り禁止のエリアだ。その五階の廊下で、飯尾が車椅子の老人に向かって声を荒らげていた。

「梶《かじ》さん。何度言ったら分かるんですか。このエリアは患者さん立ち入り禁止ですよ」

飯尾はうんざりした様子だ。しかし、梶と呼ばれた老人は虚ろな目で飯尾を見上げているばかりだった。口からはあうあうと意味の分からない声が漏れている。

「早く病室に戻ってください。何も分からないふりをしても、むだですよ」

飯尾は梶のことを叱った。梶はぼんやりした顔で、車椅子を動かしてのろのろと去って行く。だが、飯尾が目を逸らした途端、梶は急に素早い身のこなしで車椅子を動かし角を曲がって行った。その変化に私は驚いた。

「ああ、友永さん朝比奈さん。お見苦しいところをお見せしました」

飯尾は私たちに気付き、すぐさま頭を下げた。

「あの患者さん、すぐに立ち入り禁止のところに入ってくるんです。それで注意を」

「認知症の患者さんですか。大変ですね」

同情して声を掛けたが、飯尾は笑って頬を揺らした。

「あの人は元気ですよ。認知症のふりをしているんです」

そう言われると、先ほどの急な動きが腑《ふ》に落ちた。飯尾の視線が外れて、演技をする必要がなくなったから梶は素早くなったのだ。

納得はした。だが、それとは別に気になることはある。

「健康体なのに、入院されているんですか」

何気なく問うと、飯尾は苦い汁でも飲んだような顔になった。

「あの人も、行くところがなくて入院しているんですよ。荒井さんや佐久間さんと似たようなものです。病気を装うのは入院を引き延ばすためでしょう」

この病院が抱える大きな問題を、改めてこの目で見た気分だった。

「あの方はまだお金が少し——一人暮らしができるほど多くはないですが——はあるので、退院勧告はしていません。ですが、いずれは勧告をせざるを得ないでしょう」

飯尾は、梶が曲がって行った角の方を遠い目をして見つめていた。

「どこか、ああいう方を受け入れてくれるところがあればいいんですけどね」

飯尾は、ため息交じりにそうこぼす。私には掛けるべき言葉が思い浮かばなかった。


「なるほど。犬猿の仲と言いながら、実は仲が良かったと」

大神は皿に並んだ餃子《ぎょうざ》を箸でつまんで言った。今日の大神の夕食は餃子だ。皮から時間を掛けて手作りしている。本人曰く、餃子は栄養素が豊富で健康に良いらしい。

「報告はこれで全部か。細大漏らさず、全て伝えたか」

「はい。全て伝えました」

私が胸を張ると、大神は納得したようだ。餃子をたれにつけ、口の中に放り込む。

「ではさっさと仕事に移れ。書類が溜まっている」

私は残務の処理に取り掛かった。捜査に行っていたお陰で書類は溜まっている。だが大神を見返すべく、意地でも今日中に処理してやろうと思った。

「ああ、朝比奈。明日の朝一番の予定だが変更してくれるか」

そこへ、大神の容赦ない予定変更。また仕事が増えていく。

「何の予定を入れるんですか」

それでも平静を装って問うと、大神は何気ないようにこう答えた。

「荒井紀世彦の取り調べだ。朝一番に、あの老人を落とす」

書類を摑んでいた手が止まった。弾かれたように大神を見ると、彼はまた餃子をたれにつけているところだった。

「検事、それでは」

私がかすれた声を発すると、大神はそこに言葉をかぶせてきた。

「分かってきたぞ。この事件の全貌が」

大神は充分にたれがついた餃子を、口の中に投げ込んだ。

朝一番の執務室に、荒井が入ってきた。

昨日と同じく、しょぼくれたように腰を曲げている様は憐れの一言に尽きる。彼が置かれている事情を詳しく知ってしまったから、余計にそう見えるのかもしれない。

「荒井紀世彦さんですね」

大神が恒例の笑顔で問う。荒井はさもしんどそうに、ゆるゆると頷いた。

「それでは荒井さん。今、話したいことを自由に話していただけますか」

いつもの自由報告だ。大神はまるで別人のような、爽やかな笑顔で話を促した。

「あの、私はあと何回検事さんにお話をすればいいんでしょうか」

荒井はおずおずと訊いた。大神はそれに対し、うんうんと頷いて応じる。

「恐らく、今回で終わるでしょう」

「本当ですか」

「ええ、荒井さんがきちんとお話をしてくだされば」

含みのある言い方だった。荒井は皺の寄った口元をいびつに歪める。

「私はきちんとお話ししています。もう終わりにしてください」

「そうでしょうか。あなたは動機について何か隠していますよね」

大神は穏やかな声で迫った。荒井の表情に焦りが浮かぶ。

「まあ、ゆっくりお話ししましょう。そうですね、佐久間さんとの仲についてとか」

大神は微笑みかける。荒井は口をつぐんだが、大神が辛抱強く待っていると、やがてゆっくりと口を開いた。私はパソコンのキーに指を置き、入力を始める。

「佐久間のことは、ずっとムカついていました。出会ってからずっと」

この証言は、恐らく嘘だろう。昨日私が看護師の飯尾から得た証言がそれを裏付けている。二人はいがみ合いながらも、実は仲が良かったのだから。

「では荒井さん、あなたは佐久間さんのどのような点にムカついたんですか」

どのような。HOWで問うオープン・クエスチョンだ。やはり大神も今の証言を嘘と感じたようで、認知的虚偽検出アプローチを始めてきた。

「そりゃ、毎日のように罵ってきたり、胸倉を摑んできたりするところですよ」

「では佐久間さんを殺害した当日も、そういうことがあってムカついたんですか」

「ええそうです。色々と罵られて、我慢ならずに殺しました」

大神はふうん、と息を吐き、考え込むように腕を組んだ。

「殺意が生じたその一日は重要ですね。時系列で詳細に語っていただけますか」

「時系列ですか」

「ええそうです。朝一番から順番に、よろしくお願いします」

荒井は目を白黒させていたが、このままでは疑われると思ったのか口を開いた。

「朝起きたら佐久間にうるさいと言われました。朝食の時もまたうるさいと言われて」

「ああすみません、もう少し具体的にお願いします。何がうるさいと言われたんですか。そして、言われたというのもどのように言われたんですか。怒鳴られたとか馬鹿にするように言われたとか、何かあるはずです」

細かい注文だった。荒井は面倒臭そうな表情を浮かべる。

「朝起きてトイレに行こうとしたら、隣のベッドの佐久間に『足音がうるさい』と罵声を浴びせられました。朝食の時も『咀嚼音《そしやくおん》がうるさい』と怒鳴られ、食後は『看護師と喋りすぎだ』と嘲笑《あざわら》われました。その後廊下を歩いていたらぶつかられて口論になり、その際にカッとなりました。昼食の時も馬鹿にされて怒りが治まらず、午後、屋上に佐久間を呼び出しました。そこでも口論になり、そして突き落としたんです」

私はその言葉を一言一句違《たが》わずパソコンに記録した。

「なるほど。よく分かりました。ではもう一度、同じ内容をお話しいただけますか」

荒井は怪訝そうに大神を見たが、大神は泰然とした態度で話を促す。

「分かりました。もう一度言います。朝起きてトイレに行こうとしたら……」

荒井は同じ説明を繰り返した。必ずミスが生じると思ったが、荒井は冷静だった。一言一句とまではいかないものの、ほぼ正確に証言を再現してみせた。

「ありがとうございます」

大神が軽く頭を下げる。荒井の証言は、嘘なのだろうが、実際に体験したと思ってもいいぐらい嘘の尻尾《しっぽ》を掴ませないうまいものだった。オープン・クエスチョンの攻めをかいくぐられ、大神にすれば予想外だろう。ここからどうするのか。

「では今度は、今お話しいただいた過程を、逆の時系列で説明してください」

「はあ？」

荒井は目を丸くした。まあ、こんな意味不明な指示をされれば誰だってそうなるだろう。私だって、認知的虚偽検出アプローチを知らなければ同じ反応をしたはずだ。

「どうされましたか、荒井さん。先ほどの説明を逆の時系列、つまり最新のものから過去へとさかのぼる形で行ってください」

荒井はどうしたものかと迷っているようだった。しかし、大神がにっこりして暗に話を促してくるので、渋々逆時系列の説明を始めた。

「午後に屋上から佐久間を突き落としました。屋上では口論になっていました。その屋上には佐久間を呼び出していたんです」

「その前は？」

「その前は、ええと、昼食の時ですね。その時も佐久間に怒鳴られ、怒りは治まりませんでした。その前は……」

時折言葉に詰まりながらも、基本的にはスムーズに記憶をさかのぼっていく。荒井の語りには、それが本当にあったことだと思わせる滑らかさがあった。

「すみません、少し待ってください」

ところが、大神が右手を上げた。反則を見つけた審判のように、その動きは素早い。

「昼食の時に、佐久間さんに『怒鳴られた』んですか」

「ええ、そうですが」

「先ほどは『馬鹿にされた』と仰っていましたね。どうして変更されたんですか」

荒井は目を見張った。確かに、私の記録でも「馬鹿にされた」になっている。

「そんなもの、同じでしょう。大差ないですよ」

「そうでしょうか。『馬鹿にされた』と『怒鳴られた』ではニュアンスが違うように感じますよ。怒鳴られる方が大声で、馬鹿にされる方はそれほど大声のイメージはないですね。実際に経験したことを思い出した時、この二つが混同しますかね」

荒井は口の端を震わせた。ついに嘘が見つかったのか。

「まあ確かに大した違いではないかもしれません。では、続きをお願いします」

ところが、大神は深くは追及しなかった。荒井は安堵の息をつき、また話し始める。

「とにかく、昼食の時に馬鹿にされました。昼食の前は、廊下を歩いていたらぶつかられて口論になりました。その際にカッとなりました。朝食後には」

「すみません。先ほどから気になっていたのですが」

大神が再度右手を上げた。荒井の肩が小刻みに震える。

「廊下でぶつかられてカッとなったとのことですが、この時に殺意を抱いたんですか」

「ええ、そうです」

「ですが、長い間佐久間さんと同室で罵られ続けても我慢できたんですよね。どうして今回は我慢できなかったんですか」

それは想定外の質問だったのだろう。荒井は口を開けたまま固まった。

「どうされましたか、荒井さん。なぜ長年我慢できたものを、急に我慢できなくなったのか、お聞きしているんですよ」

大神は爽やかな笑みで迫った。だが、荒井は困惑の表情を浮かべている。

「あの、殺意を抱いたのにも、きっかけがあります」

荒井は追い詰められた鼠《ねずみ》のような目をしながら、やや小声になって言った。

「ほう、どのようなきっかけですか」

「ぶつかられた時、佐久間が、私の退院決定をからかってきたんです。病院が潰れるので、私は退院勧告を受けていました。ですが、重病人の佐久間は受け入れ先を探してもらっていて余裕があったんでしょう。それにカチンときて殺しました」

看護師の飯尾が想定していた動機に似ている。しかし、大前提となる荒井と佐久間の仲の供述に嘘がある以上、この証言も疑わしく聞こえてくる。

「その時のお気持ちはいかほどでしたか」

「悔しかったし、それこそムカつきました。長年積もり積もった恨みが、そこで爆発しましたね。こんなじじい、殺してやると思いました」

疑わしい証言だが、筋は通っている。決定的な嘘と断定できない以上、虚偽だと告げても荒井は否定するだけだろう。

「分かりました。では続きをどうぞ」

逆時系列の証言に戻るようだ。証言は、廊下での言い合いまでさかのぼっていた。

「廊下での口論の前には、朝食後には看護師と喋りすぎだと罵声を浴びせられました。朝食の時も咀嚼音がうるさいと怒鳴られ」

「ちょっと待ってください」

大神がみたび右手を上げた。荒井はまたかとばかりに顔をしかめた。

「朝食後、看護師との会話が長いと『罵声を浴びせられた』んですか。『嘲笑われた』のではなかったですか」

まただ。私の記録上もそうなっているが、重箱の隅を突《つつ》きすぎている気がする。

「何なんですか検事さん、そんな間違い、ただの勘違いでしょう」

荒井は当然反論する。だが、大神は悠然と構えていた。

「そうでしょうか。『罵声を浴びせられた』と『嘲笑われた』では声量が違いすぎるのではないでしょうか。実際に経験していれば間違えないはずです」

「そんなことを言われても。私は確かに、佐久間に罵声を浴びせられたんです。事実は変えようがないでしょう」

「そう、事実は変えようがありません。だからこそ、実際に経験していればこんな言い間違いはあり得ないんです」

大神がにっこりと微笑みながらも、やや声を大にして言った。

「荒井さん、あなたが言い間違えた『怒鳴られた』『罵声を浴びせられた』。これは先ほどの証言で別の箇所で使われていた表現ですね。あなたはそれをシャッフルして、別の箇所で使ったのではないですか。先ほどそれぞれの場面で何と言ったか忘れたので、とりあえず言った覚えのある言葉を使おうとして」

荒井の顔に緊張が走る。大神の指摘は当たっているようだ。

「しかし何度も言ったように、実際に経験していればこんな間違いは起こり得ません。ではなぜ起こったのか。実際に経験していないから？　いえ、荒井さんは昼食の時や朝食の後、などタイミングについては正確に証言していました。『咀嚼音がうるさい』『看護師と喋りすぎ』など、佐久間さんの発言内容もしっかり覚えています。となると、そのタイミングで佐久間さんが荒井さんに何かを言ったのは間違いないでしょう。では、なぜ実際に言われたことの表現を言い間違えるのか」

頭が混乱してきた。大神は一体何が言いたいのか。

だが、大神は微かに得意げな口調を含んだ声でこう言った。

「それは、荒井さんが佐久間さんの言葉を悪い意味で捉えていなかったからです」

一瞬意味を測りかねた。どういう意味だろう。

「荒井さんは、確かに佐久間さんに言葉は掛けられたのでしょう。ですがそれを悪意のあるものとは捉えなかったのです。恐らく、冗談を言い合う程度の、楽しい感覚だったのでしょう。だからこそ、いざ証言する段階になって、悪意のこもった『罵声』や『嘲笑い』といった言葉を急遽《きゆうきよ》創作せざるを得ず、覚えきれなかったんです」

なるほど。私はうっすらと大神の意図を察し始めていた。

「つまり、荒井さんは佐久間さんの言動に悪意を感じていなかったんです。表面上は悪意と取れる発言を、冗談程度と思っていたんですね」

大神は興の乗った勢いで、ついに《嘘発見器》として追及すべきところを追及した。

「荒井さん、あなた本当は佐久間さんと仲が良かったんじゃないですか」


時系列を逆から説明させるのは、認知的虚偽検出アプローチの手法の一つだ。もともとは、証言者の記憶を鮮明化させるために使われていたやり方——逆から思い出すと忘れていたことも思い出せる——だったのだが、嘘をつく者に使うと、それが負荷となって思い出すことが難しくなる。それゆえ、嘘を見破る方法として使えるということが分かった。真実を述べている者の場合、逆順でも思い出しやすいのは変わらないので、負担にはならない。

「仲が良かった。私と佐久間が、ですか。まさか」

荒井は笑ってみせた。だがその笑いは、合成音声のように明らかにぎこちない。

「私と佐久間は犬猿の仲ですよ。病院でお聞きになりませんでしたか」

「ええ、表面上はね。ですが本当は仲が良かったという関係者の証言を得ています」

「でたらめです。先ほどの証言は言い間違いで、関係者の証言は勘違いでしょう」

「その可能性も残りますね。だとしたら、やはり退院をからかわれたことが殺害のきっかけですか」

「ええ、そうでしょう」荒井は随分興奮した様子で言った。逆時系列での証言、そこでのミスへの追及などを受け、どうも気持ちが昂《たかぶ》っているようだ。

「しかし、佐久間さんはどうやって荒井さんの退院勧告のことを知ったのでしょうね。荒井さん、あなたは退院勧告のことを佐久間さんに言いましたか」

そんな荒井に、大神は敢《あ》えてＹＥＳ／ＮＯで答えるクローズド・クエスチョンを放った。勝負に出たのだろうか。それにしては平凡な質問だが。

「いえ、言っていません。言うわけないじゃないですか。犬猿の仲だったんですよ」

興奮したまま荒井は答えた。犬猿の仲という設定上、こう応じるのは妥当だろう。

「そうですか。よく分かりました」

大神は頷いた。納得するのかと思っていると、彼は不意に目を細めてこう告げた。

「荒井さんの証言には一つおかしなところがあります」

荒井は驚いたように背筋を震わせた。

「荒井さんは、佐久間さんに退院のことをからかわれて殺意を抱いたと仰いましたね」

「ええ、そうです」

「では、佐久間さんはその情報をどこから得たのでしょう」

荒井の喉から、ひゅっと息が漏れるのが聞こえた。即座に彼の顔は青ざめていく。

「荒井さんご自身は喋っていないんですよね。となると残りの知っている人物は病院職員ですが、まだ極秘である病院閉鎖の話に絡むこの情報を、誰かが漏らすとは到底想像できません。おや、おかしいですね。佐久間さんは誰から聞いたんでしょう」

「それは、他の退院勧告を受けた患者から聞いたんじゃないですか」

「関係者曰く、他の患者さんたちは三ヶ月前に勧告を受けて、二ヶ月で荒井さん以外全員退院されたとのことでした。つまり今から一ヶ月前には全員退院されているんです。現時点では、病院外に出てしまったその方々から話を聞くのは不可能です」

「いや、ですがその一ヶ月前までに佐久間が話を聞いていて、今になってからかってきたと考えれば辻褄《つじつま》は合います」

「いいえ、辻褄は合いません」

大神は穏やかながら、鋭さのこもった声を発した。

「佐久間さんが退院のことで荒井さんをからかい、事件が起きたのは三日前です。荒井さんが殺意を抱いたのがその日なので、その時、佐久間さんが退院のことで初めてからかってきたと見ていいでしょう。ですが患者さんから話を聞いていたとして、聞いてから一ヶ月近くの期間があったのに、佐久間さんはどうして三日前まで荒井さんをからかわなかったのでしょう。犬猿の仲なら真っ先にからかいそうなものですが」

荒井の顔にしまったという緊張の色が走った。

「ここぞというタイミングを狙って、温存していたのではないでしょうか」

「そうですかね。三日前に温存を解くほどの何かはありましたか。なかったでしょう」

荒井は懸命に次の反論を口にしようとするが、それが出てこない。

「佐久間さんがどうやって荒井さんの退院勧告を知ったか。その答えは一つです。荒井さん自身の口から、そのことを聞いたんです」

荒井はもはや抵抗する意思もないようだった。放心して、一言も発さない。

その荒井に向かって、大神は詰めの推理をぶつけた。

「つまり、お二人はそのような深刻な事情を話し合えるほど、仲が良かったんです」

荒井は佐久間との仲の悪さについて饒舌だった。だから大神は認知的虚偽検出アプローチで自由に喋らせたのだろう。自由に喋ってもらうことで、多くの情報を引き出し、そこに齟齬《そご》を見出そうとして。

だが、荒井はなかなかぼろを出さず大神を困らせた。しかし、大神は逆時系列での証言で荒井を揺さぶった。その揺さぶりが功を奏し、荒井はミスを犯したのだ。ただ逆時系列はあくまでサブ的な手段であり、本来の狙いは揺さぶった上で致命的な証言の食い違いを引き出すことだった。そして最終的に、「退院勧告をからかわれた」「退院のことは佐久間には言っていない」という致命的な矛盾を、大神は引き出したのだ。

「それでは認めますね。荒井さん、あなたと佐久間さんは仲が良かったと」

大神が慰めるように優しい声で言うと、荒井はためらいがちに首を縦に振った。

「ええ、佐久間とは非常に親密な、信頼し合える間柄でした」

同じ境遇の者同士、通じ合うものがあったようだ。

「退院勧告を受けてすぐ、佐久間さんに相談しましたね。その後、佐久間さんがそのことでからかってきたのは事実でしょう。ですがお二人の仲では、それも笑い合える冗談でしかなかった」

実際に経験したことだからこそ、荒井は正確に証言できていた。それこそ逆時系列での証言だとしても。私は納得しながらキーを叩いていった。

「しかし、そうなると大きな問題が生じます。事件を根底からひっくり返す問題です」

大神は大仰な前置きを以て、その問題を説明した。

「お二人は仲が良かった。では、なぜ荒井さんは佐久間さんを殺害したのでしょう」

事件は、その肝心の問題に帰着する。しかし、この問題を解くのは難しいだろう。

おまけに、もうすぐ病気で死ぬ佐久間をなぜ殺したかという根本的な問題もあった。

「いかがですか、荒井さん」

大神は荒井に振るが、荒井は黙り込んで床を見つめているだけだった。

「そうですか。仕方ありません。では私の考えを述べましょう」

考えを述べる——動機が分かったというのか。私は思わず目を見張った。

「荒井さん、あなたは佐久間さんと親密だったからこそ、彼を殺害したんですね」

どういう意味だ。私は何とか理解しようと、続く言葉に耳を傾ける。

「気になったのは佐久間さんの遺品を、荒井さんが持っていたということです。お金にもならない品々を荒井さんが盗んでいた。それを聞いた時点で薄々察していました。あれは、佐久間さんからの形見分けですね」

大神が言うと、荒井は弾《はじ》かれたように顔を上げた。

「遺品はお金にもならない品々でした。ですが実際は、写真やお守りなど、お金に替えられない意味のあるものばかりでした。そういった本当に大切なものが、佐久間さんから荒井さんの手に渡った。金銭的価値がない以上、盗んだのではないでしょう。

それは佐久間さんから荒井さんに譲られたんです。思いを受け継ぐ、形見分けとして」

そうだったのかと納得しかけたが、すぐに疑問が湧いてきた。

「ちょっと待ってください。形見分けをしたということは、遺品が荒井さんに渡るのは、佐久間さんも同意の上だったということですよね」

「ええ、そうです」

何を当然のように出しゃばってきているのだ——とでも言いたげに大神が私に冷たい視線を投げかけてきたが、質問には答えてくれた。ただ、これは大問題だ。

「ですが検事、佐久間さんは荒井さんに殺されたんですよ。屋上に呼び出されて、いきなり突き落とされたんです。不意の殺人ですよ。それを前もって察知して遺品を譲る約束をするというのは、不可能ではないでしょうか」

佐久間は急に殺された。形見分けの約束など事前にできるはずがない。いや、そもそも自分を殺す相手に形見分けをするというのもおかしい。

疑問だらけの考えだった。しかし、大神は自信を持った態度で応じた。

「そうでしょうか。一つだけ、全てを解決する考え方があるじゃないですか」

そんなものあるわけが、と思いかけたが、私は瞬間的に閃《ひらめ》いた。これまで目の前に立ち込めていた厚いもやが、あっという間に晴れていくのを感じた。

「検事、まさか」

私が問い掛けると、大神は不敵に口元を緩めた。

「ええそうです。全てを解決する答えは一つ。つまり佐久間さんは、自分が荒井さんによって殺されることを知っていたんです。なぜなら、佐久間さんが犠牲になって、荒井さんに殺されるということは、二人で話し合って決めたことだったからです」

荒井は短く息を漏らした。観念のため息だった。

「そして殺害の目的は、荒井さんを殺人罪で刑務所に入れることです。退院勧告を受けて、どこにも行き場がない荒井さん。その荒井さんを、屋根があって三食の食事が出る場所に、長い間留まる権利を与えること。それこそが、佐久間さんが望んだことだったんです」

看護師の飯尾は、お金の払えない入院患者たちを受け入れてくれる場所があればいいと言っていた。荒井と佐久間にとって、それは刑務所だったのだ。

「いかがですか、荒井さん」

問い掛けられても、荒井は動かなかった。覚悟を決めたように大神を見据え、その視線を少しも逸らすことはなかった。

「佐久間は、自分のことを殺してくれと言いました」

あきらめの滲む口調で、荒井は語り出した。私はその言葉を黙って入力していく。

「自分は病気でもう長くない。これ以上生きていてもむだだ。だったら、せめて意味のある形で死にたい。あいつは、私にそう言ったんです」

「佐久間さんの死。その目的は、荒井さんを刑務所に入れることですね」

「はい。一文無しで病院を追い出されては、生きていく手段がありません。刑務所に入るより他になかったんです。それも、寿命が尽きるまでのできるだけ長い期間」

荒井は大神を真っすぐに見つめ、堂々とした様子で言った。

「退院勧告を受けて、すぐに佐久間に相談しました。すると佐久間が計画を語り出したんです。どうやら随分前から考えていたことだったようです。それからは、作戦実行について何度も検討を重ねました。うまく実行できるか、どうすればばれないか。完璧な犯行、完璧な証言を作り上げたつもりでした」

「完璧な証言ですか。共謀の末の嘱託殺人と分かれば、最低でも減刑、場合によっては刑務所に入れなくなる可能性もありますからね。事情がばれないよう、あくまで身勝手な犯人の、短絡的な殺人という重罪にしておきたかったんですね」

「その通りです。二人で入念に証言を作り上げました。実際、警察の取り調べはうまくくぐり抜けられたんです。でも検事さん、あなたは違いました」

荒井のおだてにも、大神は反応しなかった。深刻な表情をして荒井を見つめている。

すると荒井は少し視線を落とし、急に笑い出した。

「いやあ、よかったですよ。罪は軽くなりましたが、これで刑務所に入れます。ようやく老後のことを心配せずに、穏やかに眠れる日が来ました」

荒井は乾いた声で笑うが、その声は長続きしない。やがて笑いは尻すぼみに消えていき、最後にはすすり泣きの声だけが残った。

「でも、それでも、やっぱり佐久間には生きていてほしかったな」

荒井はどこか遠くを見るような目をしていた。その目には涙の粒が浮かんでいた。


「さて、それでは」

荒井が泣きやむのを待って、大神が口を開いた。これで取り調べの終了を告げるのだろう。普段は横柄な男だが、こういう時は気遣いができるらしい。少し見直した。

「今度は殺害決行の場面を詳しく語ってください」

「え？」

私と荒井の声が重なった。

「検事さん。私は全てお話ししました。もう何も付け加えることはありません」

荒井の言う通りだ。動機はもう明らかになったし、追及することは何もないはずだ。

「申しわけないですが、もう少々お付き合いください。殺害決行の場面は、ここまで詳しく取り扱ってきませんでした。念のため聞いておきたいんです。なに、大きな結論は変わりませんよ。あくまで裁判のための情報の補強です」

荒井は脱力して肩を落とした。これ以上抵抗してもむだと判断したのだろう。

「分かりました。証言します」

荒井が語り出すと、大神はまた集中してそれに聞き入った。

「屋上で、佐久間と待ち合わせました。これは話し合いで決まっていたことです。屋上に上がってから最低限の打ち合わせをして、二人して屋上の端まで行きました。佐久間がさあ押せと言ったので、私は押しました。佐久間の体が転落し、地面に叩きつけられました。それを見届けると、私は屋上を去りました」

パソコンに記録はするものの、いまいち話が頭に入ってこない。結論が出た以上、こんな蛇足の証言は不要だと思ってしまう。

しかし今の証言、どこかおかしいような気がした。真相は全て明らかになったはずなのに、何だろう、この感覚は。《嘘発見器》もこれに反応を示したのか。

「ありがとうございます。それでは今の証言、逆の時系列でお話し願えますか」

また逆時系列だ。荒井は隠しきれない不快感を顔に表していた。

「ええと、私は屋上を去りました。その前は佐久間が地面に叩きつけられたのを見届けました。その前は佐久間の背中を押して」

「ちょっと待ってください。押したのは背中。間違いないですか」

「えっ、あ、はい。そうだと思います」

荒井は急に動転したように声を裏返らせた。最初の時はなかった証言だ。証言が正確なら、逆時系列での証言は、忘れていた内容を思い出させる効果があるそうだ。その効き目だろうか。あるいは動揺した末の失言か。

「間違いありませんか」

「そう、ですね。間違いないです」

荒井は弱々しくではあるが断言した。大神は満足そうな顔をして掌《てのひら》で続きを促した。

「背中を押す前は二人で屋上の端に行き、その前は最低限の打ち合わせをしました。その前は屋上で佐久間と待ち合わせていました。以上です」

「ありがとうございます。それでは質問をさせてください。荒井さんは犯行後に屋上を去ったそうですが、それはなぜですか」

よく分からない質問が飛んだ。荒井も怪訝そうな表情だ。

「検事さん、殺人犯が現場に留まりますか。普通は逃げるでしょう」

「ええ、普通は逃げます。ですが荒井さんは特殊なケースでした。荒井さんは刑務所に入るために殺人を行ったんです。逃げてしまっては逮捕されない可能性があります」

そうだった。今回の事件は特別なケースなのだ。

「だからこそ荒井さんにお聞きしているんです。なぜ、屋上を離れたんですか」

調書によれば、荒井は自分の病室にいるところを逮捕されている。逃げるにしても中途半端な場所だ。一体何の目的があったのか。

「あの、それは」

「荒井さん、結論はもう出ています。これはあくまで補充の聴取に過ぎません。考えすぎなくても大丈夫です」

荒井はなおも迷っているものの、その一言に押されたように話し出した。

「佐久間の遺品を、取りに行っていたんです」

思わぬ答えが飛び出した。私は入力をしながら、奇妙な違和感に包まれる。

「佐久間を殺害するほんの直前、遺品を譲ると言われました。ベッドサイドに置いてあるものを持って行ってくれ、と。だから殺害後、慌てて取りに行ったんです。逮捕されてしまえば取りに行けなくなるので。まあ、実際はとっさに自分のロッカーに入れたまま逮捕されてしまって、今は手元にないんですが」

遺品が荒井のベッドサイドのロッカーから発見された経緯が判明した。しかし、この事実がどういう意味を持つのだろう。裁判での使い道などない気がする。

大神は何を考えているのか。そう思った瞬間、大神は大きな声を立てて笑い始めた。

「検事。どうされたんですか」

私が問うと、大神は自慢げにこう答えた。

「動機について、何もかも分かりましたよ」

分かったも何も、全てはすでに明らかになっていたんじゃないか。そう私が言おうとしたところ、大神は私を手で制して、驚いている荒井に向き直った。

「荒井紀世彦、あんた相当なペテン師だな」

いつものくだけた口調だった。丁寧さのかけらもない。

「友情で結ばれた佐久間と話し合って、刑務所に入るために泣く泣く佐久間を殺した。よくそんなでたらめが言えたもんだ」

まさか。今までの証言は嘘だったのか。私は愕然とする思いだった。

「でたらめなんかじゃありません。筋が通っていたでしょう」

荒井は当然の反論をする。そうだ、様々な点で筋は通っていた。嘘のはずがない。

「確かに、全てが嘘だったわけではないな。だが、部分的な嘘があった」

部分的な嘘。そんなものがあったかと思う一方、そんな嘘をついて意味があるのかという思いもあった。

殺人を認め動機を認め、その上で一体何の嘘をつくというのか。

「嘘なんてついていません。本当です。全て正直に話しました」

「本当にそうかな。では、佐久間の背中を押したことについては？」

不意に先ほどの証言がピックアップされた。だがここに何の意味があるのか。

「朝比奈、ここで一つ質問だ」

唐突に質問が飛んできた。私は慌てて居住まいを正す。

「佐久間の死体は、仰向けとうつ伏せ、どちらの向きになっていた？」

慌てて記憶を探る。確か調書に書いてあったのは……。

「仰向け、です。佐久間さんの死体は仰向けに倒れていました」

「そうだ。では、背中を押されて顔の方から落ちた人が、転落後に仰向けに倒れるか」

あっ、という声が漏れた。背中から押されれば、大抵、転落後はうつ伏せになる。

「いや、空中で体が回転したかもしれないでしょう。あるいは地面に叩きつけられた際に回転したのかもしれないじゃないですか」

荒井はすぐさま言い返してきた。とっさの反論にしてはよくできている。

「なるほど。では朝比奈、第二の質問だ。荒井が佐久間を突き落としたとされる指紋が、佐久間の衣服に残っている。どこに残っていた？」

「えっと、衣服の胸の前の部分です」

調書に載っていた通りを言っただけだった。しかし私は、自分が重大なことを口にしたということを一拍遅く悟った。

「そうだ。胸の前の部分なんだ。こうなるとおかしい。荒井、あんたは背中を押したと言う。だが指紋は胸の前についている。どういうことだ」

「これは、勘違いです。背中と思っていましたが、実際は胸を押したんでした」

「その言いわけは通らない。俺は先ほど、間違いないかと念押ししたはずだ。あんたはそれを受けても、背中だと断言した。そもそも、人を殺した感触をそう簡単に忘れるか。胸を押したのなら、その感触は忘れないはずだ」

「そんなことを言われても。忘れていたものは忘れていたんです」

荒井は声を震わせる。深刻な緊張感が漂い始めていた。

「そうか。では背中か胸か、どちらなのか忘れていた理由を教えてやろう。荒井、あんたはそもそも、佐久間を突き落としてなんていないだろ」

想像もしていなかった言葉が飛び出した。

「私が、佐久間を殺していないということですか。では、佐久間はなぜ屋上から落ちて死んだんです。説明がつかないじゃないですか」

荒井は至極真っ当な反論を返す。だが大神はゆるゆると首を左右に振った。

「説明はつく。簡単な引き算だ。事件当時、屋上にいたのは荒井と佐久間の二人だけ。荒井でないのなら、もう一人しかいないだろ」

まさか。私が息を呑《の》むと同時に、大神は真相を告げた。

「やったのは佐久間だ。佐久間は、自分から飛び降りたんだ」

自殺——。幾重にもかかったもやの奥から、信じがたい真相が浮かんできた。

「確かに荒井は、佐久間を殺すつもりで屋上まで行った。だが、最後の最後にためらって佐久間を殺せなかった。このままでは殺人が成立しない。焦った佐久間は荒井に、喧嘩の末の殺人だったとだけ主張しろと言い残して、自ら飛び降りたんだ」

執務室に沈黙が降りた。じわじわ首を絞めてくるような息苦しい沈黙だ。

「違う。それは間違っています」

息苦しさを破ったのは荒井の大声だった。取り乱した調子の声で荒井は叫ぶ。

「私が佐久間を殺したんです。この手で突き落としたんです」

荒井は必死だった。それもそのはずだ。佐久間が自殺なら、荒井の罪が一切なくなる公算もあった。刑務所に入るのが目的なら、佐久間が自殺と認められては困るのだ。

「私がやったんです。認めてください。でないと佐久間は犬死にだ」

荒井は自然と本音をこぼす。その懸命な姿に、私は胸を打たれていた。目的の刑務所入りが叶わないのなら、佐久間の死は本当に意味がなくなってしまう。

この真相は、見抜かない方がいいんじゃないか。私はそう思い始めていた。

「犬死にか。では、そもそも佐久間を犬死にさせた張本人は誰なんだろうな」

ところが、大神は容赦しなかった。煽《あお》るような言い方で荒井を挑発する。

「張本人。どういうことですか」

「この殺人計画を最初に提案したのは、どちらかということだ」

これまであまり考えてこなかった問題だった。荒井の話を聞く限りでは、佐久間から提案したという印象があったが。

「遺品の話が気になった。転落直前、佐久間に遺品を譲ると言われたそうだが、このタイミング、ちょっとおかしくないか」

大神の問いを受けて、私はそういえばと思った。いくら何でもぎりぎりすぎないか。

「二人は何度も打ち合わせをしている。遺品の話も、そこですべきだった。いや、しているはずなんだ。佐久間にとって遺品は、恐らく人生の思い出の品。そんな大切なものの譲り渡しなら、事前に、もっと丁寧に行うはずだ」

それを死ぬ間際に思い出したように言うのはおかしい。大神はそう言いたいのだ。

「しかし、佐久間は実際に死の間際ぎりぎりに遺品の話をしている。そんな奇妙なことになってしまった理由はただ一つ」

大神はもったいぶるように言葉を途切れさせ、得意げに言った。

「もともと、佐久間が死ぬ予定ではなかったからだ」

荒井の顔が強張った。緊張と恐怖の表情が顔に張り付いたかのようだった。

「死ぬ予定だったなら、必ず遺品の話は事前にしたはずだ。それなのに話をしなかった。それは、佐久間の死が予定外の出来事だったことを示している。急に死ぬことになったからこそ、佐久間はぎりぎりに言うしかなかった」

佐久間は死ぬ予定ではなかった。この事実が指し示すものは一体何か。

「佐久間が死ぬのでなければ、誰が死ぬ予定だったか。これも簡単な引き算だ。佐久間でなければもう一人――荒井でしかあり得ない。つまり本来の計画では、佐久間が荒井を殺して刑務所に入る予定だったんだ」

加害者と被害者の逆転。意外な構図が浮かび上がってきた。

「こうなると、ずっと違和感のあったある事実にも納得がいく。犯行直後、荒井が叫んだ『裏切り者』という言葉だ。ずっと意味が分からなかったんだが、これは最初に立てた荒井が死ぬという計画を、ぎりぎりになって自分が死ぬ計画に変えてしまった佐久間への嘆きだったんだな。荒井にとって計画の変更は、手痛い裏切りだからな」

私ははっとした。荒井の証言に対してずっと抱いていた違和感。それはこの「裏切り者」という発言の不自然さから生じていたのだ。

「となると、どちらが計画を提案したのか。もう火を見るより明らかだな。佐久間が、自分の立てた計画を覆すはずはない。最初に計画を立てたのは荒井の方だったんだ。殺す側の佐久間が荒井に『死んでくれ』と言うより、死ぬ側の荒井が佐久間に『殺してくれ』と言う方が圧倒的に自然だしな」

大神は言い切った。荒井はもはや抵抗する気力も失って項垂れていた。

「裏切り者は佐久間だった。だが、本当に非難されるべきはどちらかな。荒井の命を守ろうとして身代わりになった佐久間と、佐久間がそんなことをしてしまう、おおもとの計画を立てた荒井。答えはもはや明らかじゃないか」

荒井は首を折ったまま動かない。本当に生きているのかと心配になってきた頃、彼はゆっくりと顔を上げた。その目は全ての望みを失った、純粋な絶望の色をしていた。

「検事さんの仰る通りです。佐久間は、自殺でした」

荒井はそう認めると、再び項垂れて頭を抱え込んだ。

事件が起こった原因は、皮肉なことに互いを献身的に守ろうとする気持ちだった。

退院勧告を受けた荒井は、一文無しで退院しなければならなかった。だが、重病人である佐久間は違う。退院するわけにもいかず、治療設備の整った良い病院にい続けなければならなかった。しかし、入院費を払えない佐久間に、病院が潰れた後に移ることのできる新たな病院などなかった。

もちろん、病院は転院先を探していた。だが入院費を払えない佐久間は、受け入れを拒否され続けていた。行く当てがないのは佐久間も同じだったのだ。

だから、荒井は自分を殺させることで、佐久間を生き延びさせようとした。医療刑務所なら治療設備は整っている。佐久間を生かすために、荒井は自分の命を差し出そうと提案した。

「これ以上生きていても、意味がないと思っていたんです」

絶望に満ちた眼差しを向けながら、荒井はつぶやいた。

「この歳になって家族も親戚もなく、友人もほとんどいない。仕事だってまともにやったこともない。私の人生何だったんだろうって考えるじゃないですか。そうしたら、困っている佐久間を救ってやりたくなったんです。どうせ私の命なんて意味がないんです。だったら佐久間のために命を使いたい。そう思いました」

そう語る荒井は、心の底から寂しそうだった。

「ですが、土壇場で佐久間は逆の提案をしました。私が佐久間を殺すというものです。きっと佐久間もまた、自分の命が失われることに、必然的な意味を見出したかったんでしょう。そのことを受けて廊下で喧嘩になりました。きっと胸の指紋はこの時についたんでしょう。その後一旦落ち着いたものの、佐久間が呼び出す形で屋上に行き、また揉《も》めました。その直後、佐久間が『殺人を自白するように』『遺品は譲る』と言って、自分から飛び降りたんです」

全てを語り終え、荒井はがっくりと椅子にもたれかかった。まるで糸の切れた操り人形のようで、もう二度と動き出さないかとさえ思った。

「検事さん、私はずっと後悔していたんです。佐久間を死なせてしまったことを」

それでも、椅子にもたれたまま、荒井は訥々と思いを語った。

「私なんかがいたから、佐久間は死んだんです。私なんて価値のない人間なのに」

あらゆる苦悩を全て絞り出して凝縮して言葉にしたような、悔恨に満ちた語りだった。荒井の反省がそこに滲み出ている気がした。そんな荒井だからこそ、もうこれ以上追及する必要はないと私は思った。

「退屈な自分語りは終わったか。では取り調べを終了する」

ところが大神は、あろうことか大あくびをして荒井の言葉を遮った。

「あんたが事件についてどう反省しているか。そんなことに興味はない」

荒井は啞然《あぜん》として大神を見た。だが、大神は素知らぬ顔だ。

「俺は嘘さえ暴ければそれでいいんだ。ではさようなら」

あまりに急な幕引きに、私も啞然とした。執務室の空気は困惑を多分に含んでいた。

「あの、私は今後どうなるんでしょう」

荒井が椅子から立ち上がって訊いた。制服警察官が腰を上げようとするが、大神は面倒臭そうに手で制した。

「今から、佐久間の自殺を裏付ける再捜査が行われる。そこで充分な証拠が見つかれば、あんたはすぐさま不起訴となる。自由の身になるんだ」

検察調べの段階で、被疑者を裁判にかけない判断のことを不起訴という。不起訴には主に「嫌疑なし」「嫌疑不十分」「起訴猶予」の三つがあるが、今回は犯罪を行ったという事実自体が存在しなかった「嫌疑なし」に当たる。

「自由の身って、外に出られるということですか」

「そうだ。どうぞ自由に老後を過ごしてくれ」

大神はハエを払うような適当な調子で言った。しかし荒井は困り顔だ。

「そんな。私はどこに行けばいいんですか。外に出ても、行く当てはないんですよ」

縋《すが》るように言うが、大神は本当にハエを払うように手をしっしと振るった。

「俺には関係ないことだ。嘘を暴くことだけが俺の仕事。他のことは知らん」

冷酷な宣告だった。荒井は崩れ落ち、呆然と大神を見上げていた。


数日後、佐久間の自殺を証明する証拠が発見された。

まずは佐久間の衣服の胸の部分にあった、荒井の指紋。これは、屋上から突き落とした時のものでないことが分かった。二人が屋上に上がる直前、廊下で喧嘩をした時についたものだと、防犯カメラの映像から判明したのだ。二人は胸倉を掴み合っていたが、その時荒井がはっきりと、佐久間の服の胸の部分に手を当てていた。計画の変更で言い争った時のものだろう。

そして、もう一つの決定的な証拠。それは意外なところからもたらされた。

「参考人、氏名と年齢を言え」

執務室の席で、大神が脚をデスクに乗せて言った。取り調べ冒頭から大きな態度だ。

「はいっ、私、梶博史《ひろし》と申します。年齢は七十一歳です」

梶は背筋を伸ばして言った。以前見かけた時とは全く以て違った様子だ。

前回梶と会ったのは、友永と七川市民病院に捜査に行った時だ。西棟屋上の真下の五階で看護師の飯尾が怒っていた、認知症を装っている老人。それが梶だった。

「参考人は、佐久間久幸の死について重大な事実を知っているそうだな」

「はいっ、私は事件発生時、佐久間が飛び降りた西棟の屋上の反対側、東棟の屋上にいました。そしてそこで、望遠機能付きのビデオカメラを構えていました」

梶は認知症を装うことなどすっかり忘れた様子で、大神を前にかしこまって証言をしていた。どうやら権力の前では従順な犬に成り下がるらしい。大神はそれを見越して、いつもの優しい態度を放棄しているようだ。

「そのビデオカメラは、何のために使っていたんだ」

「それは、盗撮のためです。西棟五階には看護師着替え室があるので、それを狙って。事件のあった午後四時頃は丁度看護師が交代する時間帯なので狙い目だったんです」

余計なことまでぺらぺら喋る男だ。それにしても、騒ぎになっていた盗撮事件の犯人が梶だったとは。佐久間の自殺のことで警察が再捜査に入った際、不審な動きをしている梶を発見した刑事が問い詰めると、盗撮のことを自白したらしい。

「ネットに上がっていた盗撮動画はあんたのものだったか」

「すみません。つい出来心で」

出来心とは言うが、梶は百本を超える盗撮動画を所持していた。明らかな常習犯だ。私が梶と会った時も、屋上が事件で出入り禁止になったので、直接着替え室のある五階にやって来ていたのだろう。カメラを仕掛けるなどするために。これらの犯行の悪質性が高いということで、梶は現在逮捕されて留置場に身柄を置かれている。

だが、梶を地検に呼んだのは盗撮を糾弾するためではない。別の証言を得るためだ。

「それで、参考人が屋上で目撃したものとは？」

「はい、それは佐久間が自分から飛び降りる場面です」

佐久間の自殺。それには目撃者がいた。反対側の屋上にいたこの梶だ。

「それは確かか」

「もちろんです。入院費をケチって買った、光学ズーム五十倍のビデオカメラでズームして見ていたんです。間違えようがありません」

梶は自殺の瞬間をはっきりと目撃していた。想像し得る限り、最も鮮明な形で。

「佐久間は自分から飛び降りた。そのことを証拠で証明できるか」

「ええ。その時は着替え室を盗撮しようと、録画ボタンを押していましたから。で、二人が屋上の端で揉めているのが気になってカメラを向けました。二人が言い争うところから飛び降りるところまで、ばっちり録画しています。凄《すさ》まじい画《え》が撮れました」

この録画は私も大神も確認している。そこにははっきりと佐久間の自殺が映っていた。佐久間は屋上の端に立ち、梶のいる東棟を向いたかと思うと、目を閉じてふらつき、転落したのだった。目を閉じているあたり、覚悟の自殺だったということだろう。

「目撃した時は、すぐに警察に録画を提出して証言しようと思いました。でも、何かの弾みで盗撮のことがばれるのが怖くて黙っていたんです。ですがそれでも」

「分かった。もういい」

「え、もういいんですか」

話し足りなさそうな梶に対し、大神は侮蔑の視線を送った。

「もういい。あんたほど手応えのない取り調べ相手は初めてだ」

大神は鬱陶しそうに手を振った。梶は制服警察官に連れられ、執務室を出て行った。

「全く、いい歳してお盛んすぎるんだよ、あのじいさん」

大神は吐き捨てるようにして言った。珍しく気が合ったが、それよりも気になることがある。

「検事、これで荒井さんは不起訴ですか」

「ああ、そうなるだろうな」

不起訴となれば即刻釈放だ。荒井は自由の身となる。普通なら喜ぶべきところだが、荒井の場合はそうではない。彼に行く当てはないのだ。

「検事、今更ですが、荒井さんを殺人罪で刑務所に入れることはできないんですか」

情が移っているのか、大きな声で訴えてしまう。しかし、大神は首を振った。

「そんなことは断じてできない。もし起訴して、裁判で証言を引っくり返されたらどうする。俺が嘘を見抜けない無能だと思われてしまうだろ」

大神の思考回路は常にこの考えをたどるらしかった。今回の「嫌疑なし」の不起訴についても、嘘を見抜けなかったのは無能な警察で、自分は嘘を暴くことに成功した優秀な検事だと常々誇らしげに語っている。

だが、それで引き下がっては荒井が可哀想だ。私は粘った。

「ですが、このままだと荒井さんに行く当てなんてありません。何とかなりませんか」

「何ともならん。じじいの老後の世話は検事の仕事じゃない。それとも、俺を介護士か何かだと思っているのか」

そう言われると厳しい。厳しいが、何とかしてやりたいという気持ちは強い。

「そんなに気になるのなら、結婚式場の事件の時のように、また友永と捜査でもしたらどうだ。もっとも、事態を覆すような証拠は出ないだろうがな」

大神は嘲るように言ってくる。またいらだちが最高潮に達してきた。

「もういいです。こんなことばかりして、検事こそ将来、行く当てがなくなりますよ」

苦し紛れの適当な予言を残し、私は執務室を飛び出した。

私は意を決して千葉県警のビルに向かった。正面玄関から入り、受付で呼び出しをしてもらう。待っている間、ずっと足元が落ち着かなかった。自分のやっていることに意味があるのか。自問自答する時間だった。

そして待つこと十数分。呼び出した人物は手を挙げながら現れた。

「おう、朝比奈」

友永だった。結局頼れるのはこの人しかいない。

「友永先輩、突然すみません。ご相談したいことがありまして」

「ああ、七川市の事件のことだろ」

私は面食らった。どうしてそのことだと分かったのか。

「さっき大神検事に事件のことで電話したら、事務官が飛び出して行ったと言われた。恐らくそっちに行くだろう、とも」

どうやら全て見抜かれていたらしい。得意げな大神の顔が脳裏に浮かんだ。

「荒井紀世彦のことが気になるんだろ。それで再捜査をしたいってことだよな」

友永が労《いたわ》るように声を掛けてくる。前の結婚式場での事件では、友永の協力のお陰で何人もの人の気持ちを救うことができた。その味を占めて、今回も友永に助けてもらおうと思ったのだ。今思えば甘い考えで、友永にとって迷惑極まりない話だった。

「すみません、何でもないんです。私が来たことは忘れてください」

その場を去ろうと、慌てて体をよじる。だが、不意に腕を掴まれた。

「おい、俺が迷惑していると思ったか。そんなことはないぞ」

友永は私の腕をしっかり掴み、気合のこもった視線を向けてきた。

「忘れたか。俺は荒井を取り調べたんだ。奴のことはずっと気になっていたよ。俺だって何とかしたいんだ」

熱血漢ぶりが姿を現したようだ。友永は私を引っ張って歩き出す。

「ちょっと先輩、どこ行くんですか」

「さあ。でも再捜査はする。意味のあるものを見つけるまで、絶対にやめないからな」

私の知っている友永の姿だった。不思議な安堵を覚えながらも、私は気を引き締める。探し出すべきは、少しでも救いのある真実だ。困難な再捜査だということは分かっている。でも、荒井のためにも探すしかなかった。


一ヶ月後の六月半ば。私と友永は七川市内の住宅街にいた。スマホの地図アプリを参考に、入り組んだ路地を散々曲がった末に、ようやく目的の場所にたどり着いた。

目的の建物は、築四十年は超えていそうな、二階建てのおんぼろアパートだった。

外壁は黄ばんでいて、階段の手すりには茶色い錆《さび》が浮いている。

「ここの二〇二号室だ」

友永に先導されて階段を上がり、二〇二号室のドアをノックする。しばらく待つと、軋《きし》みながらドアがゆっくりと開いた。

「ああ、刑事さんでしたか」

ドアの隙間から顔を覗かせたのは、取り調べの時よりさらに痩《や》せ細った荒井だった。

荒井は緩慢な動きで、私と友永を部屋の中に招き入れた。私のことは覚えていないようだが、まあ仕方がない。改めて名乗った上で、座布団の上に腰を下ろす。

「荒井さん、ここでの暮らしはいかがですか」

荒井が出した緑茶をすってから、友永が訊いた。荒井は頷いてから答える。

「最低限の暮らしはできています。本当に、生活保護というのはありがたいものです」

不起訴になり釈放された後、荒井は病院のソーシャルワーカーと共に生活保護の申請に向かった。これまでは頑《かたく》なに申請を拒絶していたのだが、釈放後は憑《つ》き物が落ちたようになって、ソーシャルワーカーの言うことを聞いたとのことだった。

「昔、何度か生活保護を申請したんです。ですがその時は、窓口の担当者にまだ働けるだろうと怒鳴られて却下されて。それ以来足が遠のいていたんですが、受給できるようになっていたんですね」

年齢によっても判断は分かれるところだろう。ただ、荒井にとって生活保護は絶対にはねのけられるものだという認識があった。だから再度申請には行かなかったのだ。

しかし、そんな荒井を変えたのは佐久間だ。命を賭けて荒井を救おうとした佐久間の行動が、荒井に再度の申請を決意させた。

「そうだ。お二人とも、佐久間に挨拶をしてやってください」

荒井が思い立ったように部屋の隅を示す。そこには小さな骨壺が置かれていた。

「佐久間の骨です。引き取り手がなかったそうで、無理を言って引き取らせてもらったんです」

私と友永は骨壺に向かって手を合わせる。荒井も目を閉じて丁寧に拝んでいた。

そして手を合わせ終わった後、私は勇気を振り絞って話を切り出した。

「荒井さん、本日はお話があって参りました。実は、佐久間さんの事件のことで新たな事実が判明したんです」

荒井の目に動揺のさざ波が広がった。瞳が細かく震えている。

「荒井さん。私たちはこの一ヶ月、独自に事件を再捜査しました。その結果、重大な事実を摑みました」

「重大と言われても、もうこれ以上意味のある事実はないでしょう」

荒井はあきらめに満ちた表情を浮かべた。佐久間を死なせた罪悪感が強いのだ。

だとしたら、私たちが摑んだ事実によって、その罪悪感を払拭するしかない。

「いいえ、意味のある事実が出てきました。事件を引っくり返す重大な事実です」

私は自信を持って言った。この事実は荒井を救うと信じていた。

「荒井さん、佐久間さんが転落する瞬間の様子を詳しく覚えていますか」

「ええ、よく覚えています。自分が飛び降りると言って屋上の端に立ったかと思うと、急に目を閉じてふらつき、転落したんです」

「そうです。私たちも、盗撮犯が隣の屋上から撮影した映像で確認しました」

荒井は、釈放直前の取り調べで盗撮犯のことは聞いている。

「そして問題となるのは、転落直前に佐久間さんが目を閉じたことです」

「問題になるんですか。ただ単に、覚悟を決めただけではないんですか」

荒井の疑問ももっともだが、ここには深い意味がある。

「人が目を閉じるのには様々な理由があります。覚悟を決めた時もそうですが、眠る時、目にゴミが入った時、見たくないものがある時。そして、まぶしい時」

荒井が、意味が分からないとばかりに首をひねった。

「事件があった前後の日は、五月とは思えないほどの陽気でした。太陽はぎらぎらと輝き、目にまぶしいほどでした」

「まさかその太陽の光が目に入って……。いや、違います。あの時、佐久間は太陽を背にする格好で立っていたんですから」

確かにその通りだった。前に事件とほぼ同じ時刻に屋上に行った時、佐久間の転落地点から地上を見下ろすと、正面に太陽があった。そして佐久間は転落時、地上方向に背中を向ける形で立っていた。そうでなければ背中から落ち、仰向けに転落しない。

そうなると太陽は佐久間の背中側にあって、目がくらまされることはないはずだ。しかし、ここに招かれざる目撃者の存在が出てくる。

「その通りです。ですが、ここで盗撮をしていた梶さんの存在が浮上してきます。梶さんは、お二人の争いが気になって、ズームでその様子を覗きました。もし、そのビデオカメラのレンズに太陽の光が反射したとしたらどうでしょう。佐久間さんに照準が合っていたレンズが、太陽光の反射でまぶしく光ったとしたら」

荒井の顔色が一瞬にして蒼白《そうはく》になった。

「そうなんです。佐久間さんは、レンズに反射した太陽光に目をくらまされて、バランスを崩して転落したんです。だからこそ転落時に目を閉じたんです」

荒井は愕然として震えていたが、やがて慌てたように私を問い質した。

「では、あれは事故だったというんですか。佐久間に死ぬつもりはなかった、と」

「そのはずです。佐久間さんに死ぬ気はありませんでした」

「でも、それじゃあどうして屋上の端に立って死ぬふりをしたんですか」

「それは荒井さんを思い留まらせるためです」

荒井の質問がぴたりと止んだ。

「佐久間さんは、荒井さんの計画を止めたかったんです。当初は、佐久間さんが荒井さんを殺すという計画でした。ですが、佐久間さんは荒井さんには死んでほしくなかった。だから実行直前に計画の逆を提案し、死ぬぞ死ぬぞと思わせることで、荒井さんのやろうとしていたことの愚かさを知らせようとしたんです」

荒井は呆然としていた。だが、すぐに思い直したように首を振る。

「でも、それはあなた方の想像でしょう。実際にレンズの光で目をくらまされたという証拠はないはずです。ましてや、佐久間に死ぬ気がなかったという証拠なんて」

「佐久間さんに死ぬ気がなかった証拠なら、あります」

私が断言すると、荒井は驚愕の表情を見せた。

「病院のソーシャルワーカーが言っていました。事件当日の朝、佐久間さんはソーシャルワーカーに生活保護のことを相談し、受給のためにこの先やるべきことの詳細なリストを作っていた、と」

「佐久間が生活保護を？　まさか」

「そのまさかです。それ以前にも、たびたびソーシャルワーカーに相談をしていたようです。ソーシャルワーカーは職務上の守秘義務と、事件とは無関係だという気持ちから、この事実を黙っていたそうですが」

荒井は頭髪をまさぐり始めた。そんな、とつぶやきながら白い髪を乱れさせる。

「これほど入念に今後のことを相談していた佐久間さんが、自殺などするでしょうか。私は、そんなことはないと思います」

はっきりと言い切ると、荒井は噛み付くように問い掛けてきた。

「どうしてそんなことを。佐久間は、生活保護が大嫌いだったんですよ」

その事実は初耳だが、その嫌いな生活保護に頼った理由ならすぐに分かる。

「恐らく、荒井さんを死なせないためでしょう」

「私を、死なせないため」

「そうです。荒井さんは退院勧告を受けて死を覚悟しました。この先の生活ができないと思ったからです。ですが、もし荒井さんがこの先の生活ができると思い直したとしたら。死ぬことも考え直してくれるのではないか。そう思った佐久間さんは、まず自分が生活保護を受けることで、荒井さんに大丈夫だと伝えたかったのでしょう。この先も生きていくことができるのだと」

荒井は口を閉ざした。時間が凍ったような長い間が空く。

「でも、それは佐久間一人のためだったかもしれないじゃないですか。私のためだったという証拠はどこにもないでしょう」

ようやく荒井はそう漏らしたが、私は首を振った。

「いえ、佐久間さんが生活保護の相談をし始めた時期なんですが、四ヶ月ほど前なんです。この時期が持つ意味、荒井さんならよくお分かりのはずです」

荒井ははっとした顔になった。見開かれた目が微かに潤み始める。

「私が、退院勧告を受けて佐久間に相談した頃、ですね」

「その通りです。荒井さんの危機を知って、佐久間さんは大嫌いな生活保護にも頼ってみようと思ったんです」

二人は犬猿の仲に見えた。しかし、本当は深い絆で結ばれていた。だからこそ互いに互いを救おうとして、でもその末にすれ違った。

「佐久間、佐久間。すまなかった。許してくれ」

荒井は骨壺に向かって、深く頭を下げた。


日が暮れた頃、私と友永は荒井の部屋を出た。夜になっても相変わらず蒸し暑く、六月半ばだというのに早くも夏本番の様相を呈している。

「長居させてすみません」

荒井が深々と頭を下げた。私たちが、いいんです、と言っても頭を上げない。

「ですが、すっきりしました」

それでも、ようやく顔を上げた荒井の顔は爽やかだった。

「佐久間の想い、しっかり受け取りました。佐久間の分も、長生きしようと思います」

荒井はぎこちなく口の端を上げた。何だろうと一瞬思ったが、どうも笑ったらしかった。荒井の笑った顔を初めて見た。

「お二人のお陰です。本当にありがとうございます」

また頭を下げる。いいんですと再度制したが、荒井はやはりそのまま頭を下げ続けた。困ってしまったが、自分たちが役に立てたと思うと悪い気はしなかった。

「それで、一つお願いがあるんですが」

ようやく頭を上げた荒井が、恥ずかしそうに言い出した。私は首を傾げる。

「またここに来てくれませんか。何度でも佐久間に手を合わせてやってほしいんです」

私と友永は顔を見合わせた。きょとんとした後、嬉しさが込み上げてくる。

「また」と荒井は言った。次に私たちが来る時まで、荒井は生きるつもりらしい。その前向きな言葉を聞けて、私は満足だった。

「はい、必ずまた来ます」

そう答えると、荒井は笑った。今度はぎこちなくない、自然な良い笑顔だった。

第三話　月が綺麗だったから

「ふん。月が綺麗だったから、か」

執務室に大神の不満げな声が響いた。大神は両脚をデスクに乗せ、県警から上がってきた調書を読んでいる。

「もしかして、千葉市の殺人事件ですか」

言葉にひっかかるものがあったので尋ねると、大神は面倒臭そうに頷いた。

「そうだ。ニュースで話題のあの事件だ」

私の予感は当たった。あの事件が大神のところに回ってきたのだ。

「『月が綺麗だったから人を殺した』と言っている、あの事件ですよね」

確認のために訊くと、大神は眉根を寄せた。

「分かりきったことを訊くな。時間のむだだ」

「あ、すみません」

私は引き下がったが、本当はもっと事件のことを話したかった。なにせこの事件は、かの有名な小説にも似た印象的な事件なのだから。

「まるでカミュの『異邦人』のようだ。そう思ったか」

大神が嘲るような口調で、私の心を読んだ。また顔色を読まれたらしい。

「馬鹿《ばか》馬鹿しい。『異邦人』は、太陽がまぶしかったから、だ。全く違う」

「ですが、似ています」

「どうでもいい。月が綺麗だったからなど、明らかに嘘だ。県警は何をしていた」

大神が批判する通り、県警での取り調べは不首尾に終わっていた。被疑者の奇妙な動機は覆されず、そのまま調書に記されて検察まで送られてきたのだった。


ことの始まりは、二日前の七月二十五日に起こった殺人事件だった。

日付が二十五日に変わったばかりの深夜零時四十八分。千葉市内のアパート「シャノワール千葉」の一〇四号室に住む男性から一一〇番通報が入った。真上の二〇四号室から尋常でない悲鳴が聞こえたというのだ。駆け付けた警察官は二〇四号室に向かったが、応答がない上に鍵が掛かっていた。管理会社に連絡して合鍵を持って来てもらうと、警察官は警戒して室内に入った。すると、リビングに血まみれの若い女性が立っていた。後で分かるのだが、彼女が被疑者の室月凛奈《むろづきりんな》だった。警察官は最初、彼女が怪我《けが》をしているのかと思ったが、違った。彼女に付着している血液は全て返り血だった。そのことを悟った警察官が慌てて部屋中を捜索すると、ベランダに若い男性が倒れていた。彼が着ていたシャツは血で真っ赤に染まっていて、足元には血まみれの包丁が落ちていた。

被害者氏名は、浦部悟《うらべさとる》。浦部は被疑者の室月と結婚はしていないものの、同棲生活をしていたらしかった。痴情のもつれの末に、室月がカッとなって浦部を刺殺。そんな単純な事件の構図がすぐに浮かんできた。県警での取り調べでも、捜査一課はその線で攻め、早々に決着をつけるつもりだった。

室月は、犯行自体は素直に認めた。だが、そこからが問題だった。室月は殺害動機について、予想外の言葉を放った。それが「月が綺麗だったから」だ。彼女は、月が綺麗だったから浦部を殺した、と主張したのだ。

もちろん捜査一課は真剣には取り合わず、動機は痴情のもつれだとして幕引きを図った。しかし、どこからか情報が漏れたのだろう。この刺激的でいてどこか儚《はかな》い殺害動機は、マスコミの知るところとなった。ちょうど大きな事件がなく話題に飢えていたマスコミは、この事件に食い付いた。特に動機について大々的に報道され、事件は急遽、世間の一大関心事となった。

「マスコミの注目を浴びていながら、この体たらく。県警は実に無能だ」

大神は誰にともなく毒づいた。友永が聞いたら苦りきった顔をすることだろう。

しかし、マスコミの論調にも問題はあった。マスコミの多くは、県警が「月が綺麗だったから」という動機を覆せず認めたような報道をしたが、実際は認めてなどいない。そもそも、県警は端《はな》からその動機を相手にもしていなかった。それなのにマスコミ報道を受けて、県警には批判が殺到していた。本来なら被疑者の妄言で片づけられた動機が、そうもいかなくなったのだ。

「同棲中の男女間で殺人が起こったら、原因は十中八九、痴情のもつれだ。不可解な動機はそれをごまかすためだろうに」

あまりにはっきり言うので面食らったが、言われてみればその通りだ。

動機は不可解だが、事件自体は単純だ。鍵の掛かっていた密室の部屋で、女性が男性を刺し殺した。普通ならマスコミもそれほど熱を入れない事件だろう。

「そういえば、被疑者は小説家だったな。その点が話題を呼んでいるのか」

大神が再び調書を読みながらつぶやいた。

「そうですね。それから話題といえば、被疑者・被害者ともにあの容姿ですよ」

この事件がマスコミの注目を浴びたのは、何も動機の奇妙さによるものだけではない。まず、被疑者の室月凛奈はデビューしたばかりの小説家で、現実か夢か分からなくなるような幻想的な文章を評価されていた。作風と犯行動機の奇妙な合致が話題を呼んでいたのだ。

また、被疑者・被害者それぞれの容姿が極めて優れていたことも世間の耳目を集めていた。特に被害者の浦部悟が極めて整った顔立ちをしている美青年だったことは反響が大きかった。浦部はほっそりした憂いのある容貌をしており、目鼻立ちは非常に端正だった。テレビなどで被害者写真が報道されるや否や、ＳＮＳ上には彼の美青年ぶりへの反応が相次ぎ、彼の名前がトレンド入りする始末だった。

被疑者の職業と、被疑者・被害者双方の容姿。その二つのガソリンを注《つ》ぎ足され、報道の炎は激しく燃え上がった。

「それにしても、意味不明な動機を語り出すということは、被疑者は精神状態に問題があるんでしょうか」

私は肝心なことを尋ねた。奇妙な動機と聞いて、まず思い付くことだ。

「それは問題ないだろ。取り調べでの受け答えもしっかりしていたそうだ」

大神は調書に目を落とす。精神の問題でないなら、嘘と分かって証言しているのか。

「まあ、必要なら簡易鑑定も実施しよう。その上で判断する」

大神は立ち上がって窓に歩み寄った。そして地上を見下ろすと、不快そうに口元を歪めた。彼の目には、門の前にいるマスコミの集団が目に入ったはずだ。

「まったく。マスコミがうるさいと、単純な事件が複雑になる」

大神は嘆くように言うと、椅子に座り直して私の方を向いた。

「これ以上マスコミにかき回される前に、取り調べをする。準備をしておけ」

大神はパソコンに向かった。こうなるともう話しかけても反応は返ってこない。

しかし、この時ばかりは大神の心が読めた。普段顔色から心を読まれている仕返しではないが、大神が喜んでいるのが私には分かったのだ。

大神は表面上は県警の不始末を怒っているように見える。だが、本当は被疑者の魅力的な嘘を欲しているのだろう。《嘘発見器》として被疑者の嘘を覆す瞬間を想像して、大神は内心では笑っているはずだ。

「ああ、面倒だ」不満を漏らしながらも、大神の口元は笑みの形に歪んでいた。


「失礼します」

ノックの音と共に、被疑者と制服警察官が執務室に入ってきた。いつものようにT字型にセットされた机で待っていた大神は、即座に優しげな笑顔を見せる。普段の傍若無人な態度は一瞬にして消え去った。

だが、手錠と腰縄で繋がれた被疑者・室月凛奈は、そんな大神の態度には一瞥もくれなかった。虚脱したように、どこでもない一点をぼんやりと見つめている。

室月凛奈は、長い黒髪を肩まで伸ばした美人だった。向こうが透けてしまいそうなほどの色白の肌に、折れてしまいそうな細い首筋。眠たげな瞼《まぶた》から覗く透き通った瞳がどこか幻想的だった。全体的に儚く、泡と消えてしまいそうな印象を受ける。

「室月凛奈さんですね。このお名前は本名であり、かつ作家としてのペンネームでも同じ名前を使われていますね」

大神が柔らかい声で問い掛ける。ペンネームのために作ったように見える名前だが、本名でもあるようだ。室月は肯定を示すように、微かに首を揺らした。

「まずお伝えしておきますが、あなたには黙秘権があります。そして、必要ならば弁護士も呼ぶことができます」

大神は話を続ける。室月はまた、少しだけ首を揺り動かした。

「結構です。それではお聞きします」

大神はにこやかな表情を浮かべ、そしていつもの質問を繰り出した。

「今回の事件で、あなたが体験したことや感じたこと、何でもいいので、自由に話してください」

室月は虚ろな目を、僅かに左右に揺らした。この意外な要求に戸惑っているようだ。

だが、室月はすぐにまた虚ろな状態に戻り、消え入りそうな声で答えた。

「月が綺麗だったから、恋人の浦部悟を殺しました」

早速、生の「月が綺麗だったから」が出た。嘘だと思っていても、いざ室月の儚い雰囲気で言われると、本当かもしれないと思ってしまう。

「月が綺麗だったから。それだけの理由で、恋人を殺したんですか」

「ええ、そうです」室月は目の焦点を定めないまま主張を続ける。

「では、月が綺麗だったからというのは、具体的にはどういうことなのでしょう」

「そのままの意味です。月が綺麗だったから。だから殺したんです」

大神のオープン・クエスチョンに対しても、室月は同じ意味の受け答えをする。私は同じ文字のキーを叩くばかりだ。大神は考え込むように椅子に背をもたせ掛けた。

「分かりました。それでは質問を変えましょう」

このままの受け答えでは意味がないと判断したのか、大神は攻め方を変えた。

「室月さん、あなたがどんな人生を送ってきたか、順を追ってご説明願えませんか」

室月はまた微かに瞳を揺らしたが、警察でも説明したことだと思ったのか、素直に語り始めた。私はそれをパソコンに記録していく。

「私は、福島県の小さな町で生まれ育ちました。幼い頃に両親を事故で亡くして、親戚の家で十八歳まで育ったんです。ですが、十八歳でその親戚の家を出て、東京で一人暮らしを始めました」

県警で語ったとされる内容と同じだ。親戚の家はいづらかったのだろうか。それとも冷たく当たられたか。どちらにせよ、幸福な子供時代ではなかったようだ。

「東京では、運良く資産家の浦部家でお手伝いの職に就くことができました。そこで真面目に働いていたところ、一人息子の浦部悟と恋に落ちました。ですが両親に結婚を認められず、私が二十歳になった年に駆け落ちをすることになったんです。最小限の荷物を抱えて千葉に移り住み、二人とも働き始めました。ところがお坊ちゃん育ちの悟は仕事が長続きせず、アパートの部屋にこもりがちになりました」

室月はあくまで淡々と話を進める。不幸な出来事も、平坦な口調を崩さなかった。

「悟が働かないので、生活は苦しくなってきました。私も体が弱いので、長時間働くことができず、生活は困窮しました。ですが、三年前に私がずっと書いていた小説が当たりました。それが第二回深窓社幻想文学新人賞の受賞作『夢枕』です」

僅かに室月の口調が上ずった。できたばかりの小さな賞らしいが、室月からすれば神の救いを得た気分だっただろう。興奮するのも無理はない。

ところが間を置かず、室月の声は一転して沈み始めた。

「しかし、ことはそううまくはいきませんでした。受賞作の『夢枕』は、全く売れなかったんです。出版社から二作目の刊行は厳しいと言われ、私は再び絶望しましたが、小説もだめなら、私は一体どうすればいいのだろう、と。悟にも相談しましたが、あの人は何もしてくれませんでした。つくづく頼りにならない人です」

またしても憂き目に遭った室月。波乱に満ちた人生だ。

「ですが、私は腐らずにプロット――作品の企画案を送り続けました。するとある時、出版社の方から二作目を出しましょうという話が来ました。何でも、『夢枕』が売れ始めたそうでした。私はすぐに二作目を書き上げました。タイトルは『夢千夜』。初版部数が随分多く、しかも売れ行きは好調でした。ようやく私の実力が認められたんです。三作目の執筆依頼も来て、私は次なる作品を準備していました」

この後、事件が発生する。自らの人生を語り終えた室月は一つ息をついた。

「作家業は順調だったようですね。室月さんには才能がおありになったんでしょう」

いきなり、大神がお世辞のようなことを言った。

「いえ、それほどでも」

室月は眠たげな目を心地良さそうに細めた。才能を褒められるのは嬉しいようだ。

「ですが気になりますね。才能があって二作目を刊行、三作目も期待されていた。そんな順風満帆な状態で、なぜ殺人を犯したんですか」

室月は思わずといった具合に数回まばたきをし、少し上ずった声で答えた。

「ですから、月が綺麗だったからです」

またこれだ。まるでそう答えなければならないゲームでもしているかのようだ。

「なるほど。よく分かりました。それでは本日の取り調べはここまでにしましょう」

唐突に、大神が取り調べの終了を告げた。室月は面食らったような顔をする。

「もうお帰りいただいて結構ですよ。ありがとうございました」

一体、この取り調べでどんな収穫があったというのか。室月は困惑したような表情を浮かべたまま、制服警察官に連れられて部屋から出て行った。

取り調べが終わると、大神は再び、県警から上がってきた室月の調書を読み始めた。特に、殺害現場の図面を注意して見ているようだ。

「しかし『月が綺麗だったから』って何なんでしょうか。そんな突拍子もない供述、警察や検察相手に通用するわけがないと分かっているはずなのに」

気になって問うと、大神はフンと鼻で笑った。

「本人も信じてもらえるとは思っていないんだろう。ではなぜそんなことを言うのか。そこが事件の核心だ」

大神は図面から目線を逸らさず、思わせぶりな発言をした。この態度、もしや。

「もしかして検事、『月が綺麗だったから』の正体が分かったんですか」

「ああ、ある程度は分かったはずだ」

いつものことだが驚かされる。送検後のこの短い期間で謎を解くことができるとは。

「俺の考えは間違いないだろう。だが確認が必要だ」

大神はようやく図面から目を離し、私に鋭い視線を向けた。

「朝比奈。そろそろ動いてもらうぞ」

ついに指示が下った。またしても、私が捜査に出るらしい。

「大きな指示は一つだ。現場である被疑者の自宅を調べてくること」

例によって指示が飛ぶ。狙いを聞いておきたいが、尋ねても返事はないだろう。

「分かりました。それでは、行って参ります」

必要最低限の応答をしたが、大神からの返事はない。彼はすでにパソコンに向き直って、一心不乱にキーを叩いていた。


「いつもすみません、友永先輩」

助手席で私は頭を下げた。友永はハンドルを握りながら、いつものように苦笑する。

「もう言い飽きたが、この捜査は俺がやりたいからやっているだけだ。礼には及ばん」

友永の優しさに感謝した。本当に心強い捜査のパートナーだ。

「ですけど友永先輩、室月凛奈さんって不思議な人ですね」

取り調べでの室月の様子を語ると、友永は思わずといったように顔をしかめた。

「確かに、摑みどころのない被疑者だったな。小説の方もあんな具合だしな」

「あれ。友永先輩、室月さんの小説を読んだんですか」

思わず尋ねていた。現在、デビュー作の『夢枕』と二作目の『夢千夜』は、室月の起こした事件の重大性を鑑み、出版停止となっている。手に取って読む術《すべ》がないのだ。

「一応な。捜査資料として捜査本部に何冊かあるから、ちらっと読んでみた。しかし、よく分からなかったな。他の捜査員も幻想的すぎてわけが分からないと言っている」

幻想文学系の新人賞の受賞作なのだ。多少なりともそういった傾向はあるだろう。

「でも、結構売れているんですよね。二作目、三作目を書けるぐらいには」

何気なく口にしたが、友永は気まずそうな顔をした。

「それが、一作目や二作目が売れた背景には理由があるんだ」

初耳だった。調書には何も書かれていない。

「被害者の浦部悟の家、資産家だっただろ」

「そうですね。室月さん本人も証言しています」

「その資産家の当主が、金にものを言わせたんだ」

一瞬理解が及ばなかったが、徐々に染みるように事情が察せられてきた。

「まさか、浦部悟の父親が買い占めていたんですか」

「その通りだ。自分の息子と恋人の生活を守るために、父親が陰で一作目、二作目を大量に購入していたんだ」

呆れた理由だ。大規模な賞なら初版部数が多くてあまり意味のない行動だが、小さな賞だったために効果があったのだろう。

「そのことを、室月さんや浦部さんは知っていたんですか」

「少なくとも、室月の方は知っている様子はなかった。本が売れた背景を伝えずに取り調べをしたんだが、自分の本は実力で売れたと完全に思い込んでいた」

当人は一切知らない、浦部の父親からの支援。直接支援すればとも思うが、浦部と室月は駆け落ちだ。実家とは縁を切ったはずで、父親の方も表立っては支援できなかったに違いない。

「出版社にも父親は多額の寄付をしたらしい。表向きは文化芸術振興のための寄付らしいが、実際は室月の二作目三作目の刊行を迫ったんだ。これについて出版社もその通りだと答えたよ」

とんだパトロンがいたものだ。実に回りくどい。

「このことは、結局室月さんには伝えていないままですか」

「伝えていない。事件の本筋と関係ないからな。調書に載せなかったのもそのためだ」

確かに事件とは関係なさそうだ。

「おっ、見えてきた。あれが室月の住んでいたアパートだ」

友永が視線を向けた先に、二階建ての古ぼけたアパートが建っていた。住宅街の奥の、静かな一角だった。幹線道路から離れていて、騒音の少なそうな場所だ。

友永は車を駐車場に停め、私と一緒に現場の二〇四号室に向かった。階段は古いのかぎしぎしと軋んだ。築年数は相当経っていそうだ。

二〇四号室の前で少し待つと、待ち合わせをしていた管理会社の社員が現れた。鍵を開けてもらって部屋に入る。鑑識作業はもう終わっているので、足跡や指紋に注意を払う必要はない。管理会社の社員を入口で待たせ、私たちは奥に向かった。

「2LDKですね。LDKの他は、洋室と和室ですか」

部屋は南向きだった。まず南北に伸びる廊下を挟んで、東側に洋室と和室がある。洋室は部屋の南端で、窓とベランダに面していた。その洋室の北隣は和室で、窓はない。二つの部屋はふすまで隔てられていた。

廊下の西側は風呂やトイレで、廊下の行き当たりがLDKだった。こちらもベランダに面している。

「和室と洋室はそれぞれ寝室ですね。洋室が浦部さん、和室が室月さんの寝室」

調書の内容を思い出して言う。そういえば大神はこの部屋の図面をじっと見ていた。

「現場は洋室の方のベランダでしたね」

「ああ。室月はキッチンから刃渡り二〇センチの刺身包丁を取ってきて洋室に入り、ベランダで浦部を刺し殺したんだ」

私と友永は洋室に入った。五畳ほどの狭い部屋で、クーラーが設置されていた。窓はすりガラスで、レースのカーテンが掛かっている。窓を開けない限り外の様子は見えにくいし、明かりもあまり入ってきそうになかった。

その窓を開けてみるとベランダが見えた。足を踏み入れてみると、思いの外狭い。

そして、何気なく隣のベランダを見た私は驚いた。

「何ですかこれ。隣のベランダから入って来られるじゃないですか。不用心ですね」

隣の部屋のベランダと、こちらのベランダの距離はかなり近かった。簡単に侵入できそうだ。

「それか。確かに問題だよな」

女性の一人暮らしだと危ないんじゃないか。思わず心配してしまう。一応隣室のベランダには目隠し用の大きなシートがかぶさっていて、こちらからは隣室のベランダの様子はほとんど見えない。しかし、侵入することは物理的に可能なので不安だ。

「さて、今度は和室だ」

ベランダから戻った友永は、洋室と和室の間のふすまを引いて移動しようとする。

しかし、ふすまは立て付けが悪いのか、スムーズには動いてくれなかった。

「相変わらずだな。前に来た時のままだ」

友永は悪戦苦闘してふすまを動かす。私も手を伸ばして手助けした。

「だめだな。完全には閉まり切らない」

どう足掻《あが》いてもふすまは閉まり切らない。真ん中に数センチ隙間ができてしまう。

「もともとこうなっているんだ。仕方ない」

友永はふすまを閉めることをあきらめ、和室の捜索に向かった。和室も五畳ほどとやはり狭い。クーラーが設置されていて、窓はなかった。閉まり切らないふすまの隙間からは、洋室の窓にかかったレースのカーテンが垣間見《かいまみ》えていた。家主がもういない中、その眺めは何とも寂しいものだった。

「特に発見はなかったな」

しばらくして、私たちは部屋の捜査を切り上げた。管理会社の社員に鍵を掛けてもらい、廊下に出る。

「大神検事が調べろと言ったから調べたのに、調書以上のことは何もなかったな」

「そうですね。あの人が言うからには何かあると思ったんですが」

管理会社の社員を帰し、私たちは車に戻ろうとする。だが、そこで現場の隣の二〇三号室のドアが急に開いた。

「あ……」

ドアから顔を覗かせた女性が、気まずそうな声を漏らした。短い茶髪の若い女性だが、顔色が悪くてどこか病弱な印象を受ける。

「森《もり》さん、よかった、お会いできました」

友永が驚いたような声を上げた。

「警察の者です。すみませんが、お隣の事件について少しお話よろしいですか」

友永は柔和な口調で頼み込むが、女性は青ざめて激しく首を振った。

「私は関係ありませんから」

勢いよくドアを閉められた。話を聞く暇もないほどの素早い反応だった。

「参ったな。相変わらずだ」

友永は頭を掻く。聴取するよう命じられていたが、捜査終了まで話を聞けなかったのだろうか。現場の隣の住人に満足に話が聞けなかったというのはまずい気がするが。

「あの方、なかなか会えないんですか」

外階段を下りてから尋ねると、友永は苦い表情を浮かべた。

「ああ、いつも留守だし、会えてもほとんど話が聞けない。避けられているみたいだ」

「それって怪しいですね。何か知っているんじゃないですか」

「かもな。でも、それを引き出すのは相当難しそうだ」

一体、彼女は何を知っているのだろう。

「あの女性——森さんでしたか——についての情報はないんですか」

「一応捜査の段階で他の住人に聴取している。だけど彼女は他の住人とほとんど交流がなく、私生活も不明なんだ。分かっているのは三年前からここで一人暮らしをしているということと、近所のコンビニでアルバイトをしているということぐらいだ」

「そうですか。じゃあ、それ以外は何も分からないんですね」

「いや、そうでもない」

不意に友永は話の方向性を転換させた。

「これはあくまでこのアパートの住人たちの噂なんだが、浦部と森が浮気をしていたという話を聞いている」

「浦部さんは浮気をしていたんですか」

「あくまで憶測だがな。真夜中に隣同士のベランダでごそごそ動く足音や、ひそひそ話をしたりする浦部の声がしばしば聞かれていたらしい。それも、長時間だ。ここはおんぼろアパートだから、音は通りやすいそうだ。夏場は窓を開ける住人が多いから、多くの住人がこの音を聞いていたらしい」

「浦部さんと森さんが、ベランダ越しに会話をしていたということですか」

ベランダ同士は飛び越えて侵入できそうな近い距離だった。ベランダ越しに会話をするぐらいは容易だったろう。

「真夜中、ベランダ越しに長時間会話。ちょっと普通の関係じゃなさそうですね」

「ああ、おまけにベランダは乗り越えるのが簡単だ。果たして、ベランダ越しに会話をしているだけで済んでいたかどうか」

なるほど。それで浮気をしていたという噂が立ったということか。

「俺たち捜査一課の見立てでは、動機は痴情のもつれだ。浦部と森の浮気はずばりそこに絡んでくるんだがな」

友永は期待を込めて言う。だが、そこからすぐに動機解明というわけにはいかない。

「ですが、それは憶測に過ぎないんですよね」

「そうだな。本人に訊くことができればいいんだが、あの調子じゃな」

友永は森のいる二〇三号室の方を見た。私もつられて見たが、ドアは閉ざされたままだった。

「まあいい。帰ろう」

友永が車の方に歩き出す。だがその時、二〇三号室のドアが開いた。森が肩掛けのカバンを持って外階段を下りてくる。私たちのことには気付いていないようだ。

「再度すみません、警察の者です」

充分に引きつけて、駐輪場で友永が声を掛けた。森は驚いたように足を止める。

「少しだけお話を聞かせてください。お亡くなりになった浦部悟さんのことで、何かご存知ありませんか」

友永が早口に言うと、森は不愉快そうに腕時計を見た。どうやらこれから急ぎの用事があるらしい。それで外に出ざるを得ず、部屋に逃げ戻るわけにもいかないようだ。

「知りませんよ」

いらだたしげに森はつぶやく。そして自転車の鍵の数字錠を外す作業に没頭した。

友永は迷ったように目を揺らしたが、やがて思い切って直接的な質問を口にした。

「森さん、被害者の浦部悟さんと浮気をしていましたか」

友永にとって賭けだっただろう。警戒されて浮気の証拠などを隠滅される恐れもあったが、それより森の反応を見る方を選んだらしかった。

「浮気？　何のことですか」

ところが、森はきょとんとした顔をしていた。まるで心当たりのないという表情だ。

友永は意外な反応に動揺していた。森はその間に鍵を外し、自転車にまたがる。

「私、忙しいので。失礼します」森は自転車を走らせ、そのまま去って行った。

浮気をしていたから警察を避けていたんじゃないのか。森の反応の意味が分からなかった。


午後六時。執務室に戻った私は捜査のあらましを報告した。捜査報告も慣れてきたので、必要な箇所だけを最小限の言葉で伝えていく。

「そうか。報告ご苦労」

大神はデスクで単行本のページをめくりながら、素っ気ない声で労《ねぎら》ってきた。私の報告を聞いているのかいないのか判断しかねる態度だ。

「何だ、その顔は。俺が聞いていないとでも思ったか」

大神は私の顔色を読んできた。単行本に目を落としたままなのに、器用なことだ。

「現場の様子も、隣人との浮気疑惑のことも全て聞いた」

どうやら本を読みながらも、耳はしっかりこちらの声を聞いていたらしい。

「そして、動機の正体は想像通りだった」

「本当ですか」反射的に問い掛けたが、大神は単行本から目を離さない。

「本当だ」

相変わらず短い返答。だが、あれだけの少ない情報からどうやって動機にたどり着くというのか。大神の思考回路が見えなかった。

「なので明日、朝一番で室月の取り調べを行う。準備を頼んだぞ」

そして業務時間外にこの命令。関係各所の調整に苦労しそうだった。

「ああ、やっと終わった」

不意に大神が声を上げた。単行本を閉じ、大きく伸びをする。その時、ようやく私は本のタイトルを見ることができた。

「あれ。その本、室月さんの二作目『夢千夜』じゃないですか」

「そうだ。警察が捜査資料に使っていたものが回ってきた。デビュー作の『夢枕』も今日読んだ」

そういえば、友永も捜査資料用のものを読んだと言っていた。その二作品は現在出版停止になっているので、貴重な資料だ。だが、大神はなぜかため息交じりだった。

「それで、読んだ感想はいかがでしたか」

気になったので尋ねると、大神は不愉快そうに肩をすくめた。

「こんなものを読むのは時間のむだだ」

あまりに直接的な批判。私は面食らった。

「そんなに面白くないんですか」

「つまらないな。脈絡のない文章で人を煙《けむ》に巻けば幻想文学になると思い込んでいる」

そういえば友永もわけが分からないと言っていた。不評続きだ。

「朝比奈、あんたも読むか」

大神は『夢枕』の単行本を取り出し、二冊揃えて私のデスクの方に押しやった。

二冊とも結構分厚い。四〇〇ページはあるだろうか。まだ残務もあるというのに。

「読みたくないのならいいぞ」

大神は挑発するように言ってくる。しかし、被疑者を理解する上でこの小説は必要なものかもしれない。事件に関わる者として、読まないという選択肢はなかった。

「いえ、読みます」

ため息を押し隠しながら、私は二冊の単行本を受け取った。


「おはようございます」

翌朝、私はあくびを噛み殺しながら執務室に出勤した。昨晩は室月の二冊の著作を夜遅くまで読んでいたので、少しばかり寝不足なのだ。

「随分眠そうだな」

寝起きでジャージ姿の大神が、布団を畳みながら出迎えた。髪は乱れていて、目も虚ろで眠気が抜けきっていない。こんな人にだけは眠そうだと言われたくない。

「小説を読んで徹夜したか。読むのが遅いな」

大神が布団を壁際に押しやって、嘲るように言う。心外だった。私は本を読むスピードは速い方で、文庫本なら一時間ちょっとで読破できる。本来ならもう少し速く読み終えられる分量の本だった。

しかし、二冊とも内容が幻想的で意味不明だった。そのせいで、何度も同じところを読んでは首を傾げ、無益に時間が経過してしまった。

「内容が理解できなかったか。読解力が低いぞ」

大神が心を読んだように指摘してくる。だが、私は時間を掛けただけあって、内容をある程度は理解していた。

「夢とも現実ともつかない幻想的な世界を描きながら、作者がテーマとして掲げているのが『愛』です。二作品とも、主人公の女性を救ったのは恋人や夫の愛情ですから」

「ほう。少しは読めているようだな」

大神は鼻から息を吐く。

「まあ、この程度の作品を読み解けたところで意味はない。それよりも、寝不足になるのは問題だ。仕事には影響を出すな」

大神は厳しく言うと、櫛を取ってきて髪の乱れを直し、整髪料でいつもの七三の髪型に整えた。その後はひげを剃り、炊《た》き上がっている炊飯器のふたを開けようとする。

「朝食を取って着替えをする。出て行ってくれ」

例によって追い出されるようだ。私はいつものように廊下に出た。


廊下からノックの音がした。すっかり目の覚めたスーツ姿の大神がどうぞと言うと、ドアが開かれる。制服警察官に連れられて、室月が部屋に入ってきた。

白い肌と長い黒髪、細い首筋。相変わらずの儚い様子だった。眠たげな瞼から覗く瞳はぼんやりとしていて焦点を結んでおらず、やはり前回同様虚ろな印象を受ける。

「室月凛奈さんですね」

検事席の大神が優しい声で人定質問《じんていしつもん》をすると、席に着いた室月は力なく頷いた。

「では室月さん、今、話したいことを自由に話していただけますか」

大神がいつものように柔和に促す。だが、室月は虚ろな視線のままだった。

「話したいことは、特にありません」

自由報告を拒絶された。これは大神にとっては痛手だろう。

しかし、大神はにこにこと笑みを浮かべたままだった。

「そうですか。それでは私の方から話したいことを話してもいいですか」

妙な切り返しだった。室月が首を傾げたが、それに構わず大神は続けた。

「室月さん、あなたの書いた『夢枕』と『夢千夜』、拝読しました」

室月の瞳が急に焦点を結んだ。さりげなさを装っているが、読後の感想について隠しがたい興味が滲んでいる。そんな彼女に向かって、大神はにこやかに言った。

「とてもいい作品でした。二作ともレベルが高いです」

呆れた二枚舌だった。昨日は読むだけ時間のむだとこき下ろしていたというのに。

「練り上げられた文体は美しく、幻想的な世界観はめまいが起こりそうなほど魅力的でした。一作目二作目でここまでのものを書けるというのは、末恐ろしいことですね」

次々と嘘が飛び出していく。ここまで堂々と嘘をつけるのは、ある種の才能だろう。

「そして、二つの作品の根底に流れるものが『愛』だというのも私は好きですね。青臭いテーマかもしれませんが、幻想的な世界観の中で、暗示的にこのテーマを示すことで、その青臭さが表に出ることをうまく回避しています」

大神は熱っぽく語る。昨日の感想を聞いている身からすれば白々しいが、それを知らない室月はどんどん頬の血色を良くしていった。

「そこまで読んでくださったんですね」

室月は虚ろだった目に輝きを宿し、うっとりした口調になっていた。

「検事さんの仰る通りです。私が描きたかったのは、『愛』という深淵なテーマです」

感動したように、室月は声を上ずらせていた。大神の嘘は、室月の閉ざされていた心を開く鍵になったようだ。私は感心しながらキーを叩き、会話を記録する。

「ここまで私の作品を理解してくださった読者の方は初めてです」

室月は涙を流しそうなほどの感動ぶりだった。大神はそれを見て温和に笑っている。

「悩みに悩んで、書き上げた二作品でした。不眠症にさえなったほどです。でも、こうして理解していただけて、書いてよかったと思います」

「不眠症になられたんですか」

「ええ、デビュー前に一作目を書いている時に。色々と深くものごとを考えましたから、そのせいでしょう」

「生活を送る上で、不便だったのではないですか」

「そうですね。睡眠不足で体は重いし、夜は眠れず考え事をしてしまうし、大変です。

不眠症のせいで、悟と寝室を分けることになりましたね。睡眠薬を飲んでもなかなか眠れない私を物音で起こしてはいけないと、悟の方から言い出しました」

和室と洋室で寝室が分かれていたのには、こういった理由があったようだ。

「そうですか。浦部さんは気遣いのできる方だったんですね」

大神は穏やかな声で言う。やけに浦部を褒めるような表現だ。それを受けて、室月は表情を強張らせた。

「ええ、仕事も碌《ろく》にせず雑な人でしたが、優しいところはありました」

ぶっきらぼうな口調だったが、最後には親密な響きもあった。何らかの理由で殺しはしたものの、室月は浦部を恨みきれていないのだろうか。

「優しいところはあった。では、なぜその優しい人を殺したのでしょう」

大神はそんな室月の言葉を起点に攻め始める。室月は一瞬言葉を詰まらせたが、すぐに例の言葉を口にした。

「月が綺麗だったからです」

いくら小説のことで褒められようとも、これ以外はてこでも自供しないらしい。

大神は椅子にもたれ、腕を組んで黙り込んだ。さすがの《嘘発見器》たる大神もこれには手も足も出ないのだろうか。しばし沈黙が降りる。

「室月さん、あなたはカミュの『異邦人』という小説を読んだことがありますか」

不意に大神が言葉を放った。全く以て関連性のない発言だ。

「ええ、有名古典ですからね。何度も読んでいます」

「ではその作品で、主人公が人を殺した挙句、殺害動機を『太陽がまぶしかったから』と主張することは知っていますね」

「もちろんです。読みましたからね」

「その殺害動機、今回の室月さんの殺害動機と関係はありますか」

大神は攻めの方向性を変えてきた。しかし、『異邦人』との関連性に意味などないと言っていたはずだが。どういう心変わりだろう。

「関係ありません」室月の返答はにべもないものだった。それでも、大神は粘る。

「『異邦人』に触発されて、今回のような動機を主張したということはないですか」

「ありません。本当に、月が綺麗だったから殺したんです」

「月でないといけなかったんですね」

「そうです。太陽ではなく、月が綺麗だったから殺したんです」

会話は平行線のままだった。このまま今回も、得るものがないまま取り調べは終わるのか。そう思われた時、大神がそれまでと違う、挑戦的な笑みを浮かべた。

「室月凛奈さん、どうもありがとうございました」

急に礼を述べたかと思うと、大神は姿勢を正してこう告げた。

「動機について、何もかも分かりましたよ」

「動機の根本ですが、やはり痴情のもつれでしょう。月が綺麗だったからなどと、どれだけ美しく取り繕っても、実際にあった生臭い出来事にはふたはできません」

大神は丁寧な口調のまま言葉を続ける。ここでいつもの雑な態度に戻らないのには、何か理由があるのだろうか。

「室月さん、浦部さんは浮気をしていましたね」

大神はいきなり直接的な問いを放った。室月は微かに目を揺らす。

「違います。そんなことは断じてありません」

「ですが、アパートの住人の間では噂になっていましたよ。浦部さんと、隣人の女性がベランダを乗り越えて浮気をしていたと」

「そんなもの、ただの下世話な憶測です」

「しかし、夜中に隣同士のベランダでごそごそ動く音や、話し声が聞こえていたという証言が多数あります。その点はどう説明しますか」

室月は何かを言おうとしたが、言うべき言葉が見つからないのか口ごもった。

「室月さんは、浦部さんの浮気に気付いていた。だから殺したんです。これ以上ないほど明快な動機です。だらだら議論する余地などありません」

　大神は断言した。では「月が綺麗だったから」というのはまったくのでたらめだったのか。そう思い始めた時、

「違います。月が綺麗だったから、だから殺したんです」

　室月が食い下がった。意地でもこの動機を覆させないといった態度だ。大神は呆れていることだろう。そう思って横顔を見たが、なぜか彼は穏やかに微笑んでいた。

「そう、月が綺麗だったから。動機の根本さえ分かれば、その言葉の意味も分かります。ここで重要になるのが、現場となった部屋の間取りです」

　大神は現場の間取り図を取り出し、島になった机の上に広げる。間取りがそんなに重要かと怪訝に思いつつも、私は間取り図を覗き込んだ。

「重要なのは、現場となった洋室に、月の光は差していたかということです」

　大神は妙なことを言い出した。確かに室月は月が綺麗だったからと言っているわけだが、現場に月の光が差す必要があるだろうか。

「国立天文台がホームページで公開しているこよみの計算のページを利用しました。事件のあった七月二十五日深夜零時四十八分に、月は一八七・三度の方位に、三十一度の高度で浮かんでいました。方位というのは北を〇度として東回りの位置を角度で表すものなので、南は一八〇度です。つまり一八七・三度というのは、ほとんど真南の方角に月があったことを示しています。おまけに二十五日の前日の二十四日は満月

でした。二十五日には月はあまり欠けておらず、満月並みの明るさだったはずです」

「それが何だと言うんですか」

　室月が焦れたように言った。長々と数字を出されたが、未だ結論はよく分からない。

「分かりませんか。現場となった洋室は南向きです。そして、月の高度は三十一度程度というやや低め。そうなると、南向きの窓に面した現場の洋室には、ほぼ南に浮かんでいた月の光がまぶしく差し込んでいたはずなんです」

「だから、月が見えてまぶしかったら、何があるというんですか」

　室月は当然の反論をするが、私は違和感を覚えた。これまでの彼女と比べて、やや大神の発言に突っかかりすぎている。

「いいですか。浦部さんの寝室にはクーラーがあったので、窓を開けたまま寝ることはありません。そのため、普段は月明かりは入らなかったはずです。もちろん窓はすりガラスで、レースのカーテンも掛かっていましたから、窓越しに月明かりが入ってくることもないでしょう。ですが浦部さんはベランダに出て、お隣の女性と密会をしていました。ということは、浦部さんが窓を開けてベランダに出る時、窓が開いてカーテンがめくられ、まぶしい月の光が室内に差し込んだはずなんです。それを、隣室で寝ていた室月さんは気付いたのではないですか。そして何事かと覗き込んだ結果、浦部さんが窓を開けて、何かをしようとしていると知ってしまったんです」

面食らって言葉もなかった。それでは、浦部がベランダに浮気に出るのを、室月は月の明かりで気付いたというのか。

「確かに悟の寝室はまぶしくなったかもしれません。ですが、私の寝室は隣の和室です。ふすまで隔てられていましたから、月明かり程度、気付きもしないでしょう」

「おや、あのふすまは立てつけが悪く、隙間ができてきちんと閉まりきらなかったはずです。その隙間から、電気を消した部屋に月明かりが差し込んだのではないですか」

反論を封じられ、室月は口を閉ざした。その表情は青ざめている。なるほど先ほどから突っかかっていたのは、見事真相を言い当てられたからだったのか。

「月が綺麗だったから。この言葉は、月が綺麗だったせいで浦部さんの浮気に気付いてしまったことへの恨み事だったんですね。月が曇っていて綺麗でなければ、月明かりが差し込むこともなく、浮気に気付かなかったのに、という。まさに太陽ではなく、月ではないといけなかったということです」

室月は動揺した様子だった。指を組み合わせ、しきりに動かしている。

「このようなことは一度や二度ではなかったのでしょう。月の明かりが差し込む角度の日が来るたび、室月さんは月明かりのまぶしさで浦部さんの浮気に気付いたはずです。そのことに室月さんは耐え続けましたが、今回、とうとう我慢しきれなくなった」

室月は視線を落として顔を上げなかった。

「わざわざベランダを通って浮気をしに出たのは、玄関から出ると物音で気付かれるからでしょう。月明かりが漏れてしまったのは想定外だったのでしょうがね」

大神は優しく語りかけ続ける。だが、実際にはそれは厳しい追及だった。

「いかがですか、室月さん。私の説明に、何か間違いはありますか」

大神は笑顔で迫る。「何か」と幅広く問うオープン・クエスチョンだ。室月はうつむきがちになっていたが、何とか抵抗しようとしているのか、青ざめた顔を上げた。

「違います。検事さんの仰っていることは事実に反しています」

「ほう。どのように事実に反しているのですか」

「私が言った、月が綺麗だったからという言葉は、そのような意味ではありません」

「では、どのような意味だったんですか」

「もっと抽象的というか、月が実際にまぶしかったからということではないんです」

室月は少しずつ動機について語り出した。これまで月が綺麗だったから、の一辺倒だったところから変化が見える。やはり真相を看破されたことが大きいと見える。

「おや、抽象的だと『異邦人』の太陽がまぶしかったから、に近い意味になりますが、そうではないんですよね」

室月は唇を噛んだ。室月が多弁になればなるほど、大神がつけ入る隙は大きくなる。

「いかがですか。月が綺麗だったからというのは、どのような意味なのでしょう」

さらなるオープン・クエスチョン。室月は答えられないのか、長く沈黙した。

「そうですか。では質問を変えましょう。室月さんは寝室にしていた和室で、どのような位置で眠っていましたか」

大神は不意に質問の方向性を変えた。室月は面食らったようだったが、これで助かったと思ったのか素直に答えた。

「和室は五畳ほどと狭いので、部屋の真ん中に布団を敷く形で眠っていました」

「頭はどちらの方向に向けていましたか」

「北枕が嫌だったので南に向けていましたが、それが何か」

奇妙な質問に室月が首を傾げる。だが、大神は我関せずといった具合に話を進めた。

「ということは、ふすまのすぐ近くに頭があったということですね」

「まあ、そうですね」

室月は不思議そうにしていたが、ある瞬間にはっと目を見開いた。

「おや、頭を南方向に向けて布団を敷いていて、位置は部屋の真ん中。ということは、ふすまの隙間から入ってきた月明かりがもろに目に入るのではないですか」

室月は瞳を震わせた。動揺した末の失言だった。

「月明かりは確かに入っていたかもしれません。ですが、よく眠っていたので気付きませんでした」

「室月さん、あなたは睡眠薬を飲んでも眠れないほどの不眠症だったはずですよね。まぶしい月明かりが目に入れば、十中八九目が覚めるのではありませんか」

室月は再び黙り込んだ。次の出方を探っているようだが、何も思い付かないらしい。

「いかがでしょう。私の考えは正しいのでしょうか」

大神は室月を自供させようと迫る。ここまでかと私は思った。しかし、

「いいえ、間違っています。今仰ったことは全て、検事さんの妄想です」

室月は強気に出た。ここまできても大神の推理を認めないらしい。

「そうですか。困りましたね」

大神は椅子に背中を預ける。その姿勢で少し考え込んだ後、彼は不意に手を打った。

「それでは、ちょっと変わった質問をさせてください」

何か予期せぬことを始めるつもりらしい。私は思わず身構えた。

「これから二つ質問をしますので、答えを列挙してください。まずは一つ目。浦部さんが浮気をしていなかったと思う理由は？」

これまでと毛色が違う質問だ。室月は不思議そうな顔をしていたが、浮気の不存在をアピールするチャンスだとばかりに、積極的に答えを口にした。

「悟は優しい人で浮気などするはずありませんでした。そして私との仲は良好だったのでやはり浮気をするはずがありません。そもそも浮気をするほどの度胸がある人で

もなかったんです」

室月は一気に言い切る。私はそれをキーを叩いて記録していった。

「他にはありませんか」

「働かない悟は私の収入に依存していましたから、浮気のような私の怒りを買う行為はしなかったはずです」

「他には？」

「他には、ええと」

室月は視線をさまよわせ、やがてあきらめたように息を吐いた。

「他には特にありません」

「分かりました。では二つ目の質問です。あなたは悪魔の代弁者です。敢えて反対の意見の立場で答えてください。浦部さんが浮気をしていたと思う理由は？」

室月は目を見張った。質問の意図が分からないのだろう。

しかし、私はこの質問の真意を知っている。あの『虚偽検出』という本に載っていた。これは「悪魔の代弁者」と呼ばれる認知的虚偽検出アプローチの手法の一つだ。

「どうされましたか。浦部さんが浮気をしていたと思うという、反対の立場に立って答えを列挙してください」

室月はぽかんとしていたが、やがて不満そうに首を振った。

「無理です。自分と反対の意見を証言するなんて、そんなことはできません」

当然といえば当然の反応だ。だが、大神は柔らかい声で説得する。

「室月さんのお気持ちはごもっともです。ですが、二つの側面からものごとを見るというのは大切なことではありませんか。一方的なものの見方だけをしていると、往々にして間違いに陥りがちです」

「ですけど、反対の意見を言って、それを証言として採用されてしまったら？　私にとって不利じゃないですか。検事さんはそれを狙っているんじゃないですか」

「そんなことは絶対にしません。お約束します」

「ですが……」

「そもそも、浮気がなかったと思っていらっしゃるのなら、いくら浮気があった理由を口にしても、それは虚偽なんですから、浮気はなかったという事実は揺らがないのではありませんか。それとも、浮気があった理由を言うことで、本当は浮気があったということが発覚するのを恐れているのでしょうか」

煽るような言い方だった。室月の顔に動揺の気配が浮かぶ。

「それに、本当に浮気がなかったのなら、浮気があった理由というのはいずれも根拠薄弱なはずです。理由を挙げていくたびにそれらは否定され、逆に浮気がなかったという事実が補強されていくのではありませんか」

室月は顎に手を当てて考え込んだ。大神の言葉で徐々に気持ちを変えているようだ。

「どうですか。できるだけ多く、浮気があったと思う理由を挙げていきませんか。それらにほころびを見つけるほど、浮気がなかった理由が強くなっていきますから」

この言葉が決め手になったのだろう。室月はあきらめたようにゆっくり頷いた。

「分かりました。お答えします」

面倒臭そうに溜息をつくと、室月はぽつりぽつりと話し始める。

「悟が浮気をしていたと思う理由。それは彼が女好きだったことです。浦部の実家にいた頃、私を含めた若い女性のお手伝いさんに、ことごとく手を出していましたから。まあ、これは昔の話で、私と交際してからは一途になったので関係ないでしょうが」

最後に否定をしてきた。大神の言った通り、根拠の薄い理由を並べているようだ。

「そうですね。昔のことなら今は関係ない可能性もあります。では、他には？」

「彼は飽きっぽい性格でもありました。仕事も趣味も。だから私のことなどもう飽きてしまっていて、他の女性に手を出したのではないかと思いました。それに、最近彼が私を見る目に憐れみの視線が交じっている気がしていました。浮気されている私を憐れんでの視線でしょう。まあ実際は、彼は一途な性格に変わっていたので、私に飽きることもなかったでしょうし、憐れみの視線も私の勘違いだったんでしょうけど」

大神は頷きながら聞いている。室月は勢いづいたのか、さらに理由を述べていった。

「最近は料理や洗濯、掃除を手伝うようになっていました。あれは浮気をしていることの罪滅ぼしのつもりだったんでしょう。それにお隣の女性は儚げな感じで、彼の好みのタイプです。浮気もしたくなったでしょう。決め手は、彼が最近こそこそ出掛けていたことです。仕事もしていないのに、なぜか外出をしていたんです。きっと浮気相手とどこかで落ち合っていたんでしょう。それに、急に電話が掛かって来て、慌てて部屋から出て電話をすることも多くありました。あれも浮気相手からでしょう。まあ、実際のところは私の勘違いに過ぎないんでしょうが」

次々と出た理由は、合計すると七つにも及んだ。私はその全てを記録した。

「ありがとうございます。確認しますが、今の証言は全て事実に基づいていますね」

「ええ、事実ではあります。私の勘違いばかりでしょうけどね」

室月の返答に、大神は満足げに頷く。室月はこれで終わりかときょとんとしている。

そんな室月に向かって、《嘘発見器》たる大神は微笑みを送った。

「これで何もかも明らかになりました。室月さん、あなたはやはり浮気はあったと思っていますね」

室月は表情を凍らせた。どうしてそんなことが分かるんだと言わんばかりだ。

「なぜ分かったのか、という顔ですね。ご説明しましょう。私が使ったのは『悪魔の代弁者』という手法です。これは証言者の意見がどのようなものかを探るやり方です」

大神は丁寧な態度のまま、説明を始めた。

「やり方はこうです。まず、証言者が主張している意見について理由を列挙させます。その後、その意見の真逆のものについて、同じように理由を列挙させます。その二種類の列挙された理由の数を比較し、数が多い方が本当の意見だとするのがこの手法です。もちろん、この手法が使えるのは、証言者の意見と真逆の仮定があり、本来主張している意見と一対になる場合のみです」

室月は啞然としている。私も、初めて知った時はこの手法に驚いたものだ。

「室月さんの場合、浮気がなかった理由は四つ、浮気があった理由は七つです。このことから、室月さんの本当の意見は、理由の数が多い『浮気があった』に違いないというのが私の結論です。七つの証言は全くのでたらめというわけではなく、実際にあったことに基づいているというご返答も、その結論を後押ししました」

空想の出来事から意見を述べるのは難しい。室月は浮気があった理由を口にする際、実際の出来事を基に意見を述べていた。そのことが仇《あだ》になった格好だ。

「ちょっと待ってください。こんなゲームみたいな手法で断定されるのは困ります」

室月は猛然と批判した。それもそうだろう。浮気があったと思っていると断定されては、動機は痴情のもつれと証明されかねない。

「そうでしょうか。私はかなり強く、あなたが浮気を知っていたと思っていますよ」

「いいえ。私は浮気はなかったと思っています」

「ですが、浦部さんは仕事もないのに出掛けたり、急に電話をしたりと怪しかったんですよね。その怪しさを否定するだけの根拠はどこにあったんですか」

先ほどの証言が災いした。室月は苦しそうに低く唸っている。

「分かりました。では正直に言いましょう。私は、悟が夜な夜なベランダに出るのに気付いていました。それが気になったので、彼がベランダに出るのを、ふすまの隙間からこっそり見張ったことはあります」

唐突に、室月は認めた。私は慌ててその発言をパソコンに記録する。ついに自供かと思ったが、彼女はまだ犯行を認めるわけではなかった。

「ですが、彼はベランダに出ていただけで、誰かと会話したりはしていませんでした。きっと月でも見ていたんでしょう。浮気の様子は一切ありませんでした」

浮気の存在を強く否定する態度に出た。だが、大神は負けずに追及を続ける。

「ですが、それだけで浮気がなかったとは言い切れませんよね。あなたが覗いている時だけ密会を中止し、あなたが不在の時は浮気をしていたのかもしれません」

「そんなことはありません」

大神のねちこい攻めに、室月の頬が興奮でどんどん赤くなっていく。

「そうでしょうか。見てもいないことを、どうして断言できるんですか」

「断言できます。絶対にできます」

室月は声の大きさを上げ、唾を飛ばしながら反論した。

「それはなぜですか」

「だって彼はそんなに機転の利く人じゃなかったんですから」

「ほう。どうして機転が利かないと分かったんですか」

「そんなもの、一緒に暮らしていればすぐ分かります」

「そうでしょうか。もう少し具体的にお教え願えませんか」

大神のしつこい追及。室月は興奮がピークに達したのか、長い髪を掻きむしった。

「そんなことすぐに分かりますよ。彼はいつもバレバレの嘘をついて！　私が何も気付いていないとでも？　馬鹿みたいですよ」

室月がそう叫んだ瞬間、執務室に沈黙が降りた。

「『何も気付いていないとでも？』……ですか。それは浮気に気付いていたと認めたと捉えてよろしいですか」

興奮していた室月は一瞬にして青ざめ、声を失った。

「室月さん、あなたは浦部さんが浮気をしていたとお考えですね」

浮気を疑っていたことが証言で明らかになった。室月の大きな失言だ。

これは「悪魔の代弁者」の効果によるところが大きいだろう。室月に言わせればゲームみたいなものに過ぎないが、彼女を動揺させるには充分だったようだ。大神にとっても、室月の意見をデータの一つとして得られたことは大きかったはずだ。

「あの、違います。検事さんの仰っていることは、何もかも、間違っています」

室月は声を振り絞る。だが、私は先ほどの彼女の発言を記録した。もう終わりだ。

大神は室月の抵抗を無視して両脚を組み、机の上に置いた。

「むだだ。あんたは自分の動機を自分で自白した。もう終わりだよ」

ぞんざいな喋り方。全てを見破った時に大神が取る態度だ。室月が自白をするまで控えていたらしい。

「浮気を疑い、月明かりで目を覚まされるたびに、寝床から浦部の様子を窺っていた。そんなある日、月明かりが一層まぶしい夜に我慢ならなくなって、浦部を殺害した」

大神は粗雑な口調で室月に迫る。室月はうつむいて、返事もしなかった。

「動機を隠していたのは、浮気を巡る愛憎など恥だと思ったからかな。作品の中で愛を語っていたのにこのざまだ。隠したくもなるだろう」

大神は椅子に深くもたれ、明らかに室月を嘲る言葉を放った。

「どうだ、室月凛奈。何か言い返すことはあるか」

最後の一言とばかりに、大神が宣告した。室月は視線を落としたまましばらく制止していたが、不意に顔を上げ、かすれた声を発した。

「検事さんの、仰る通りです」

それだけを言うと、室月は再び項垂れた。

大神は勝利の余韻にひたるように、満足そうに頷いていた。


「月が綺麗だったから、というのはある意味では本当のことでした」

動機を認めた室月は、そのまま事件の詳細を語り出した。

「あれは二年ほど前の夏のことでした。不眠症でなかなか眠れなかった夜、閉まりきらないふすまの隙間から、月の綺麗な明かりが差し込んできたんです。隣の悟の部屋は、クーラーを効かせているから窓を開けるはずがないですし、窓はすりガラスでレースのカーテンもあるので、月明かりが差し込むはずがありません。どうしたのかと覗き込むと、悟がベランダに出ていました。その日は月でも見ているのかと思っていましたが、そんな日が何度も続き、不審に思いました。そしてある日、近隣住民が噂話をするのを聞いてしまいました。悟と隣人の女性が浮気をしている、と」

ベランダの足音や話し声などを理由に、近隣住民は浦部と隣人女性の浮気を疑っていた。その噂話を、悪いことに室月が聞いてしまったのだ。

「それからというもの、私は浮気をする悟を恨み始めました。月明かりが差すたびふすまの隙間から覗いて、この目にベランダに向かう彼の姿を焼きつけました。いつかこの事実を彼に突き付けてやろうと思って。ですが、あの夜、ついにまぶしい月明かりに我慢ならなくなって、キッチンから包丁を取ってきて、彼を刺しました」

一気に言い切って、室月は深い息を吐いた。

「作品ではあれだけ愛に理想を抱きながら、こんなことをするなんて愚かでしょう。私もそう思ったから、動機を隠していたんです。ですがこれだけは信じてください。私がこの世で一番大切に思っていたのは」

「もういい、退屈な自分語りは時間のむだだ」

室月はなおも何か語ろうとしたが、大神が面倒臭そうに手で制した。

「朝比奈、調書を作るぞ。供述人の目の前で、上記のとおり口述して録取し、読み聞かせ、かつ、閲読させたところ、誤りのないことを申し立て……」

調書作成の口述が始まる。私は室月を気にしながら、キーを叩いてそれを記録した。

「やれやれ、面倒な被疑者だった」

取り調べを終え、大神はパソコンのキーを叩きながらつぶやいた。

「格好をつけた動機を主張しながら、動機はただの痴情のもつれ。小物ぶりに涙が出そうだ」

室月を揶揄《やゆ》する発言。被疑者とはいえ浮気される苦しさは同情に足るものだと思うが、大神はそんなことは意にも介さない様子だ。

「それにしても、浮気相手とされた隣人女性も、浮気を否定する言動を取っていたらしいな。室月と揃って、両方とも嘘つきか」

大神はなおもぶつぶつ言っている。しかしそれを聞いて、私は忘れかけていたことを思い出した。

「そういえば気になっていたんですよ。浮気相手とされる隣人女性、聴取した際には浮気について何も知らないような態度を取っていたんです」

「そんなことはどうでもいい。事件は解決したんだ」

短く切り返されたが、どうにも気になる。パズルのピースが、最後の一ピースだけきっちりとはまらないようなもどかしい気分だ。

もう一度調べ直すべきではないか。私の中で、気持ちが再捜査へと傾いていった。

「また独自に調べる気か。罪状に関係ないことなど、調べるだけ時間のむだだ」

今回も大神に表情から心を読まれた。しかし、そのせいで段々と意地になってきた。これまで二件、大神の見逃した真相を見つけてきたという自信も、私を後押しした。

「むだではありません。必ずや、検事が見逃した真相を見つけ出してみせます」

大見得を切ってしまった。言った後になって後悔したが、もう引っ込みがつかない。

「もういい。勝手にしろ」

大神は呆れ果てたように手をしっしと振るい、私を追い出すようにした。

ちょっとわがままが過ぎたか。そう反省したものの、大神を出し抜く捜査に出るのは決して悪い気がしなかった。私はカバンを手に取って執務室から駆け出した。


「とにかく、隣人女性の森さんでしたか。彼女は何か隠していると思うんです」

現場のアパートに向かう車中、私はハンドルを握る友永に向かってまくし立てた。

「そうだな。俺も彼女のきょとんとした反応は気になっていたんだ」

「そうですよね。何とかして彼女に聴取をしたいです」

「だが、彼女は俺たちを避けていたからな。そう簡単には聴取できないぞ」

「そうでした。策を考えないといけませんね」

隣人女性の森は、私たち——特に刑事の友永からの聴取を嫌がっていた。

「どうすればいいんでしょう」

私は考え込む。すると、友永が不意にふふっと吐息で笑った。

「どうしましたか、友永先輩」

「いや、今日は捜査に連れ出して申しわけないって言わないんだなと思って」

一瞬何のことか分からなかったが、すぐに理解が及んでくる。これまでは友永を強引に捜査に連れ出した際は必ず謝罪していたが、今回はすっかりそれを忘れていた。

「すみません、すっかり忘れていました」

平身低頭して謝ったが、友永は怒った様子もなく笑っていた。

「いいんだ。この捜査は俺が望んで行っている。毎回言っているように、朝比奈が謝る必要はない。これでいいんだ」

そう言われるとほっとする。友永の気遣いに頭を下げたい気分だった。

「おっ、着いたぞ」

友永が車を停めた。現場となったアパートの前だった。

「ひとまず森さんの部屋に行ってみるか」

車を降りた私たちは、外階段を上って森の住む二〇三号室の前まで来た。友永が先に立ち、チャイムを鳴らす。

「森さん、いらっしゃいますか」

何度か呼びかけるが、返事はない。居留守なのか、それとも本当に留守なのか。

「出ないか。当然、鍵も掛かっているよな」

友永が何気なくドアノブを回した。すると、ノブは抵抗なく回り、ドアが開いた。

「あれ、開いているぞ」

私たちは顔を見合わせた。女性の一人暮らしで無施錠。外出中でも在宅中でも、どちらでも不用心だ。

「森さん、いらっしゃいますか」

友永と目配せをし合った結果、女性の私が中を覗くことにした。玄関に足を踏み入れないよう注意しながら、まっすぐ伸びる廊下を見る。

すると、そこには思わぬ光景が広がっていた。

森が、廊下の中ほどでうつ伏せになって倒れ込んでいたのだ。


「少し、楽になりました」

森はベッドに横になりながら、ぼそりと言った。森の許可を得て入った部屋の中、私と友永は彼女の看病をしていた。

何でも、森はひどい頭痛持ちらしく、頭痛がひどい時は立っているのもままならないらしい。今日の体調がまさにそれで、何とか外で買い物はできたものの、帰宅するなり鍵を掛ける体力もなく、廊下に倒れ込んでしまったそうだ。

「しかしここまでの頭痛ともなると、ご苦労されたでしょう」

友永が労るように話しかける。森はそれを受けて大きなため息をついた。

「大変ですよ。学生時代は頭痛のせいで欠席ばかり。まともなレベルの学校には進学できなくて、社会人になったらフリーターです。しかもフリーターとしての仕事も、こんな風に休みがちだと長続きしません。その日その日を生き抜くだけで精一杯です」

過酷な人生だった。思わず同情してしまう。

「病院には通っているんですが、良くなったり悪くなったりの一進一退です。医者はストレスが原因だと言うんですが、そのストレスの種が頭痛なので、どっちが先か分かりませんよ。まるでニワトリが先か卵が先かの論争みたいです」

森は寂しそうに笑った。見ているのもつらい強がりの笑みだった。

「大変でしたね。事情も知らず、何度も押しかけて申しわけありません」

友永が深く頭を下げた。森は慌てたように手を振ってそれを止める。

「いいんです、こちらも悪かったんですから」

森はすまなそうな顔つきになり、枕元の私たちに若干の優しげな眼差しを送った。

「それで、私から聞きたいことがあるんでしょう。何ですか」

友永は目をしばたたいた。看病が思わぬ良い方向に転がったようだ。

「それでは質問しますね。あなたは、お隣の浦部悟さんと浮気をしていましたか」

友永が思い切って切り込むと、森はやはりきょとんとした顔をした。

「そんなことはしていません」

「間違いないですか。近隣住民の方々は、あなたと浦部さんがベランダで足音をさせたり会話をしたりしているのを聞いているんですよ」

友永が追及すると、森は黙り込んだ。何か迷いを抱えているような沈黙だった。

「それにはわけがあります」

やがて、森は心を決めた様子で沈黙を破った。

「お二人にはお世話になったので、話しておきます」

意味ありげな前置きをして、森は話し始めた。

「確かに、私は隣人である浦部さんのことが好きでした。今まで何にもいいことなんてなかった私の人生が、彼に出会えたことで意味のあるものに変わったんです。言葉なんて交わさなくても、あの美しい顔を見るだけで恋に落ちるには十分でした。でも、恋人がいるのは分かっていましたから、浦部さんを奪うような真似はしませんでした。その代わりに、私はこれを使って浦部さんを撮影していたんです」

思わぬ告白だった。理解しきっていない私を前に、森はスマートフォンを取り出す。パターンロックを解除した彼女は、動画フォルダを開いた。

「ここに、ベランダに出た浦部さんを盗撮した動画があります」

犯罪の告白だった。驚く私と友永を前に、森は観念しきっている。

「今年に入ってから、夜中に浦部さんがベランダに出ることに気付きました。最初はただ、近くで彼の姿を見つめていたいだけだったんです。ちょうどベランダには大きめの目隠しカバーをかけていましたから、その陰に隠れていれば夜なので見つからず覗くことができました。でも、段々とその姿を映像に残しておきたいと思うようになって。ついには盗撮を始めてしまいました」

森はしおれたように項垂れた。なるほど彼女の主張は理解した。だが、これはどういうことだ。森は浦部とベランダを乗り越えて浮気をしていたんじゃないのか。

「ですが、ベランダでの会話を聞いたという方が多くいます。それは何なんですか」

友永が冷静に指摘した。その通りだと私は思ったが、森はこれまた冷静に切り返す。

「それは浦部さん一人の声です」

「一人？　浦部さんは独り言を言っていたんですか」

「いえ、浦部さんはベランダで電話をしていたんです。スマホを使って」

新しい情報だった。友永にとっても初耳のようで、彼は前のめりになっている。

「誰と電話をしていたか、分かりますか」

「はい、分かります。浦部さんのお父さんとです」

意外な人物の登場だ。浦部は駆け落ちをした際、両親とは縁を切ったはずだったが。

「間違いありませんか」

「間違いないです。何度も、父さん、と呼び掛けていましたから」

それでは、浦部は絶縁した父親と縁を取り戻そうとしていたのか。だが、一度縁を切った家族とやり直すのは大変なことだ。そこまでして、なぜやり直そうとしたのか。

「何を話していたか、分かりますか」

「それが、よく分からないんです。出版とか二作目とか、小説の話をしていたようではあったんですが」

室月の小説のことだろう。だが、浦部が父親になぜその話をするのだろう。

いや、もしかしたら。私はある可能性を想像する。そして、そのことを裏付ける物証が森からもたらされた。

「動画を見てみますか。通話の音声が入っているかもしれません」

森がおずおずとスマートフォンを操作し始めた。重要な証拠の登場だ。

「ひとまず聞いてみよう」

友永は、森の罪は一旦追及せず、動画の音声に耳を傾けた。

『――何度も言ってるだろ。父さん、聞く耳を持ってくれよ』

浦部の声だろう。頼み込むような、弱りきった声が響いている。

『父さんの財力を以てすれば、難しいことじゃないだろ。俺だって父さんと話し合いの場を設けるって言っているんだ。交換条件だよ。悪い話じゃない』

父親と復縁の話し合いをすることを条件に、何かを頼んでいるらしい。

『だから、凛奈の小説を金銭的にバックアップしてくれと言っているんだ。父さんの財力で、凛奈の小説を買い占めたり、出版社を支援したりしてくれれば、彼女に二作目のチャンスも与えられるはずなんだ』

やはり。浦部の父親が出版社を支援している話は以前に聞いていたが、それは浦部の方から頼み込んだことだったのだ。

「それじゃあ、浦部がこそこそとベランダに出ていたのは、室月に気付かれないよう父親と連絡を取るためだったのか」

友永が低く唸った。

「金の力で二作目を出せるようにしてもらっても、室月は喜ばないだろうからな。特に買い占めに関しては、室月は承服しないだろう。こそこそとベランダで電話をするしかなかったんだな」

それを室月に浮気と勘違いされてしまったわけだ。不運なすれ違いだった。

友永が考えを述べている間、録音の音声はまだ続いていた。

『今日はこれまで？　待ってくれよ。父さんが夜中なら電話できるって言ったんだぜ。忙しいのは分かるけど、さんざん待たせといて数分だけかよ。あ、おい。くそっ』

弱々しい浦部の声とともに、音声は途切れた。これで終わりのようだ。

「夜中に電話していたのは、父親が忙しくて夜中しか時間を作れなかったから、か。部屋にいるしかない夜中だったからこそ、浦部はベランダに出るしかなかったんだな。玄関から外に出てもよかったが、気付かれると不審がられるから避けたんだろ」

ここそこ出掛けていたのも、こっそり電話をしていたのも。全ては浮気ではなく父親との電話のためだった。室月は勘違いしていたのだ。

「浦部は、室月の作家業を助けるために必死だったんだ。自分のプライドなどかなぐり捨てて、彼女のために何かしようとしていた。室月の語っていたような、何もしない怠惰な男ではなかったんだ」

救われるような、救われないような真相だ。友永は眉を垂らして困り顔をしていた。

「森さん、ひとまず盗撮については署の方でお話を聞かせてください」

友永が促すと、森は伏し目がちに頷いた。頭痛で弱っているということもあるだろうが、完全に観念している。


日が暮れるまで森を休ませた後、頭痛が治まったタイミングで所轄署の署員を呼んだ。署員に連れられて行く最中、森は私たちに向かって深く一礼した。その時の顔つきは、憑き物が落ちたようなすっきりとしたものだった。

「朝比奈、この真相、どうする？」

アパートの駐車場でパトカーを見送った後、夜空をバックに友永が訊いてきた。大神も摑んでいなかった真相ではある。しかし、どう取り扱っていいものか分からない。

「室月は勘違いで浦部を殺したってことだよな。これを知ったら室月は傷付くかもな」

友永が神妙に言うのももっともだった。室月は浦部に浮気をされたと思っていたが、実際に浦部が行っていたのは室月を助けるための行為だった。

「ただその一方で、浦部が室月を裏切ってはいなかったということにもなる。室月の心を救うことができるかもな」

もう一面を見れば、室月の憎悪を覆すことができるかもしれない。どちらを取るべきか。逡巡《しゅんじゅん》した私だったが、そこで室月の小説のテーマについて思い出した。

「『愛』です」

「何だ、急に」

戸惑う友永に、私は室月の作品テーマが「愛」であることを説明した。

「そんなテーマがあったのか。俺には全然分からなかったな」

首を傾げる友永。だが、私は自分の中で方針が固まっていくのを感じた。

「要するに、室月さんは『愛』を何物にも勝るものと考えているんです。であるならば、浦部さんがきちんと室月さんを愛して、室月さんのために尽くそうとしていたと知れば、必ず真相を受け止めてくれるはずです」

「なるほど。勘違いの苦悩よりも、浦部の真の愛への感動の方が強いってことか」

自信が高まっていく。一刻も早く、この事実を室月に伝えたかった。

「友永先輩、今から室月さんのところに行けますか」

「今からは、ちょっと難しいな。行くなら明日だ」

アパートの駐車場はすっかり闇に沈んでいた。夜空には綺麗な月が浮かんでいる。

「分かりました。明日、行きましょう。室月さんに、差し込んだ月明かりが裏切りではなく愛情を示していたんだと、しっかり伝えます」

見上げた空の月は、熱気が残る蒸し暑い夏の夜でも、冴《さ》え冴《ざ》えとして涼しげだった。


「これが、検事が見逃した真相です」

「ああ、そうか」

執務室に戻った私は、自信満々に新事実を披露した。だが、大神は気のない素振りでお重に向き合っていた。今夜の大神の食事はうな重だ。濃厚なたれの掛かったうなぎが、食欲をくすぐるような芳しい匂いを発している。今日は土用の丑《うし》の日だ。

「ああそうかって、それだけですか」

首をひねる私を無視し、大神は大ぶりなうなぎに齧《かじ》り付いていた。

「検事、これは重大な事実ですよ」

なおも訴えかけると、大神はようやく箸を置いて私の方を睨み付けた。

「被害者が実は被疑者のために行動しており、それを被疑者が勘違いした。そんなことは裁判に一切関係ない。無意味だ」

またいつもの論法だ。しかし、これにも段々と慣れてきた。

「裁判では意味がないかもしれません。ですが、被疑者の心を動かすことはできます」

大神を睨み返す。今なら議論で負ける気がしなかった。

「しょうがない事務官だ」

すると、大神はなぜか大きなため息をつき、また箸を取ってうな重に向き合った。

「あの、何がしょうがないんですか」

妙に気になったので問い掛ける。大神はふっくらとしたご飯を作業のように淡々と頬張り、何の感動もなさそうに飲み込んだ。

「被疑者にこの事実を伝えるつもりか」

「はい、もちろんです」胸を張ったが、大神はどういうわけか険しい表情を作った。

「いいか、そんな馬鹿な真似はやめろ。絶対にだ」

思いの外、強烈な否定が飛んできた。戸惑うが、その一方で反発心も強くなる。

「どうしてですか」

私は嚙みついた。大神は険しい形相のまま箸を動かし続ける。

「これは命令だ。被疑者には絶対にこの事実を伝えるな」

大神はそう言うとご飯を一気に口に含み、紙コップに入った熱い緑茶を啜《すす》った。

「室月さんを救うことの、何がだめなんですか」

自然と声が大きくなった。だが、大神はそれに動じることはない。

「いいからこれ以上、俺にむだな時間を使わせるな」

大神は私に背を向け、うな重に向き合った。これ以上追及しても意味がないようだ。

大神の意図はよく分からない。しかし、今は大神の方が間違っていると私は思った。愛を第一とする室月を、愛情で救うことは正しい。そう信じて、私は残務に取りかかった。明日、室月のところへ行く余裕を作るために、急ピッチで書類をさばいたのだ。


「お、来たぞ」

私の隣に座る友永がつぶやいた。千葉刑務所内拘置区の面会室。アクリル板を前に私たちはパイプ椅子に座っていたが、アクリル板の向こうの廊下から足音がした。

ドアが開き、室月が姿を現した。刑務官に導かれて席に着く様は相変わらず儚げで、今にも空気に溶けて消えてしまいそうなほどだった。

「室月凛奈さん、お久しぶりです」

友永と打ち合わせていた通り、私から切り出した。だが室月は目立った反応は見せず、虚ろな目で宙の一点を見つめていた。

その反応に弱気の虫が頭を出しそうになるが、私はこらえる。これまでも勇気を出して新事実を告げたお陰で、苦しんできた人たちを救うことができたはずだ。

「浦部悟さんの行動について、新事実をお伝えしに来ました」

意を決して切り出すと、室月の眉が微かに動いた。その反応に私は勇気をもらう。

「浦部さんがベランダに出ていたのは、室月さんの本を売るためでした。浦部さんは恥をしのんで、縁を切ったお父さんにこっそりベランダで連絡を取っていたんです。お父さんの方から出版社に手を回して、本が売れるようにしてもらうために」

室月の目が大きく見開かれた。私が期待していた反応だ。

「ベランダに出たのは、室月さんに聞かれないためでした。本がお金の力で売れるという事実を知られたくなかったんでしょう。ですが、これだけは信じてあげてください。浦部さんは、室月さんのことを愛していたんです。裏切ってなどいません」

「悟が、そんなことを」

室月は呆然としているようだった。見開かれた目に涙が浮かぶ。

「浦部さんは必死だったんです。愛する室月さんを応援しようとして。やり方は正しくなかったかもしれませんが、その愛情は正しかったと私は思います」

「そんなこと、知らなかった」

室月は指先で目元を拭った。その時の彼女の表情は、裏切りがなかったことを知って憑き物が落ちたように見えた。

室月は両手で顔を覆って嗚咽を漏らした。残酷な面もあるかもしれないが、室月は分かってくれるはずだ。私はそう思って、涙に暮れる彼女を慰め続けた。

拘置区を後にした私は地検に戻り、業務に取り掛かった。室月に会ってきたことを大神に伝えようかとも思ったが、昨晩、室月に会うことを否定されたことが脳裏をよぎった。あそこまで言われた相手にわざわざ報告する必要もない。私は黙っていた。

夜になった。私は残業をこなして無事にその日の仕事を片付けた。すでに就寝していた大神を起こさないようデスクライトを消すと、私は静かに執務室を出る。大神の規則正しい寝息が耳に残った。

庁舎から出ると、夜空に綺麗な月が浮かんでいた。満月ではなく欠けているが、それでも儚く美しい光を放っている。

そのまま月を眺めて歩いた。室月は、殺害の契機となった月を恨みに思っているだろう。でも、いずれはこの月を純粋に美しいと思える日が来ればいい。私は夜空に浮かぶ月に願いを託していた。

不意にポケットのスマホが着信を告げた。こんな夜遅くに誰が、と不審に思って画面を見ると、何と大神の執務室から掛かっていた。

執務室からということは、当然大神からだろう。そう考えると緊張した。こんな時間に寝ているはずの大神が掛けてくるなど、到底良いニュースとは思えない。

「はい、朝比奈です」嫌な予感を抱きながら、私は電話を取った。

「朝比奈、やってくれたな」

不愛想な大神の声が響いた。心なしか、怒っているように聞こえる。

「どうされたんですか。こんな時間に」

不安を膨らませながら、私は訊いた。すると、大神は大きな溜息をついた。

「室月凛奈が死んだ」

一瞬、言葉の意味が理解できなかった。私は思わず聞き返す。

「室月さんが死んだ？　どういうことです」

「そのままの意味だ。室月は死んだ。自殺だ」

まだよく理解できない。私はさらに質問を重ねた。

「自殺って、拘置区の中でですか」

「そうだ。房内で、布団カバーで首を吊《つ》った。明らかな自殺だ」

自殺。その意味がじわじわ理解できてくるに従い、圧倒的な恐怖が私を襲った。

「あの、自殺の原因は何ですか。もしかして、私が」

「そうだ。あんたが原因だ」

大神の声は凍えたように冷たく、私の胸の中を瞬時に冷凍させた。

「つい先ほど拘置区から連絡があったんだが、室月は遺書を残していたそうだ。その内容は簡潔にして的確だ。読むぞ。『汚い手を使って二作目を出させるなど、浮気以上の裏切りだ。絶望した』」

まさに私が室月に伝えたことだった。一瞬にして血の気が引くのが感じられる。

「室月は、房内の窓から月を見るようにして首を吊っていたらしい。彼女が最期に見ていたものは、綺麗な月だったんだ」

私は反射的に夜空を見上げた。この月を、室月も見上げながら死んだというのか。

私が室月を死なせた。その事実に間違いはないようだ。しかし、心理的な反応として、どうしてもその事実を否定する方向に心が動いてしまう。

「ですが、室月さんは『愛』を第一とする考えを持っていたはずです。どうして、浦部さんの愛よりも、作品の売れ方の方を優先するような考えをしてしまったんですか」

情けないが必死に訴えてしまう。だが、大神は冷めた口調で言った。

「確かに、室月は『愛』を第一とする作風の持ち主だった。しかし、小説の作風が、必ずしも作者自身の思想と一〇〇%合致するとは限らない。室月は結局、愛よりも自分の作品を第一に考えていたんだ」

それでは、室月が拘置区で見せた涙は、愛情を確認して感動したことによる涙ではなく、作品が売れた仕組みを知っての悔し涙だったのか。

取り調べの最後、室月が途切れさせた言葉が思い出される。「この世で一番大切に思っていたのは」。その続きはきっと、「自分の作品」だったのだろう。

全身から力が抜ける。このまま地面にへたり込んでしまいそうだった。

「だからやめておけと言っただろ。たまには人の忠告も聞くものだ」

それだけを言うと、大神は電話を切った。ツーツーという通話終了音が、夜の静寂の中で大きく響く。

私の言葉が人を殺した――。良かれと思ってしたこととはいえ、これは重罪だ。私は足元から深い沼に沈み込んでいくような、大きな絶望を味わった。

こんな時、あのドラマの主人公ならどうしたか。そう考えて場面を思い描くものの、うまくシーンが浮かんでこない。私は必死になって、主人公の決め台詞をつぶやいた。

「大丈夫、私は大丈夫」

だが、いつも勇気を与えてくれる言葉は、今は空疎な慰めにしか聞こえなかった。

空を見上げれば、綺麗な月が浮かんでいる。自殺する時、室月はどんな気持ちでこの月を見ていたのか。私には想像もできなかった。この先ずっと、綺麗な月を見るたびに、私は室月のことを思い出すのだろう。それは悲しいことだった。

私はその場から動くことができず、月明かりに照らされたまま立ち尽くしていた。

最終話 ある閉ざされた飛行機の中で

成田空港の国際便ターミナル。大勢の旅行客や海外出張のビジネスマンが行き交う、日本の一大交通拠点だ。キャリーケースを引いた人々が忙しそうに行き来し、何語か分からない会話が飛び交う。そんな活気溢れる場所で、私は立ち止まって左右を見回していた。目当ての人物は一向に見つからず、焦燥感ばかりが募ってくる。

「朝比奈、本当に来てくれたのか」

不意に友永の声がした。はっと我に返って首を巡らせると、前方に彼の姿があった。ベンチから腰を浮かせ、驚いた様子でこちらを見ている。

「友永先輩。もう、無茶しないでください」

私は友永の元に走り寄ると、諌《いさ》めるようにして言った。だが、友永はすぐに私から視線を逸らし、ずらりと並ぶベンチの一点を見つめた。

何を見ているんだ。そう思って視線を向けると、ベンチに短髪の若い男が一人座っていた。異様なほどに周囲をきょろきょろと窺い、しきりに貧乏ゆすりをしている。

「あの人、もしかして」

　ぞっとして私が問うと、友永は静かに頷いた。

「あいつが児玉天吾《こだまてんご》。最低最悪の人殺しだ」

　十四時過ぎに搭乗手続きが始まった。足早に歩く児玉を追って、搭乗ゲートへと向かう。飛行機のチケットというものは出発二十分前までは買えるらしく、私は友永と合流した後にそれを買っていた。購入時には金額を見て躊躇《ちゅうちょ》したが、思い切って支払った。購入した席は、友永の買っていた席の隣だ。こんなことをしてただでは済まないとは理解しつつも、私は友永と一緒に飛行機に乗り込んだ。

　サンフランシスコ行きのスカイフライヤー一一六便。私たちが乗ったビジネスクラスは、二席ずつが左ブロック、中央ブロック、右ブロックの三区分に分かれて並んでいる。児玉の席は、前から三列目の右ブロックの通路側だった。一方、私と友永の席は前から七列目の中央ブロックだ。児玉の席は、私たちから見て右斜め前にある。

「児玉、何としても逮捕してやる」

　斜め前の児玉を凝視しながら、友永は小声でぶつぶつ言っている。だが、事情を知っている身としては同情を禁じ得ない。なにせ児玉は、友永にとって宿敵なのだから。

「くそ、見えづらいな」

友永が小声でぼやいた。その原因は座席のついたてだ。ビジネスクラスの全席には、座席の左右に、椅子と同じ高さのついたてがある。そのついたてのせいで、右斜め前に座る児玉の様子が全く見えないのだ。

隣席同士の私と友永の間には上げ下げ自由なついたてがあり、現在は下げているのでお互いの様子は分かる。しかし、児玉の座席の通路側にあるついたては上げ下げできないので、私たちの視線はそれに遮られて届かない。監視をするには不利だった。

「まあいい。座席を立てば分かるからな」

友永がまた独り言のように言った。ついたては椅子と同じ高さなので、立ち上がった乗客の姿までは隠せない。

「いずれにせよ、サンフランシスコに着くまでが勝負だ」

友永は自分に気合を入れた。しかし私は、その気合の空回りが心配だった。

児玉天吾。千葉県警が三年にわたって追っている、二人の女児が連続して殺害された事件の被疑者だ。県警は児玉を被疑者としてマークしていて、二年にわたった捜査の結果、一度は逮捕寸前までいった。だが児玉の親が雇った敏腕弁護士の助言により、彼はぎりぎりのところで逮捕を免れていた。その際、児玉を取り調べて落とせなかったのが友永なのだ。

友永は児玉を逮捕できなかったことを悔やみ、ずっと独自に情報を集めていた。そして先日、児玉に貼りついていた週刊誌が高飛び計画を報じた。児玉が事前にチケットを購入し、アメリカへの高飛びを予定しているというのだ。週刊誌には高飛びの決行日が記され、モザイクの掛かっていない児玉の写真も掲載されていた。

これに我慢できなくなった友永は、ついに高飛び当日である今日、暴走した。きっかけは、週刊誌報道を知っている一般旅行者が、偶然チケットセンターで児玉を見つけたことだ。旅行者は児玉と職員とのやり取りを盗み聞きして便名を特定し、あろうことかＳＮＳに便名を挙げてしまった。友永はそれを見て即座に空港に駆け付け、その便のチケットを購入。児玉を追って同じ便に搭乗したのだ。

「児玉が、取り調べが終わった時に言ったんだ」

十四時四十分過ぎ。飛行機が離陸した直後に、友永がぽつりとつぶやいた。

「物的証拠、目撃証言。奴を疑うに足る材料はある程度揃っていた。だが決定的な、最後の一押しになるものがなかった。そして俺は児玉を落とせなかった。そんな俺を嘲笑うかのように、奴は俺に向かって言ったんだ。警察が無能でラッキーだった、と」

背筋が激しく粟立《あわだ》った。それはほとんど犯行の自供じゃないか。

「その時の奴の顔、今でも時々夢に見るよ。だから俺は児玉を逃がしたくないんだ。

高飛びを知った時も、所在をくらますなんて絶対できないようにしてやろうと思った」

それでこの暴挙に出たわけか。とはいえ、ずっとアメリカで児玉を監視することなんてできないのだから、こんなことは無意味だろう。しかし、それは友永が一番分かっていることだ。それでも何もせずにはいられないのだろう。

友永の執念はよく理解した。ただ、気になることはある。

「それにしても、どうして児玉を追うと私に連絡してきたんですか」

私は疑問をぶつけた。夏期休暇で家にいた私に、友永はわざわざ連絡してきたのだ。

「そのことについては、申しわけなかったと思っている」

友永は少し冷静になった顔で言った。

「誰かに気持ちを聞いてもらいたかったんだ。この激しい憤りを胸の内に秘めたまま児玉を追い続けるのは、正直言って苦しいからな」

だからと言ってそれに私が選ばれるというのは意外だった。もしや友永はそこまで私を信頼しているのか。

「でも、誰でもよかったわけじゃない」

友永が不意に真剣な眼差しを向けてきた。私はちょっと緊張する。

「勤務中の独断専行だから、捜査一課の信頼できる同僚には相談できない。でも事件と全く無関係の友人たちを巻き込むのも心苦しい。それで朝比奈が思い浮かんだんだ。

同じ職場ではないが、事件捜査をする点では共通しているからな」

どうやら頼りにされていたわけではなかったようだ。少し気が抜けた。

「でも、まさかこうしてついて来てくれるとはな。何だかすまない」

友永は軽く頭を下げた。私は、いいんですよ、と慌てて手を振った。

「いつも捜査の時にはお世話になっています。このぐらい、恩返しさせてください」

そう言ったものの、本心ではなかった。私は友永が心配だったのだ。友永は電話口で、児玉への並々ならぬ執念を語った。それを聞いていると心配になった。この人、もしかしたら万策尽きた時には児玉を殺してしまうんじゃないか、と。

友永にそんな真似をさせるわけにはいかない。だから、私はこうして同乗したのだ。

ただその一方で私には、飛行機で遠い土地へ行ってしまいたいという思いもあった。ふとした時に頭をよぎる、室月凛奈の事件の結末。私が余計なことをしなければあんなことにならなかったのだと、考えても仕方ないことを何度も繰り返し考えてしまう。それをやめたくて、誰も私を知らない遠い土地に行ってしまいたかったのだ。

時刻は間もなく十五時十分になろうとしていた。スカイフライヤー一一六便は順調に太平洋上空を航行していた。ビジネスクラスの座席は八割方埋まっていたが、時折話し声が聞こえる程度で概して静かだった。環境としては快適だ。

しかし、児玉を見張っている以上は快適かどうかは関係なかった。友永は目を血走らせて右斜め前の児玉の席を凝視している。児玉が立ち上がりでもしようものなら、飛び掛かって取り押さえそうな形相だった。

ところがその時、不意に機体が大きく揺れた。ガクンという衝撃とともに、体が浮くような感覚を味わう。私は思わず短い悲鳴を上げてしまった。

「落ち着け朝比奈。軽く揺れた程度だ。大したことはない」

友永が児玉の方を見たまま冷静に言った。それと同時に、機長のアナウンスが入る。友永の言う通り、気流の影響で軽く揺れた程度で、航行には問題ないとのことだった。

ほっとして私は席にもたれる。だが、その体勢から窺った友永の様子がおかしかった。彼は中腰になって、顔色を青ざめさせている。

「どうしました、先輩。やっぱり揺れが怖かったんですか」

ほっとした勢いで軽口を叩いたが、友永は真剣な表情で首を振った。

「児玉の様子がおかしい」

友永は小声でささやいた。私は深刻な気分に逆戻りし、声を潜めて問い掛けた。

「何があったんですか」

「機体が揺れた時、何かものを落とした男性がいたんだ。ＣＡがそれを拾ったんだが、児玉はなぜかその男性を睨みつけている」

私の座席からは児玉の様子がよく見えない。友永の説明が頼りだった。

「おっ、ＣＡが児玉に話しかけるぞ」

児玉の視線を奇異に思ったのだろうか。児玉がどう反応するか気になった。

「別にいい、ただ見ていただけだ」

児玉の怒った声が聞こえた。ＣＡが謝罪し、去って行くのが声と足音で分かる。

「特に何もなかった、か」

しばらくして、友永が腰を下ろした。児玉が睨むのをやめたのだろう。気にはなったが、特段何かが起こったわけではない。私はそれ以上この件のことを考えなかった。

十五時半になろうかという頃。再び児玉の行動に変化が起こった。

「おっ」友永が短い声を発してまた腰を浮かせる。児玉が席を立ったのだ。

「お手洗いでしょうか」

私も腰を浮かせて見ると、児玉はしきりに周囲を窺う不審な態度で、通路を前方へと進んだ。その先には細い通路が左右に二つ並んでいる。その脇には、私たちの位置からでもよく見える大きなトイレマークの表示があった。奥にはそれぞれお手洗いがあるらしい。児玉はそのうち左の通路を進んで行った。

「やはりトイレだな」

友永は中腰のまま迷っていた。細い通路の奥は、私と友永の位置からでは死角になっていて見ることができない。追うべきか、ここで待つべきか。

「先輩。ここは待ちましょう。追えば必ず気付かれます」

私は小声で忠告した。尾行を気付かれるのはまずいと思ったからだ。

「そうだな。トイレで何かができるわけでもないしな」

友永は座席に腰を下ろした。私も席に座り、児玉が戻ってくるのを静かに待つ。

だが、児玉の戻りは遅かった。二十分ほど経過しても姿が見えない。

「ちょっと長すぎないか」

友永がいら立ったようにつぶやいた。

「やっぱり見てくる」待ちきれなくなったのか、友永は席を立つ。私は必死に止めようとしたが、その時、細い廊下の奥から人影が現れた。児玉だった。

「何だ、戻って来たか」

友永は席に腰を下ろすが、私はそうしなかった。児玉の様子が異様だったからだ。

児玉は額に大量の汗をかき、体をぶるぶると震わせていた。

何かあったのか。私は児玉が席に着くまで、彼の尋常でない様子を見つめていた。

「児玉の様子、変じゃなかったですか」

席に腰を下ろしてから、友永にささやきかけた。友永は怪訝そうな表情をする。

「そうだったかな。今日は最初からずっと変だぞ」

高飛びをするともなれば、当然警察の目は気になるだろう。挙動不審になってもおかしくはない。しかし、トイレから戻った児玉は異様だった。それ以前とは違う。何事もないのなら、それでいいのだけど。私の不安は高まっていた。

それから一時間ほどが経過した。時刻は十七時。児玉は席を立たず、膠着《こうちゃく》状態が続いていた。思い切って声を掛けたいと思いはするものの、そうしても得られるものはないだろう。ここは監視を続けるしかなかった。

事態が急変したのは、短い悲鳴がきっかけだった。CAのものらしい甲高《かんだか》い悲鳴が、ビジネスクラスに響き渡った。

「何でしょう」

前方の細い通路の奥——トイレのあたりにCAが集まっているようだった。慌ただしくCAが行き交い、彼女たちは漏れなく真っ青《まさお》な顔をしていた。

「急病人でしょうか」

私は首を伸ばす。するとCAの一人がやって来て、客席に呼びかけた。

「お客様の中に、お医者様はいらっしゃいませんか。急病人が発生しました」

CAは座席の間を巡る。その様子を見ながら、友永は深刻そうな表情を浮かべた。

「本当に急病人か。事件や事故なら、刑事の俺が行くところだが」

それでも友永は右斜め前の席を見た。児玉を見張る必要があるということだろう。

そのうち、医師が見つかった。中年の男がＣＡと一緒に通路の奥に向かう。だが、その後二十分経っても医師は戻って来ない。

「気になりますね。私が見てきます。友永先輩は監視を続けてください」

しびれを切らした私は席を立って、大きなトイレマークの横を進み、細い通路に向かった。ＣＡたちが集まっているのは、児玉が入ったのと同じ左側の通路だった。トイレは一つだけで、その前でＣＡたちが顔を突き合わせていた。

「あの、何かありましたか」

背後から声を掛けると、ＣＡたちは背筋を震わせ、弾かれたように振り返った。

「お客様、申しわけありません。ただ今こちらでトラブルが発生しまして」

事態を知られまいという対応だった。だが、薄く開いたトイレのドアの向こうに、私はそれを見た。ワイシャツ姿の男性が倒れていたのだ。

「すみません。本当に急病人なんですか」

私が詰め寄ると、ＣＡたちはますます困惑した表情を見せた。

「安心してください。私の同行者は警察官です。必要なら呼んで来ます」

ＣＡたちは顔を見合わせる。しかし、そこでトイレから中年の男が顔を覗かせた。

「警察官の方がいらっしゃるんですか。助かります。ぜひお連れしてください」

先ほどCAについて行った医師だった。青い顔をして、彼は息を漏らした。

「どうやらこれは、殺人事件らしいんです」


座席に戻って、私は大きく息をついた。トイレで見たものの生々しさが脳裏をよぎり、吐きそうになる。これまで調書で死体の写真は散々見てきたが、本物の死体はやはり違う。見ただけで吐き気と恐怖が込み上げてくる。

広いトイレの個室内で倒れていたのは、四十代のビジネスマン風の男性だった。顔色は土気色で、死んでいることが一目で分かった。首元には、紐状《ひもじょう》のもので絞められた痕——索条痕《さくじょうこん》があった。絞殺だ。そして男性の爪は、なぜか血で赤く染まっていた。

現在、トイレには友永がいる。児玉の監視を私に任せ、彼は現場を見に行った。

それにしても、とんだ災難だった。児玉を監視していて殺人事件に巻き込まれるなど、偶然が重なりすぎる。不幸が列をなして一気にやって来たようだ。

そのまま数十分が経過した。児玉を監視し続けていると、友永が戻って来た。

だが、友永は私の席に来る前に立ち止まった。彼が立ち止まったのは児玉の席の真横だった。

「児玉天吾さん。少々お時間いただけますか」

友永は警察のバッジを示して言った。児玉は慌てたように席を立つ。

「警察が、何のつもりだ。あの事件で俺は逮捕されなかったはずだ」

舌をもつれさせながら叫んだ。幼女連続殺人事件のことを言っているらしい。

「いえ、今回はその件ではありません。トイレでたった今起こった事件についてです」

友永は児玉の腕を摑んだ。児玉は半袖のシャツの袖を押さえて抵抗したが、友永が有無を言わせぬ力で引っ張る。周囲の乗客は啞然として見守っていた。

「おい何だよ。これは公権力の横暴だぞ。警察の暴走だ」

児玉は騒ぐが、鍛えられた警察官の腕力には敵《かな》わない。結局ふてくされたような顔になって連れて行かれた。

一体、どうなっているんだ。私が困惑していると、友永が私の方を振り返って顎をしゃくった。ついて来いということだろう。私は慌てて席を立ち、トイレに向かった。


死体のあるトイレの個室には、四人の人間がいた。私、友永、児玉、医師の四人だ。

「俺が何をやったっていうんだ。こんな死体、知らねえぞ」

児玉は不機嫌そうな声を漏らした。だが、友永は鋭い眼光で彼を黙らせる。

「児玉天吾さん。この死体の死因は絞殺です。あなたが殺したのではありませんか」

突然の問い。児玉は面倒臭そうに半袖のシャツの袖をさすった。

「知らねえよ。断言するが、俺じゃない」

「では、現場のものには一切手を触れていないんですね」

「いや、このトイレには俺も入ったから、指紋ぐらいは残っているはずだ」

児玉は冷静に切り返した。彼の言う通り、周辺に付いた指紋は証拠にはならない。

「ですが、死体には触れていないんですよね。それから、凶器にも」

友永がしつこく念を押す。児玉は少しいら立ったように声を大きくした。

「当たり前だ。死体やネクタイなんかに手を触れるわけねえだろ」

その発言を聞いて、友永はにやりと笑った。

「おや、凶器がネクタイだったと、よくご存知でしたね。私はまだ言っていませんが」

児玉は途端に言葉を詰まらせた。顔色が青くなっていく。

「それは、想像できるだろ。絞殺できそうなものはネクタイぐらいしかなかったし」

児玉は唇を尖らせて言うが、さすがに私にも分かった。この事件の犯人は……」

「そうでしょうか。児玉さんは最初から、凶器を知っていたのではないですか。なにせ、自分で殺した相手ですから」

「俺がやっただと。証拠はあるのか。前の時みたいに、結局証拠がなかったじゃ話にならねえぞ」

友永が顔をしかめた。痛いところを突かれたようだ。しかし、友永は続ける。

「今回は証拠があります。それより、児玉さんは大丈夫ですか。今回は高度一万メートルの上空ですよ。前の時のように、有能な弁護士には頼れませんが平気ですか」

予期せぬ意趣返しに、児玉の顔が赤らんだ。刺すような視線で友永を睨み付ける。

「それでは充分にある証拠を一つ一つ示していきましょう。先生、お願いします」

友永は平然としていた。医師にバトンを渡し、児玉が逃げないようドアをふさぐ。

「では、医師である私からは被害者の死亡推定時刻についてお話しします。死亡推定時刻は、死体発見時刻の一時間前から一時間二十分前の間です」

その時間帯といえば、と私は記憶を振り返り、そして震えた。その時刻、まさに現場のトイレに入っていた人物がいるではないか。

「そう、その時刻にトイレに入っていたのはあなたですよ、児玉さん」

友永は児玉に向かってそう告げた。児玉はシャツの袖を握り締める。

「CAさんの証言によれば、被害者の男性は児玉さんより先に席を立って、その後席に戻らなかったそうです。トイレに向かったと思われるので、それからずっと、一つしかない左のトイレには被害者がいたのでしょう。となると、左のトイレに向かった児玉さんは、人がすでにいるトイレに入ったことになります。どういうことでしょう」

児玉は黙り込み、視線をしきりにさまよわせていた。

「恐らくこういうことでしょう。児玉さんは被害者を追ってトイレに向かい、被害者がトイレから出て来たところを襲ってトイレに押し込み、ネクタイで絞殺したんです」

児玉は返事をしなかった。友永の推理は当たっているようだ。

「どうですか、児玉さん」

友永は声を大きくして威圧する。ここで逮捕できれば、ひとまず高飛びは阻止できる。幼女連続殺人についての捜査の進展も待つことができるだろう。

「残念だったな。俺はその程度じゃ自白しねえよ」

ところが、児玉は嘲笑うようにして言った。

「あの取り調べの時と同じだ。詰めが甘いよ、刑事さん」

児玉は挑発するように友永に顔を近付けた。

「同じ場所にいたからといって、殺したとは限らない。何かの話し合いをしていただけかもしれねえだろ。俺が殺したという直接的な証拠はないんだよ」

トイレの個室で二人きりというのは限りなく怪しいが、確かにそれで殺したかというと決定的な証拠がない。もどかしいところだった。

「被害者の爪に残った血液……どこから流れ出たんでしょう」

不意に友永が問い掛けた。被害者の爪を赤く染めている血液のことだ。児玉は、はあ？　と笑ったが、友永はさらに言った。

「見たところ、被害者は傷を負っていません。では、この血はどこから来たのか」

友永は早足で児玉に歩み寄った。児玉は即座にシャツの袖に手を伸ばしたが、それより早く友永は袖をめくった。

「おや、この傷は何でしょうかね」

シャツの袖に隠れていた児玉の二の腕には、引っ掻いたような真新しい傷があった。

「できて間もない傷ですね。殺害時、被害者に引っ掻かれましたか」

友永の問いに児玉は呆然とした。被害者の爪に残っていた血液の出どころが自分ともなれば、殺人の疑いを払拭するのは容易ではない。

「児玉さん、残念ですが日本までお戻り願えますか」

友永の宣告を受けて、児玉は膝を折って崩れ落ちた。


飛行機内での犯罪は、通常、その飛行機がどの国に登録されているかで管轄が決定する。スカイフライヤー一一六便は、日本に登録された日本の航空会社の飛行機なので、事件は日本警察が管轄する。そして日本の中でも、飛行機内での事件を管轄するのは、飛行機が離陸した空港を管轄する県警だ。今回の場合は離陸した成田空港を管轄する千葉県警が、捜査や取り調べを担当することになる。

「手荷物を開けさせてもらうぞ」

児玉の了承を得て、友永はカバンを開けた。児玉が携帯していた肩掛けカバンだ。

中身はパスポートやハンカチ、ティッシュ、漫画や折り畳み傘だったが、その中に一つ奇妙なものが入っていた。

可愛《かわい》らしい花の形の飾りがついた髪ゴムが一つ。小さな女の子向けのものに見える。

「もしかしてこれ……殺された女の子の髪ゴムじゃないですか」

児玉が犯人とされる連続殺人事件では、性的な暴行を加えたり、衣服をはぎとったりする残虐な行為は行われていないが、それぞれの遺体から一つだけ持ち去られたものがあった。それが、彼女たちが身に着けていた髪ゴムだ。

「ピンク色で花の飾り……片方の髪ゴムと、特徴も完全に一致している。なんてこった、これで連続殺人事件の方も立件できるかもしれないぞ」

友永は頬を紅潮させて興奮していた。が、思いがけない人物が彼を遮った。

「あの、これ、被害者の持ち物だと思います」

立ち会ってくれていたCAの一人だ。被害者の男性は、飛行機が揺れた際に髪ゴムを通路に落としたという。その際CAがそれを拾って渡したらしい。そういえば友永がそんな場面を目撃していた。落としたものが髪ゴムだとは気付いていなかったが。

「可愛らしいものをお持ちだなと思って、印象に残っていました。お持ちの理由が気になりましたが、前方のあの児玉様という方が怖い顔をしてこちらを見ていたので、そちらに用件を聞きに行って訊けずじまいでした。ああ、児玉様という方は特に用件はなかったようです。ただ見ていただけだ、とのことでした」

なるほどと、友永は残念そうにつぶやいた。似てはいるが、連続殺人の証拠ではなかったようだ。量産品のようなので、似ているものは多くあるのだろう。

「しかしこの証拠品に意味はあるぞ。理由は不明だが、被害者はこの髪ゴムを所持していた。ところが、今は児玉がそれを持っている。殺した際に奪ったんだろう。殺人の重要な証拠になるな」

友永は幾分、自分を奮い立たせるように声を大きくした。

「しかし、どうしてこんな髪ゴムを奪ったんだ。証拠になってしまうのに」

友永が訊いたが、児玉は無言だった。

「まあいい。日本に戻って取り調べをすれば、何もかも明らかになるはずだ。今回の事件も、幼女連続殺人事件もな」

友永は児玉を睨み付ける。だが幼女連続殺人事件と聞いて、児玉は形相を変えた。

「やめろ。俺はあの事件については喋らねえぞ」

児玉は急に大声を上げ、その場に座り込んだ。

「俺はサンフランシスコに着いたら降りる。日本なんかに連れ戻されてたまるか」

児玉はふてぶてしく、そう宣言した。

「児玉、残念ながらお前は殺人事件の被疑者だ。日本に戻ってもらうぞ」

「ほう。何の権限で？　言っておくが俺は任意同行には応じねえぞ。逮捕でもされない限り、絶対にサンフランシスコで降りるからな」

友永は、これには困り顔になった。高度一万メートル上空でも、緊急逮捕という手段を使えば、裁判所の令状なしに逮捕はできる。しかし、警察は被疑者の逮捕後四十八時間以内に、被疑者の身柄を検察に送らなければならない。だが今ここで児玉を逮捕してしまうと、行き帰りのフライトだけで貴重な四十八時間の大半を消費してしまう。それを避けるべく、逮捕前の任意同行という形で児玉を連行しようとしたのだが、どうやらそれを見透かされてしまったようだ。

「俺はサンフランシスコで降りるからな。公務執行妨害とかをでっち上げて別件逮捕、っていうのも無理だぜ。証拠のない冤罪《えんざい》だって親父の弁護士に言って、マスコミを騒がせてやるからな」

友永に決断が迫られた。任意同行のままか、逮捕するか。彼が出した答えは――。

「事情はよく分かった」

飛行機の事件を担当することになった大神は、そう言って執務室の座卓に肘を突いた。事件のことを報告する私を、先ほどから苦々しい表情で見つめている。

「友永は児玉を緊急逮捕した。じっくりと考えもしないままに」

呆れたような言い方だった。私は納得がいかない。

「検事、お言葉ですが緊急逮捕は最善の策だったと思います。そうでもしないと、児玉はサンフランシスコで飛行機を降りて逃亡していました」

「果たしてそうか。緊急逮捕の結果、どういうことになったか分かっているだろ」

口ごもる私を前に、大神は座卓の上のカレーをスプーンで口に運んだ。今回のカレーは夏野菜カレーということで、オクラやナス、トマトなどがふんだんに入っている。先ほど帰国したばかりで急遽休日出勤をした私は、夕食がまだなので空腹を覚えた。

「朝比奈。あんたも友永を止めるべきだった。緊急逮捕のお陰で弊害続きだ」

大神は大いに嘆いた。というのも、確かに緊急逮捕の悪影響は出ている。まず四十八時間の制限により、県警での取り調べがほとんどできず送検せざるを得なかったこと。さらに、児玉の身柄が検察に移った段階になっても、被害者の遺体がまだ日本に着かないこと。これは、サンフランシスコでの遺体空輸手続きのもたつきや、悪天候で飛行機が飛べないことに起因するらしい。当然、詳しい解剖もまだできていない。

「こんな状態でも、上は俺に早く取り調べをしろと言う。全く、無茶が過ぎる」

地検上層部は、担当検事に決定した大神に早く取り調べをしろとプレッシャーを掛けている。勾留期間をむだにしないため、というのが表面上の理由だ。だが本当は、飛行機内での殺人に大騒ぎしているマスコミ相手に、「遺体を待っていて何もできない」とは言えず、「鋭意取り調べ中」と言いたいがためだけだ。

「遺体の解剖もしないうちに何ができる。上は馬鹿ばかりだ」

大神はカレールウのたっぷりかかった太いオクラをすくい上げ、口を開けて放り込んだ。美味しそうなその眺めに、再び私の空腹が刺激される。

「言っておくが、このカレーは分け与えないぞ」

また顔色を読まれたようだ。私は赤面し、夕食を買うために執務室を出た。


サンフランシスコから成田空港に戻ると、待っていたのは県警の刑事たちだった。彼らに児玉を引き渡した後、友永は県警の捜査一課長から刑事部長、私は地検の課長から事務局長までによって、勝手に行動したことを強く咎《とが》められた。

それでも、私と友永は事件の捜査を担当したいと申し出た。ここまで関わったからには、最後まで担当したかったのだ。私は夏期休暇を返上さえした。とはいえ友永は当然ながら捜査から外され、処分は追って知らせるということになった。私は直接の捜査担当者ではないということで事件の担当はさせてもらえたものの、同じように処分が検討中となった。室月凛奈の事件からの相次ぐダメージに、私の気持ちは落ち込んだ。

とはいえ、児玉への検察での取り調べは間近に迫っていた。上が要求するのだからいつまでも先延ばしにはできない。明日の朝一番で取り調べの実施が決定していた。

これも仕事だからいつまでも落ち込んではいられない。私は魔法の言葉を自分に掛けて、元気を出そうと力を込めた。

「大丈夫、私は大丈夫」

あのドラマの主人公の言葉だ。だが、相変わらずその言葉は私には響かなかった。


「児玉天吾さんですね」

執務室には、飛行機内で散々見ていた児玉の顔があった。彼は部屋に入るなり私を見て驚いていた。まさか飛行機まで尾行をした私が検察事務官だとは思わなかったようだ。児玉はふてくされたような表情を浮かべ、大神の問いにおざなりに頷いた。

「まずお伝えしておきますが、あなたには黙秘権があります。そして、必要ならば弁護士も呼ぶことができます」

相変わらず優しい声で大神は言う。だが、弁護士、という言葉に児玉は肩を震わせた。というのも、児玉は父親が優秀な弁護士を送り込んでくれると思い込んでいたのだが、弁護士は結局来なかった。早い話が、父親は児玉のことをついに見捨てたのだ。弁護士の支えがなくなった児玉は県警の尋問に耐えられず、飛行機での事件について、容疑を認めた。しかし、動機については何も喋らなかったらしい。また、幼女連続殺人事件についても完全に口を閉ざしていたそうだ。

「今回は、飛行機で起こった殺人事件の取り調べです」

大神は取り調べる事件を明示した。これは裏を返せば、幼女連続殺人事件については取り調べないということだ。

「それでは今回の飛行機での事件で、児玉さんが体験したことや感じたこと、何でもいいので、自由に話してください」

いつもの自由質問が飛んだ。だが、児玉は不愉快そうに右手をひらひらと振った。

「話したいことなんて何もねえよ」

面倒臭がっているようだ。あるいは完全にあきらめているのか。いずれにせよ話を聞きにくい態度だった。

「そうですか。では、こちらから質問してよろしいですか。まず、髪ゴムについて」

大神がまず切り込んだのは、児玉が持っていた髪ゴムのことだった。被害者の持ち物だった花の形の飾りがついているものだ。

「被害者のサラリーマン・菱本安志《ひしもとやすし》さんの持ち物です。後の捜査で分かったんですが、あの髪ゴムは菱本さんの幼い娘さんからの贈り物でした。海外出張がうまくいくようにと、お守りとして娘さんが贈ったんです」

娘さんを始め、家族の悲嘆を思うと胸が締め付けられる。私は心の中で合掌した。

なお、あのデザインの髪ゴムはロングヒットセラー商品らしく、幼女連続殺人事件の被害者の一人と菱本の娘が同じものをもっていてもおかしくないとのことだった。

「この髪ゴムを、あなたはどうして盗んだんですか」

大神は問い掛ける。髪ゴムを重要視しているようだ。

「ふん、そんなもん知るかよ」

児玉は不機嫌そうに言い返した。まともに答える気がないらしい。

大神は少し考え込むように黙り込んだが、やがて柔らかくこう尋ねた。

「児玉さんは何人家族ですか」

はあ？　と児玉は声を上げた。私も内心では同じだった。そんなことは調書に詳しく書いてあるはずだ。それでも、大神はにこやかに続けた。

「ご家族の内訳を知りたいんです。被害者の菱本さんは、奥さんと娘さんとの三人家族でした。児玉さんのところはどうですか」

児玉はきょとんとした後、大神を見下すような表情を浮かべた。適当な質問をする奴だとでも思っただろうか。

「うちは五人家族だ。両親と姉二人、それに俺だ」

「ご両親はどんな方ですか」

「別に。父親は名のある金持ちらしいが、家に帰らないただの仕事人間だ。母親は専業主婦で、人の言うことを聞くだけしか能のない前時代的な人間だよ」

随分辛辣な表現だ。両親と折り合いが悪いのが容易に見て取れる。

「ではお姉さんお二人はいかがですか」

大神がそう尋ねた瞬間、児玉の口元が歪み、激しい憎悪の表情が露《あらわ》になった。

「姉二人は最悪だよ。弟の俺をいじめることしか頭になかった」

「いじめるというと、具体的にはどのような？」

「あらゆる手段を使って、だよ。親が見ていないところで罵詈雑言をぶつけ、殴る蹴るの暴行だ。小さかった俺は抵抗できず、毎日のように泣いていた」

「ご両親にそのことは言わなかったんですか」

「言ったさ。でも、姉二人はうまいこと言いわけをして、俺に非があることにしてしまった。姉二人は頭が良くて、俺は出来が悪かったから、親は姉たちを信じたんだ」

児玉は悔しそうに地団駄を踏んだ。よほどの恨みがあるらしい。

「お姉さん二人は優秀だったんですね」

「ああ、頭が良くてスポーツもできて、おまけに美人だ。肩までの長い黒髪は注目の的だったな。今は金持ちの男に見初《みそ》められて結婚し、贅沢三昧《ぜいたくざんまい》の暮らしをしているよ」

「お姉さんたちに仕返しをしようとは思わなかったんですか」

「もちろん思ったよ。あいつらの宝物を盗んで全部切ってだめにしようとした。でも見つかってしまって、逆に俺の宝物だった缶バッジを完膚なきまでに叩き壊された」

児玉は滑らかに喋り続ける。ここに至ってようやく気付いたが、これはきっと大神の計算通りだ。被疑者が喋りたいことを、好きなだけ喋らせるいつものやり方だ。

「大体、俺がこんな風になったのも、姉二人のせいだ。あいつらに怯《おび》え続けた俺は小心者になり、学校でも社会でもうまくいかなかった。その結果がこのざまだ」

さすがに責任転嫁だと思った。姉二人にいじめられていたのは理解したが、だからといって人を殺すことに繋がりはない。悪いのは児玉自身だ。

「そうですか。それは大変でしたね」

それでも大神は同情を示す。児玉からの信頼を得るための演技だ。

しかし、気持ちを理解してもらえて嬉しかったのか、児玉はますます喋り続ける。

「そういうわけで、俺は姉二人を殺したいほど憎んでいるんだ。分かったか」

「なるほど。お姉さん二人を殺したいほど憎んでいたんですね」

「そうだ。いつもあいつらをなぶり殺しにする方法を考えてきた」

物騒な話になってきたその時、大神はついに切り込んだ。

「ですが、児玉さんはお姉さんたちを実際に殺しはしなかったんですよね。我慢をした。それなのに、今回はどうして菱本さんを殺すことを我慢できなかったんですか」

児玉の表情が硬直した。それまでの威勢を失ったかのように、目が左右に泳ぐ。

「それは、まあ、たまたまっていうか」

「幼女連続殺人についても同じ疑問があります。一番憎悪を抱いているはずのお姉さんたちではなく、どうして見知らぬ女の子たち、そして菱本さんだったんですか」

話題が転換した。だが幼女連続殺人の話を持ち出され、児玉は困惑していた。

「幼女連続殺人のことは、今は関係ねえだろ」

「おっと、そうでしたね。では菱本さんの件についてはどうですか」

児玉の言い分を聞いたように見せて、その実、自然な流れで飛行機の事件への証言を迫る。うまいやり方だった。

「なぜ菱本さんを殺したのでしょう。私に教えていただけませんか」

大神は笑顔で追及した。児玉は頭を掻く。

「目が合ったからだよ」

投げやりな口調で、児玉はそう言った。私は我が耳を疑う。

「目が合ったから、殺したんですか」

「そうだ。あのおっさんがガン飛ばしてきたから、殺したんだよ」

まるでチンピラの喧嘩の動機だ。そんなもので殺されてはたまらない。

「そうでしたか。それは災難でしたね」

それでも大神はにこやかに対応する。私だったら不愉快が顔に出てしまうところだ。

「ですが、お姉さんたちへの殺意は抑えられていたのに、どうして今回は殺意を抑えられなかったんですか」

「それは、高飛びが成功するかどうかで緊張していたからだよ。そんな時にガンを飛ばされて、ついブチ切れちまったんだ」

児玉が極度の緊張状態にあったのは確かだろう。しかし、何事もなく高飛びするのが目的のはずなのに、目が合った程度でそれを台無しにしてしまうだろうか。

「児玉さん。そのガンを飛ばされた時の位置関係を図に描いていただけませんか」

大神が前触れもなく言った。児玉の喉から「え」という音がこぼれる。

「簡単な図でいいんです。その時の位置関係をこの紙に描いてください」

大神はバインダーに挟まったＡ４の紙を差し出した。鉛筆と消しゴムも手渡す。

「こんなことして、何の意味があるんだ」

児玉は声を大にして叫んだ。だが、大神は微笑むだけだ。

「あなたの証言の正確さを確認するためです。お願いします」

児玉は眉根を寄せている。だが、大神は続けて温和な声で言った。

「まあのんびりお描きください。描いている間は話しかけませんので」

「そう言われてもな。……いや、でも別にいいか」

児玉はふてくされたように唇を尖らせたが、すぐに考え直したのか真剣な表情になった。どういう風の吹き回しかと思ったが、何のことはない。ニヤニヤし始めた児玉を見て私は悟った。大方、のんびり絵を描いて、誰にも話しかけられない間に嘘の証言を練ろうという作戦だろう。

絵を描く児玉の姿を、大神はにこやかに見守っていた。恐らく、大神が、絵を描く間は話しかけないと言ったのは罠《わな》だろう。児玉に絵を描かせるためにわざと、話しかけない時間を与えたのだ。まるで糸で垂らした餌《えさ》のように。

児玉はしばらくのんびりと絵を描いていたが、次第に様子がおかしくなってきた。

「あ、あれ、おかしいな」

児玉は適当に描いて渡してくるかと思いきや、想像以上に苦労していた。描いては消し描いては消しを繰り返し、しまいには鉛筆を持つ手を止めて唸り始めた。

どうしたんだろう。私は児玉の心の中が読めなかった。

「ほら、これでいいだろ」

十分ほど悪戦苦闘して、児玉がようやく顔を上げた。彼はぶすっとした表情で大神にバインダーごと図を手渡す。鉛筆と消しゴムはデスクに放り投げた。

「ありがとうございます。確認します」

大神が図に視線を落とした。児玉はどかっと椅子に腰を下ろし、大胆に脚を組んだ。

「確認できました。あなたが描いた図がこれですね」

大神はバインダーをデスクの上に平らに置いた。私にも見えたので確認すると、上から見た飛行機の座席がずらりと描かれ、その座席の上に丸が書かれている。丸の中には一部名前が入っていて、人を示しているのだということが分かった。

「あなたはこの位置、菱本さんはこの位置で間違いないですか」

大神が図を指差す。図にある児玉と菱本の席は、通路を挟んで斜めの位置関係だった。搭乗して実際に見た通り、この飛行機のビジネスクラスは二席ずつが、左ブロック、中央ブロック、右ブロックの三区分に分かれて並んでおり、児玉の席は前から三列目の右ブロックの通路側だった。これは私たちも確認している。一方、被害者の菱本の席は前から四列目の中央ブロックの右側だ。菱本の一つ前の席が、児玉の通路を挟んだ隣の席になる配置だった。これなら、目が合うこともあるだろう。

だが、私は微かな違和感を覚えた。

「この位置関係で座っている時、菱本さんにガンを飛ばされたんですね」

「ああそうだよ。後ろから長時間ジロジロ見てくるからムカついて殺したんだ」

とってつけたような不自然な動機だ。だが、それとは別に妙な違和感があった。

「おかしいですね。その位置関係では、ジロジロ見られるはずがありません」

いきなり、大神がそう指摘した。児玉は焦ったように目をしばたたく。

「菱本さんに見られるはずがありません。なぜなら、あなたの乗ったビジネスクラスの席にはついたてがあって、お互いが視界に入らないようになっているからです」

私の喉から短い声が漏れた。そういえばあの飛行機のビジネスクラスには、座席ごとについたてがあった。視線が遮られるので、ガンの飛ばされようがない。

違和感の正体はこれだった。私は大神の観察眼に感心する。実際に飛行機に乗っていた私が気付かなかったのに、大神は資料を読んだだけでそれに気付いた。

「いかがですか、児玉さん。この矛盾について、何かお答えは？」

《嘘発見器》の実力が発揮された。児玉に視線を転じると、彼は追い詰められた鼠のように縮こまっていた。嘘がばれるとこうなるのか。案外気の小さいものだ。

だが、窮鼠《きゅうそ》猫を噛むという言葉もある。追い詰めたとはいえ、油断は禁物だった。

「ジロジロ見られたのは俺が席を立った時だ。それなら問題ないだろ。立ち上がっていればついたてを乗り越えて視界が広がるから、ジロジロ見られることもある」

案の定、反論が飛び出してきた。一見すると筋は通っているが、大神はどう出るか。

「いえ、問題があります。あなたは長時間ジロジロ見られたと言っていましたが、飛行機の中で意味もなく長時間立っていることはまずないでしょう。もしその説明を正しいものにしたいのなら、長時間立っていた理由を説明してもらう必要があります」

痛烈な否定だった。児玉は目を見張り、悔しそうに歯噛みをする。

「児玉さん、ガンを飛ばされたという証言は嘘ですね」

大神は笑顔で言った。児玉はいじけたように肩をすぼめている。

「そうなると、殺害動機は別に存在することになりますね。児玉さん、改めてお聞きします。なぜ、菱本さんを殺したんですか」

児玉は大神から視線を逸らした。だがその態度からは、都合の悪い何かを隠しているという事実が察せられた。

どうやら今回もまた、大神の認知的虚偽検出アプローチは成功したようだった。


この図を描かせるやり方は、「予期されない質問」の一種だ。予期されない質問とは、認知的虚偽検出アプローチの一手法で、予想されない質問をすることで被疑者に負荷を掛け、証言の真偽を測るやり方だ。空間的な質問（現場のものの配置の説明、あるいはそれを絵に描く）などは予想外の質問であり、嘘をついている被疑者はそれで動揺し矛盾を呈する。大神の狙いは、この図を描かせるという予期されない質問を投げ込むことで、児玉を動揺させ証言に矛盾が出てくるかを確認することだ。

「本当の動機は別にあるのでしょう。今ならまだ間に合います。お教えください」

大神が許しの気配を漂わせる。児玉は黙り込み、間を置いてから口を開いた。

「あのおっさんに、荷物を盗まれたんだ」

「菱本さんに、荷物を？」

「そうだ。だから トイレに行ったのを追って、報復として殺したんだ」

新しい証言だが、どうも具体性に欠ける。その場しのぎの嘘に過ぎない気がした。

「盗まれたものは何ですか」

「それは……財布だよ」児玉は妙に口ごもりながら答えた。どう見ても怪しい。

「その財布は結局どうなりましたか」

「殺した時に奪い返したよ」

「どこにしまいましたか」

「ジーンズの尻ポケットだよ。いつもそこに入れている」

「いつも尻ポケットに。では尻ポケットの中の財布を、どうやって盗まれたんですか」

「そりゃあ……俺がトイレに立った時に、手を伸ばしてすっとすり取られたんだよ」

オープン・クエスチョンが何問か続いた。私がこれらの答えをパソコンに打ち込んでいると、大神はまたバインダーを取り出した。新しい紙が挟まれている。

「では、盗まれた瞬間の位置関係を、この紙に描いてください」

児玉は不快そうに眉を寄せたが、また嘘を考える時間が与えられると思ったのだろう。黙ってバインダーや鉛筆、消しゴムを取り、ゆっくりと図を描き始めた。

「ええと、そうだなあ」

児玉は嘘を考えるのとは別に、相変わらず図を描くのに苦戦していた。描いては消しを繰り返し、眉間に皺を寄せて鉛筆を動かしている。

これは財布を盗まれたのが嘘だったからこそ、そのありもしない窃盗の瞬間を図に描くのに苦労しているのか。しかし、財布を盗まれたなどというのは嘘としてはどこか突拍子がない。なぜ、児玉はそんな嘘をついたのか。気になるところだった。

「ほら、描けたぞ」

しばらくして、児玉が完成した図を提出した。所要時間は十分ほど。座席と人物配置を描いただけの単純な図なのに、前回同様に時間が掛かっている。

「ありがとうございます。拝見します」

大神は納得するまで図を観察し、やがてバインダーをデスクに平らに置いた。

私にも見えたので確認すると、先ほどの位置関係の席が描かれていた。児玉は前から三列目の右ブロックの通路側の席。被害者の菱本の席は前から四列目の中央ブロックの右側。今回の図では、児玉を示す丸が菱本の席の脇の通路にある。児玉が席を立って通路を歩いていることを示しているようだ。

「この位置関係の時に、何が起こりましたか」

「席を立ったら、尻ポケットから財布をすられたんだ」

位置関係から見て、問題はない。菱本の席から手を伸ばせばすり取るのは可能だ。

矛盾が見当たらない。大神はどうする気かと焦ったが、彼は次の質問を繰り出した。

「ではこの時、児玉さんはなぜ席を立ったんですか」

「さっきも言っただろ。トイレに行くのに席を立ったんだよ」

児玉はふてぶてしさを取り戻していく。このままでは児玉を追い詰められない。どうするんだ、と悩んでいると、大神が息を吐いて笑った。

「児玉さん。あなた、また嘘をつきましたね」

児玉の頬が引きつった。戻っていた顔色がまた青ざめていく。

「どこが嘘だっていうんだ。言っておくが、ついたてがあってもスリは防げねえぜ」

児玉は怒鳴り声を上げて抵抗するが、大神は気圧《けお》されなかった。

「ええ、ついたては関係ありません。問題となるのは、トイレです」

「は？　トイレ？」

児玉は虚を突かれ、怒鳴ることを忘れた。その隙を縫って大神は質問を口にした。

「児玉さん、機内のトイレはどこにありましたか」

「そんなもん、前の方、に……」

再び怒鳴って答えようとした児玉だったが、不意に声を詰まらせ黙り込んだ。

「そうですね。ビジネスクラスのトイレは、機内前方にしかありませんでした」

児玉の後を継ぐように、大神が図を指差した。前方、トイレのあるあたりだ。

「ここでこの図を確認したいのですが、席を立った児玉さんはなぜか通路を後方に向かって歩いていますね」

菱本の席は、児玉の席の一つ後ろの列だ。つまり、児玉の席より後ろにある。その側の通路を通ったということは、児玉は機内を後方に向かったということだ。

「なぜ後方に歩いたんですか。トイレは前方にあるんですよ」

大神が鋭く尋ねる。児玉は一瞬放心した後に手を振り、慌てて言いわけを口にした。

「違う。トイレの場所が分からなかったんだ。だから、間違えて後方に」

「あれだけ目立つ案内表示があったにもかかわらず、ですか。妙ですね」

確かに、ビジネスクラス前方、トイレに続く通路の脇には大きなトイレマークの表示が出ていた。七列目にいた私にも見えたのに、三列目の児玉が見逃すとは思えない。

それに、私たちが監視していた間、児玉が席を立って後方に進んだことは一切なかった。これも児玉の証言を否定する充分な材料になるだろう。

「いかがですか、児玉さん。これでもまだ、嘘をついたと認めませんか」

大神が問い掛けると、児玉はうつむいたまま、両手で頭を激しく掻き始めた。

「あのおっさんは俺の荷物を盗んだんだ。それは間違いない」

児玉は盗難被害を主張し続けた。盗難が実際にあったかどうかは分からないが、児玉の態度は尋常ではない。荷物を盗まれることに怯えているのだろうか。

大神はこの態度から何かを察しているのだろうかと、私は視線を向ける。しかし、大神は笑顔のまま黙り込んでいた。今なら追及すればぼろを出すかもしれないのに。

「おい、そういえば」

大神が黙っていることに痺れを切らしたのか、児玉はますます声を大にして叫んだ。

「あんたらに預けている俺の荷物、どうなった？」

逮捕された時に押収された荷物のことを言っているのだろう。現在、荷物は証拠品としてここ千葉地検で大切に保管されている。

「勝手に開けたりしてみろ。ただじゃおかねえぞ」

児玉は怒鳴って大神を睨みつけた。手は頭から離れたが、髪の毛は乱れきっている。

「荷物……。もしかして」

大神は考え込んでいたが、唐突にはっとした顔になった。

「朝比奈さん。一つお願いがあります」

大神は椅子を回転させ、深刻そうな表情で私の方を向いた。

「地検で預かっている児玉さんの荷物、全てここに持って来てください」

「お待たせしました」

荷物を台車に乗せ、私は執務室に戻ってきた。証拠品の係の担当者に無理を言って、すぐに用意してもらった児玉の荷物だ。キャリーケースに肩掛けカバン、リュックの三点で、中身は取り出された上、それぞれ別々にポリ袋に入れられている。

「ご苦労様です」

大神は笑顔で愛想よく言うと、すぐに児玉に視線を戻した。

「児玉さんはやけに荷物を気にしていましたね。これらの荷物の中に、何かありますね」

大神はどこからか取り出した白手袋をつけ、次々と荷物に触れていった。

「この肩掛けカバンはどうでしょう」

大神は肩掛けカバンの口を開け、内側を探った。

「おい、やめろ」

児玉の声がしたので見ると、今まで以上に蒼白な顔をして立ち上がっていた。

「それを調べるな。そこには何もないぞ。警察が調べて証明済みだ」

確かに、警察が調べて問題なしとしたものを調べても新発見はないように思える。

だが、大神は真剣にカバンの裏地を指で撫《な》でていた。

「おや」その大神の指がふと止まった。彼の指先は、裏地の端の方を捉えている。取り立てておかしなところがあるようには見えないのだが。

「ここ、微かに膨らんでいますね」

大神は裏地を撫でた。何もないように見えるが、不自然な感触があるらしい。

「もしかして」大神は両手で裏地を摑んだ。そして、強引にそれを左右に引っ張り始めた。生地を引き裂こうというのだ。

「やめろ。やめろって」

児玉はなぜか泣きそうな声を上げている。裏地の向こうに何か隠されているのか、と思ったその瞬間、裏地は音を立てて裂けた。

「ああっ」

金切り声にも似た悲鳴を上げた児玉を前に、大神は破れた裏地の裂け目に手を突っ込んだ。しばらく裏地の向こうをまさぐったかと思うと、大神はその手を引き抜いた。

「裏地の向こう側に、これが隠されていました」

大神が手にしているものは、二つの小さな髪ゴムだった。

三年前の幼女連続殺人事件では、被害女児二人は揃って髪ゴムを盗まれていた。そして、それらは見つかっていなかった。警察がずっと見つけられなかったその髪ゴムを今、大神が手にしている。三年の歳月を経て、髪ゴムはようやく日の目を見た。

髪ゴムの一つは、花の形の飾りがついた量産品らしきものだった。菱本が持っていたものとそっくりだったので私は驚いた。もう一つは、飾り部分の土台に小さな貝殻を寄せ集めて、手作りで色を付けたらしいものだった。特に二つ目の貝殻を寄せ集めた方は、女児の母親の証言で、もらいものだが手作りの一品ものだと判明している。

そのため手作りの髪ゴムの方は、幼女連続殺人の際に盗まれた髪ゴムの写真と、県警の科捜研で照合された。その結果、その髪ゴムは被害女児のものと断定された。

「児玉さん、これはどういうことですか」

大神は、デスクの上に髪ゴムを並べて言った。

「ずっと隠し持っていたんですね。さしずめ、今回の国外逃亡に乗じてアメリカまで持って行き、どこかに捨てる計画でしたか」

児玉は虚ろな目で大神を見ていた。髪ゴム発見時には少々暴れたが、すぐに肩を落として今の状態になった。科捜研での髪ゴムの照合中、地検の同行室という被疑者待合室で二時間待たされていた児玉は、その間ずっと呆然としていたそうだ。

「この髪ゴムから被害女児の指紋が出れば、大きな証拠になるでしょう」

児玉はしばらく髪ゴムを見つめていたかと思うと、項垂れて頭を抱えた。

「こんなもん、持って行くんじゃなかった」

「それは自白と捉えてよろしいですか」

大神が厳しい声で問う。児玉は頭を抱えたまま答えた。

「ああ、俺がやったんだ。三年前、二人の女の子を刺し殺した」

私は思わず吐息を漏らした。そして、これで亡くなった女の子たちが少しでも報われればいいと思った。

沈黙が降りる。一つの事件の終焉《しゅうえん》を告げる沈黙だ。だが、私にはまだ聞きたいことがあった。

「どうして女児を二人も殺したんですか。性的な目的はなかったんでしょう」

思わず問い質した。過去の捜査記録によれば、二件の女児殺害で児玉は性的暴行をしていない。それ以外の目的で殺したはずだ。

「それは……」児玉は表情を歪め、そのまま黙り込んでしまった。

「黙秘ですか。そういうことなら、私の方から動機を説明しましょうか」

大神は不意ににやりと笑った。私は弾かれたように大神を見る。

彼は不敵に口元を緩め、得意げな口調で宣言した。

「動機について、何もかも分かりましたよ」

「殺害動機を構成する重要な要素は二つ。児玉の姉と、髪ゴムだ」

ぞんざいな口調に戻った大神は、脚を組んで椅子にもたれながら言った。

「姉のことは、関係ねえだろ」

大神の豹変に驚きながらも、児玉は反論する。だが、大神はそれを無視した。

「児玉は、姉二人に散々いじめられて恨みを抱いていた。そのことが事件の発端だ」

姉と幼い女児、どこが関係しているのだろう。私にはまだ分からなかった。

「そして児玉、あんたは言ったよな。姉たちのいじめに耐えかねて、あんたは姉たちの宝物を盗んで全部切ってだめにしようとした、と」

「ああ、そうだ」児玉はなぜか、奥歯にものが挟まったような言い方で返事をした。

その反応を見てから、大神は満足げに問いを放った。

「その宝物って、一体何だったんだ」

児玉の表情が凍り付いた。顔色が青から土気色へと変化していく。

「おや、答えられないか。だったら俺が答えよう。宝物は髪ゴムのコレクションだろ」

児玉がうっと短い声を漏らした。当たっていたらしい。

「姉二人はスポーツ好きのわりに、長い黒髪が自慢だと言っていたな。だとしたらスポーツ中に髪をくくる髪ゴムをいくつか持っていたはずだ。それをコレクションしてもおかしくない。そして、あんたは宝物を『切ってだめにしよう』とした。壊してではなく、切って、だ。髪ゴムなんかの紐類は、そう表現するのにふさわしいだろ」

パソコンの記録を見返すと、確かにそう言っていた。大神は聞き逃さなかったのだ。

「あんたにとって髪ゴムは、意地の悪い姉二人の象徴になった。しかし、その姉二人には抵抗できない。そこであんたは、防衛機制の『置き換え』をすることにした」

防衛機制。懐かしい用語が耳に入った。結婚式の事件の時にも出てきた言葉だ。置き換えについても、防衛機制の話題が出た時に出てきた記憶がある。

「防衛機制とは、心理学用語で、受け入れがたい衝動や、危険・困難に直面した時、それによる不安を軽減するために無意識に働く心理的作用のことだ。置き換えはその中でも、本来の欲求が達成困難になった時、欲求を本来のものとは別の対象に置き換えることで充足することだ」

大神は滑らかな口調で置き換えの説明をしていく。早い話が、置き換えというのは、本来の対象ではない別の人（もの）に八つ当たりをすることだ。

「本来の対象である姉たちには手が出せず、あんたの心は無意識のうちに、力が弱く抵抗できない女性、すなわち幼い女児を憎悪の対象へと置き換えていた。しかも、対象は飾りつきの髪ゴムをつけている女児に限定された。髪ゴムを象徴として、同じような相手を攻撃対象にしていると、自分に言い聞かせていたんだ」

卑劣な思考だ。私は児玉に対し、深い怒りを禁じ得なかった。

「あんたは力のない女児を刺殺した。そして飾りつきの髪ゴムを奪うことで、姉たちへの復讐を行った気分になっていたんだ。奪った飾りつきの髪ゴムをコレクションすることで、姉たちを支配した気分になっていたんだろうな。それで今まで捨てられなかったってところだろ」

隅々まで三年前の事件の動機を暴かれ、児玉はうつむいたまま何も言えなかった。

「そして、この動機は今回の飛行機の事件にも絡んでくる」

児玉がはっと顔を上げた。そうだ、まだ終わりではない。むしろこの取り調べは、飛行機での事件を対象としている。

「飛行機での事件では、被害者が娘からもらった髪ゴムを、あんたは盗んだ。そしてその髪ゴムは三年前の事件であんたが盗んだものの一つとそっくりだった」

大神は事実を列挙する。私はそれを聞いて、徐々に動機に気付いていった。

「CAの証言によれば、飛行機が揺れて被害者が髪ゴムを落とした時、あんたは怖い顔をして睨んでいたそうだな。それは髪ゴムを見て驚いていたんじゃないか」

友永も見ていた、あの場面。意味があったというのか。

「あんたはこう思ったんだろ。自分がカバンの中に隠した髪ゴムの一つが、いつの間にか被害者に盗まれてしまったと」

児玉は懇願するような目で大神を見た。これ以上はもうやめてくれという視線だ。

「髪ゴムは、幼女連続殺人の重要な証拠品だ。盗まれて、警察にでも持って行かれれば大変なことになる。そう思ったあんたは、何とかして髪ゴムを奪還しようと、被害者がトイレに立った際に後を追い、トイレで揉めた。その結果、勢い余って殺してしまったんだろう。もちろん、カバンの裏地に縫い込んだ髪ゴムが盗まれることなど万が一にもあり得ない。だが、警察にマークされ続けたあんたの神経は日に日に擦り減り、高飛びに際しての極度の緊張もあって、髪ゴムの盗難があったと信じ込んでしまった。裏地に縫い込んだがゆえに、簡単に現物を確認できなかったのも災いしたな。すぐに現物を確認できれば、盗まれていないと分かったのに」

大神はそう説明すると、大胆に脚を組み直した。

「どうだ、児玉。これで何もかも明らかになっただろ」

横柄な態度の大神と対照的に、児玉は縮こまっていた。あぶら汗を流し、目を激しく左右に揺らしている。彼は大神のことを窺うように見て、深いため息を漏らした。

「ああ。全部、あんたの言う通りだ」

それは、連続殺人犯が三年越しに、全ての罪を認めた瞬間だった。


「大神検事、ありがとうございました」

児玉が制服警察官に連れられて出て行った後、事情を知った友永が駆け付けて来た。彼は執務室に入るなり、深々と頭を下げた。

「三年前の事件のことを暴いてくださり、本当に感謝しています」

友永は感極まった様子だった。時折洟をすする音が聞こえる。

「俺は仕事として被疑者の嘘を暴いただけだ。感謝される筋合いはない」

大神は椅子にもたれて素っ気なく言うが、友永は頭を下げ続けた。

「ですが、これでようやく児玉は裁かれます。ついに念願が叶いました」

そう言うと友永はやっと顔を上げ、次いで複雑そうな笑みを浮かべた。

「児玉には死刑が求刑されるでしょう。亡くなった三人の命は戻りませんが、せめて自分の犯した罪の重さを感じ取ってほしいですね」

「ふん、求刑の重さなど知ったことか」

被疑者の嘘にしか興味のない大神はそっぽを向いたが、私は判決が気になった。

「確かに、永山《ながやま》基準から言えば死刑求刑もやむなしですね」

永山基準というのは、日本の刑事裁判で死刑判決を選択する際の判断基準のことだ。様々な基準があるが、中でも重要なのが殺害された人数だ。二人なら死刑を求めるか求めないかのグレーゾーン、三人以上なら死刑が妥当と言われている。

「でも、死刑求刑ともなると、慎重な捜査・裁判が求められますね。遺体の解剖がまだというのは問題じゃないでしょうか」

飛行機での事件の被害者・菱本の遺体は、悪天候などで空輸が遅れていた。

「ああ、それならついさっき成田に到着したぞ。今から解剖を行う」

友永が不意に言ったので、私は面食らった。

「それならそうと先に言ってくださいよ。こちらも色々と手続きがありますから」

「すまん。俺は捜査から外されていて又聞きだったから。でも、先に言っておくべきだったかな」

友永は恐縮しきりだったが、その顔には積年の鬱屈から解放された明るさがあった。

ところが、事件はこれでは終わらなかった。司法解剖の結果、驚くような事実が判明したのだ。


「索条痕が二本あった？」

夕食にまた夏野菜カレーを食べていた大神は、スプーンを置いて私を注視した。

「そのようです。二本の索条痕は重なっていてかなり見分けづらかったようですが、どう調べても二本あったそうです」

私は司法解剖の報告書にある写真を大神に示した。かなり見分けづらいが、首元の絞めた痕――索条痕は二本あった。

「生活反応はどうだった」

生活反応――皮下出血や炎症などが被害者の生きているうちに付けられたことを示す痕跡――が索条痕にあるのかどうかを、大神は訊いてきた。

「索条痕の二本ともに、生活反応がありました。どちらも生きているうちに付けられたものです」

大神はカレーの紙皿を置いて、低い声で唸った。

「どういうことだ。児玉は聴取で、首を絞めたのは一度だけだと言っていただろ」

完全に自白した後の調書作成のための聴取で、児玉はそう言っていた。念のためパソコン内のデータを確認すると、確かに首を絞めたのは一度だけだと書いてあった。

「児玉の証言に嘘はない様子だったが」

大神は考え込んだ。全てが明らかになった後の調書作成のための聴取とはいえ、大神は隙あらば嘘を見抜こうとしていた。その大神が嘘を見逃すとは思えない。また、仮に児玉が二度首を絞めていたとしても、それを隠す理由がなかった。動機という最も隠したかったものを見破られた児玉が、意味もなく嘘をつくはずがない。

「索条痕の件で、解剖医は何と言っている」

大神に尋ねられ、私は報告書のページをめくった。

「絞殺時にネクタイがずれて、二本の索条痕ができたと書いています」

「果たしてそうだろうかな」

大神は疑わしそうに顔をしかめた。

「その報告書、貸せ」

大神が言ったので渡すと、彼はものすごい勢いで報告書を読み込み始めた。

「この死亡推定時刻、幅が広すぎないか」

大神はすぐに何かを見つけたようだった。死亡推定時刻の項目を指で叩く。

「飛行機で居合わせた医師が計算したものは、もっと絞れていただろ」

報告書の死亡推定時刻は、死体発見の二時間前以内と大ざっぱなものになっていた。大神の言う通り、飛行機内で医師が算出したものでは、死体発見の一時間前から一時間二十分前の間とかなり厳密なものになっていた。

「一時間前から、一時間二十分前。そこまで厳密に絞ることができたのは、何か特別な条件があったからだろ。それを教えろ」

そう言われても、医師は特別なことは何もしなかった。あくまで普通の検視だ。

「何もなかったと思います」

私が返事をすると、大神の表情に緊張の色が走った。

「朝比奈。特別な条件もなしに、検視だけで十分単位の死亡推定時刻が算出できるか」

大神が冷たく言った。それを聞いて、私はようやく事態の重大さを悟った。

「そんなことは、できません」

腹の底から焦りが立ち上ってきた。死亡推定時刻の判断基準である体温、死斑、死後硬直などを確認しても、基本的に死亡推定時刻は数時間単位でしか割り出せない。

「あの医師は嘘の死亡推定時刻を出したということですか。どうしてそんなことを」

私が焦って問い質すと、大神は短い息を漏らした。

「医師の出した死亡推定時刻は、どんな役に立ったんだ」

「それは、死亡推定時刻に、児玉が現場のトイレに入っていたことを証明して」

私は思わず息を呑んだ。死亡推定時刻は、児玉に疑いを向ける材料になっていた。

「検事、それでは」

私が視線を向けると、大神は眉間に深い皺を寄せた。

「医師は、児玉に疑いが向くような死亡推定時刻を偽装した。それは、児玉に罪を着せるためだ」

二本あった索条痕。児玉が作った方でない、もう一本の索条痕は誰が作ったのか。偽の死亡推定時刻。なぜそこまでして児玉に罪を着せたかったのか。

大神は自らの不明を恥じるように天を仰いだ。

「本当に被害者を殺したのは、医師だ。彼は自分の罪を児玉になすり付けたんだ」

児玉は、髪ゴムを取り戻そうとしてネクタイで被害者の首を絞めた。だが、その時に被害者は死んでいなかった。意識を失っただけだったのだ。それを児玉は死んだと勘違いして、トイレを後にした。

しかし、真犯人は別にいた。その後にトイレに入ってきた医師だ。彼は倒れていたであろう被害者の首を再びネクタイで絞め、殺害した。

二度首を絞められたからこそ、索条痕は二本あったのだ。

医師の動きを見逃した私と友永にも非はある。児玉がいる方の通路ばかりを監視していた私たちは、反対側の通路の人の動きは把握していなかった。児玉が出てきたトイレに医師が入っていくのも、恐らく反対側の通路を通ったため全く見ていなかった。医師の隣は空席であり、そちらの通路を通るのに支障はなかったそうだ。

児玉が二番目に首を絞めたという可能性も考えたが、児玉は自白後の聴取で、座席から被害者の後を追ってトイレに入った上、被害者に抵抗されたと証言している。トイレで一度首を絞められた被害者が座席に戻ってまたトイレに行くはずもないし、抵抗できるだけの体力があるとも思えない。やはり児玉が一番目、医師が二番目なのだ。

大神はすぐさま県警に指示を出した。医師を見つけ出して聴取するようにという指示だ。飛行機の搭乗者名簿からたどれば、個人特定も可能だろう。県警はすぐに動き、医師の行方を探った。

そして数日後、県警は帰国していた医師の居所を突き止めた。

「山田《やまだ》浩之《ひろゆき》。五十四歳。千葉中央大学医学部附属病院の外科医か」

県警から上がってきた調書を読みながら、大神は椅子の背に深くもたれた。

「殺害の罪は認めているようだな」

「そうですね。児玉が殺そうとしたことは知らず、偶然トイレに入って失神していた被害者を殺害したそうです」

「倒れている被害者を偶然見つけた医者が、救護せずに殺したのか」

「奇妙な話ですが、県警での取り調べではそう語っています」

大神は報告書をめくり、不愉快そうに眉を寄せた。

「殺害動機は『イライラしてやった』と言っているそうだな」

「そう聞いています。それ以上詳しくは語らず、あいまいな受け答えをしているとも」

不可解だった。殺害自体は認めたのに、何のために動機だけあいまいにするのか。

「朝比奈、あんたは全く見当がついていないのか」

「えっ。検事には分かっているんですか」

思わぬ言葉だった。大神にはもう、動機が見えているのか。

「……まあいい、問題はどうやって暴くかだな」

大神は大きく息を吐き、次いで私に鋭い視線を向けた。

「朝比奈、出番だ。捜査に行って来い」

ここに来てご指名だ。私は頷き、素早く荷物をまとめて準備を整えた。

「検事、どちらに行けばよろしいでしょうか」

「そんなことも分からないか。被疑者の勤め先、千葉中央大学医学部附属病院だ」

千葉中央大学医学部なら千葉地検から近い。友永の車に乗せて行ってもらえればすぐだろう。そう思った時、私はあることに気付いた。

友永は現在、捜査から外されている。つまり、友永の力は借りられないのだ。

「どうした。友永がいないと何もできないか」

大神が蔑むような視線を送ってきた。また表情から心を読まれたようだ。

「悩んでいる暇があったら動け。時間のむだだ」

大神が不機嫌そうな声を漏らした。それに押されるように、私は執務室を出る。どうやら友永以外の刑事に協力を求めるしかないようだ。


千葉市の中心部に位置する千葉中央大学の医療系キャンパスは、医学部や看護学部、薬学部が立ち並ぶ医学に特化したエリアだ。自然豊かなキャンパスの中には巨大な医学部附属病院がそびえ立ち、学生以上に患者や医師らの姿が多い。

そのキャンパスの中に、私は立っていた。隣には佃《つくだ》という県警の若手刑事がいる。黒縁眼鏡のエリート然とした男だ。ここまでは彼に車で送ってもらっていた。

運転中、佃は時折怪訝そうに私を見ていた。なぜ検事でなく事務官だけで捜査に来たのかと首を傾げていたのだろう。その点については、私も同様に首を傾げたかった。

私たちは附属病院に入った。受付で佃と共に聴取を願い出る。受付の女性が内線で電話をして、それから待たされること十分ほど。背の高い中年男性が、私たちのところにやって来た。男は総務課長の喜多《きだ》と名乗った。彼は応接室に私たちを招き入れる。

「山田先生はとても優秀な外科医でした。逮捕されたと聞いて、皆驚いています」

ソファに腰を下ろし、喜多は本当に驚いたという表情を浮かべた。嘘の気配はない。

「あの、逮捕というのは何かの間違いではないでしょうか」

「いえ、逮捕は事実です。本人も罪を認めています」

佃が事務的な口調で答えた。

「そんな。あの温厚な山田先生が」

喜多は絶句した。それを見て私は、自分の言葉が相手に与える影響が気になって口を開けなかった。室月凛奈の事件の二の舞は絶対に嫌だった。

「それで、山田さんは殺害動機だけははっきりとは話してくれないんです。何かお心当たりはありませんか」

佃が淡々と問う。すると、喜多はしばし間を空けた後、声を潜めて言った。

「逮捕を疑っておいてあれなんですが、実は少し心当たりがあります」

これは意外だった。私はペンを強く握って、メモを取る準備をする。

「事件が起こった飛行機、あの児玉っていう殺人犯が乗っていたんですよね」

児玉の名前が出た。ニュースなどで情報は流れているが、なぜここで。

「ここだけの話ですが、児玉に殺された女の子のうちの一人は、山田先生が心臓病を手術した子だったんです」

思わぬ繋がりだ。私はすぐさまメモを取った。

「真野詩織《まのしおり》ちゃんという女の子でした。拡張型心筋症という病気で三歳の時に入院して、山田先生が執刀しました。手術は成功で、詩織ちゃんは無事に退院し、日常の生活に戻った後、児玉によって殺されました」

山田は児玉と間接的な繋がりがあった。しかも恨みを持ち得る状況で。これは重要な情報だ。しかし、だからといって動機が解明されたとは言い難い。

「ですが喜多さん、被害者は菱本さんというサラリーマンで、児玉ではないんですよ」

「そうなんですよ。児玉を恨んでの犯行なら分かるんですが、どうして別人を」

喜多は困ったように頭を掻いた。彼もこの点には説明がつけられないようだ。

「あの、一つ質問よろしいですか」

すると、そこで佃が不思議そうに言った。

「仮に被害者が児玉だったとして、山田さんが真野詩織ちゃんのためにそこまでしますかね。いち患者にそこまで肩入れすることに違和感を覚えるのですが」

佃はさらっと言ってのけるが、私は喜多が気分を害するのではとハラハラした。しかし、喜多は特段不機嫌になることもなく答えてくれた。

「医者も機械ではないですからね。長い間かかわっていると、患者さんの一人一人に踏み込んでしまうこともあります。特に山田先生と真野詩織ちゃんはその好例でした」

それは捨て置けない情報だった。どういうことかと私は尋ねる。

「詩織ちゃんの手術は大手術でしてね。準備にかなり期間が掛かったので、山田先生と詩織ちゃんが直接話す機会も多くありました。それで二人は仲良くなったんです。二人は休憩時間なんかにも仲良く話をしていて、医者と患者というよりは、どこか仲の良い親子のような感じでした」

そうなれば、山田が児玉に憎悪を抱く理由も分かる。だが、その結果殺したのが無関係なサラリーマンというところが、全く以て理解できない。

「お話しできることはこのぐらいです。後は山田先生のデスクでもご覧になりますか」

私が考え込んでいると、喜多からありがたい申し出があった。

「逮捕直後の捜査で、証拠物件はほとんど持って行きましたがね」

佃は苦笑したが、念のため見させてもらうことにした。喜多に連れられ、私と佃は医局に来た。何人もの医師たちがデスクに向かってパソコン作業をしている。

山田のデスクは綺麗なものだった。パソコンも書類も一切ない。佃の言う通り徹底的に押収したようだ。それでも、私はデスクを探った。引き出しも全て開ける。

残されていたのは筆記用具程度だったが、そんな中でも発見はあった。写真立てだ。三、四歳ぐらいの笑顔の女児が写っている。

「その写真は無関係ですよ。事件関係者の中に、そこに写っている女の子はいません」

佃が首を振る。確かに、児玉に殺された二人の女児のどちらとも似ていない。では
この女児は誰なのか。首を傾げていると、不意に大事な点が目に入った。
「あっ、これ」
思わず写真立てを鷲掴《わしづか》みにした。予期せぬところにあの証拠品があったのだ。
写真に写った女児は髪を後ろでくくっているが、そのために使われている髪ゴムが、
児玉の隠し持っていたものの一方だった。詳しく言うなら、貝殻を土台に貼り付けた、
手作りの方だ。
「どうしてこんなところに」
大きな発見だ。だが、事態はますます混迷を深めた。この髪ゴムは、三年前に殺し
た女児から児玉が奪い取ったものだ。しかし写真の女児は被害女児のどちらとも似て
いない。殺されていないはずのこの女児の髪ゴムが、なぜ児玉の手に渡ったのか。
髪ゴムがそっくりな別物だったということはない。この貝殻の髪ゴムは手作りで、
世界に一つしかないと遺族が証言している。別物と見間違えるはずもなかった。
これは怪しい。私は問題の写真をスマホで撮影しておいた。
「興味深いな」
濃い緑色のスムージーを啜りながら、大神はつぶやいた。

「山田が手術した女児が児玉の被害者とは。それにこの写真」

私のスマホから転送した画像を、大神は自分のスマホで見ている。いつものように横柄な態度で、紙コップを傾けてスムージーを飲みながら。

「おおよその真相は、見当がついた」

不意に大神が宣言した。面食らうが、急に真相を見破るのはいつものことだ。

「それでは、動機が分かったんですか」

「ああ」短く答え、大神はぐいとスムージーを飲み干した。

「明日、山田を聴取する」

それだけを言うと、大神は身を起こして空の紙コップを置き、パソコンに向かった。

こうなるともう質問をしてもむだだということは、経験上分かっている。

私は真相が気になりつつも、黙って紙コップを片付けた。


山田は、執務室に入っても慌てることなく、物静かな態度を保っていた。

「山田浩之さんですね」

大神が優しく問うと、山田は背筋を伸ばし、はい、と力強い声で答えた。

「まずお伝えしておきますが、あなたには黙秘権があります。そして、必要ならば弁護士も呼ぶことができます」

「いえ、弁護士は結構。全面的に罪を認めます」

気圧されることなく、堂々と胸を張って言った。

「ではお尋ねします。今回の事件で、山田さんが体験したことや感じたこと、何でもいいので、自由に話してください」

大神は身を乗り出した。ラポールを形成しつつ情報を引き出すいつものやり方だ。

だが、山田は小さく息を吐き、呆れたように手を振った。

「検事さん、そんな無意味なやり取りはやめましょう。日常会話を通じて私と信頼関係を築きつつ、情報を引き出すつもりですよね。残念ながら私に効果はありません」

大神の目的が早々に見破られた。こんなことは初めてだ。

「質問には素直にお答えします。小細工は不要ですよ」

山田は笑みを浮かべた。狙いが見破られているというのは厄介だ。

「そうですか。話が早くて助かります。それでは早速質問をしていきます」

それでも大神は聴取に挑むようだ。これだけ見抜かれていて大丈夫なのだろうか。

「では、動機をお教えください」

「私の動機は『イライラしてやった』です。警察の調書に書いてありませんか」

「書いてありますが、どうもあいまいですね。さらに詳しくお話しいただけませんか」

「詳しくも何も、『イライラしてやった』にそれ以上も以下もありません」

「そうは言っても、何にイライラしたとか、なぜイライラしたとか色々あるでしょう」

「何となく、ですかね。あの時は意味もなくイライラしていました」

「何となくイライラしたから、人を殺したんですか」

「そうですね。残念ながらそういうことになります」

山田は、オープン・クエスチョンをのらりくらりとかわしてくる。聞いている私はもどかしい気持ちになった。

「被害者とは面識がないんですよね。イライラしたとはいえ、赤の他人を殺しますか」

大神がわざとらしく首を捻《ひね》った。警察での聴取で、山田は被害者の菱本とは会ったこともないとはっきり証言している。

「そうですね。相当イライラしていましたから」

「そんなことがあり得るでしょうか」

「実際に私がそうしたんですから、あり得るんでしょう。被害者の席は私の真後ろだったんで、姿こそ見えませんでしたが、相手の存在は気になりましたし」

大神は山田を見つめていたが、やがてあきらめたように視線を外した。

「それでは、別の気になる点について質問しましょう」

大神は質問の変更を余儀なくされた。質問を仕掛けて成果を得られなかった珍しいケースだ。それでも大神は笑みを浮かべて、鋭い二の矢を放った。

「では、山田さんはどうしてあの飛行機に乗ったんでしょう。被害者と面識がないのなら、被害者を追ってということはないはずですよね」

「それも調書に書いてあるはずです。私はサンフランシスコに住む友人に会いに行ったんです」

質問を予期していたのか、山田は落ち着いて説明した。大神はうんうんと頷く。

「ええ、書いてありますね。ですが確認のためもう一度お話し願えますか」

山田は少し面倒臭そうだったが、柔らかい笑顔でその表情を隠した。

「医学部時代の友人がサンフランシスコに住んでいるんです。急にその彼に会いたくなって、連休を取って飛行機に乗りました」

その友人には当然警察も聴取をしている。友人曰く、山田は実際にその友人宅を訪ねていたそうだ。

「ですが、ご友人に事前の連絡はなさらなかったようですね。どうして連絡をしなかったんですか」

大神が間を空けず切り込んだ。実際、山田から友人への事前連絡はなかったそうだ。

「玄関口でびっくりさせようと思ったからです。サプライズというやつですよ」

「しかし、ご友人に会いに行く飛行機の中で殺人など犯しますか」

「イライラしましたから。仕方のないことです」

大神と山田の議論は続いていた。だが、ほとんど平行線で交わる気配が見られない。このままでは突破口は見えない。どうするつもりだ、と私は大神の顔色を窺った。

「そうですか。では」

大神は、それでも穏やかな声で次の質問を口にした。

「犯行当日、ご自宅を出てからの行動を逐一教えてください。その際、それぞれの行動をした時間も教えてください。何時に家を出て、空港には何時着といった具合に」

時間に関する質問だった。これも児玉に対して使われた図を描かせることと同様に「予期せぬ質問」の一種だ。ある行動をした時間を訊くことは予期せぬ質問となる。

さすがの山田も困惑したようだったが、すぐに立て直して口を開いた。

「分かりました。家を出たのは午前八時半頃です。十五分ほどで最寄り駅に着いて、そこから九時発の電車に乗って、千葉駅着が確か九時半頃。空港行きの連絡バスに乗ったのが……九時四十五分ぐらいでしょうかね。空港には十一時半には着いたはずです。そこから搭乗手続きをして、飛行機に乗ったのは二時間半ぐらい後なので、十四時頃になりますね。離陸は十四時四十分頃だったでしょうか。その後、機内で十六時過ぎにあの男を殺しました」

詳細に覚えていて、矛盾はなさそうだ。内容も、調書に同じような記載がある。

「では、その後はどうされましたか」

ふと、大神が問い掛けた。聞いている限りは何気ない質問だった。だが、どういうわけか山田の顔に微かな翳りが生じた。

「検事さん、飛行機を降りた後のことなど、聞いても意味がないのでは？　検事さんがお知りになりたいのは、飛行機の中での事件のことでしょう」

「いえ、事件後のことも知りたいので、ぜひお話しください」

大神が笑顔で、しかし有無を言わせぬ口調で要求する。山田は頭を掻いた。

「サンフランシスコ到着は、現地時間で午前八時頃でした。サマータイム中でしたので、時差を含めて、日本とは十六時間ずれています。空港を出た後はバスを乗り継いで、郊外の友人宅まで行きました。友人宅到着は午前十一時頃だったかと思います。友人宅には一泊して、翌日の午前九時にお暇《いとま》しました。バスを乗り継いで空港には……確か午前十一時頃に着いたはずです。飛行機には十三時頃に搭乗し、日本時間の十五時半頃に成田に着きました」

友人宅に午前十一時到着、翌日午前九時発。これは友人の証言とも合致する。

「おや、妙ですね」

ところが大神は不思議そうに首を捻った。山田は思わずといったように身を引く。

「サンフランシスコの空港到着後、バスを乗り継いだ時のそれぞれのバスの乗車、降車時刻を仰いませんでしたね。バスを乗り継いだと仰ったはずですが」

そういえば山田はそれを証言しなかった。だが、そこにどんな意味があるのか。

「うっかり証言し忘れていました。すみません」

「では証言していただけますか」

大神が短く要求する。だが、山田は電池が切れたかのように動きを止めた。

「仰ることができませんか。覚えていないのですね」

「いえ、決してそんなことはありません」

山田はそう切り返すものの、バスの乗り継ぎ時間を口にはしない。やはり覚えていないのだ。彼の表情に初めて狼狽《ろうばい》の色が浮かんだ。

「山田さん、バスを乗り間違えて焦っていましたか」

予想外の言葉が飛び出した。大神は身を乗り出し、山田を見つめている。

「行き帰りでバスの乗車時間が違いますね。友人宅への行きは空港を午前八時発、友人宅に午前十一時着。帰りは友人宅を午前九時発、空港に午前十一時着。行きは三時間も掛かったのに、帰りはたった二時間で済んでいます。時間差がありすぎませんか」

山田は唇を嚙みしめ、悔しそうに沈黙した。

「もちろん当日にバスの大幅な遅延がなかったことは調査済みです」

大神は反論の芽を摘み、山田の証言の穴を掘り進めていく。

「こうなると、バスでの移動で一時間もの差が生じる理由は一つしかありません。即《すなわ》ち、バスを乗り間違えて別の場所に行ってしまったということです。元に戻るバスに乗り直せば、その分、移動時間は多く掛かりますからね」

論理的な説明だ。山田は額の汗を拭いながら黙っていた。ところが、彼はやがて思い直したかのように笑みを浮かべた。

「そうですね。私はバスを乗り間違えました。ですが、それが何ですか。バスを乗り間違えたのは犯行後のことです。犯行とは無関係ですよ」

開き直った態度だった。山田はパイプ椅子にゆっくりと背を預ける。

言われてみればその通りだった。黙秘している動機とは無関係に思える。大神はにこやかに微笑んでいるが、内心焦っているんじゃないか。私がそう思った時、

「なぜ、バスを乗り間違えたのでしょう」

大神が思わぬ問いを放った。山田は肩をすくめ、何を言っているんだと示す。

「それは、うっかりしていたからでしょう」

「うっかりですか。山田さんは、事前準備を欠かさない入念な方と思っていましたが」

山田がぽかんとして口を開けた。私も唖然とする。

「検事さん、どうしてそんなことが言えるんですか。あなたが知らないだけで、私は大ざっぱで適当な人間かもしれないでしょう」

当然の切り返しだった。私たちは山田の性格などそれほど知らないはずだ。

しかし、大神は笑みを浮かべたまま続けた。

「日本を発《た》つまでの行動をお聞きして、山田さんの性格は把握しました。あなたは電車が着く十五分前に駅に到着するよう出発し、空港にも二時間半前に着いています。こういった行動は、念入りな人物の特徴ですね。大ざっぱで適当な人間だとこうはいきません。また、後になっても行動の時間を詳しく記憶していたのは、事前にしっかり計画していたからでしょう」

大神は満面の笑みを浮かべ、山田を戸惑わせるだけ戸惑わせると話を再開した。

「ところが、そんな山田さんが、どういうわけかサンフランシスコではバスを乗り間違えました。事前にしっかり調べていて、乗り間違いなどしないはずなのに」

「そんな。誰にだってミスはあります」

「そう言われてしまえばそれまでですが、私はもう一つの可能性を考えました。その可能性とは、山田さんがサンフランシスコに行くつもりがなかったというものです」

どういうことだ。私は首を傾げたが、山田はなぜか青ざめていた。

「どういうことですか。私はサンフランシスコ行きの飛行機に乗ったんですよ。それでサンフランシスコに行くつもりがなかったとは、理屈が合わないのではないですか」

「いいえ、理屈は合います。あなたは確かに飛行機に乗りました。ですが、それはサンフランシスコに行くためではなく、その飛行機に乗ること自体が目的だったからです」

大神は確信を込めた口調で、意味不明なことを言う。私には理解できなかった。

「どういうことですか。もったいぶらずに、はっきり言ってください」

ところが山田は妙に動揺していた。要求する声が上ずっている。

「それでは、はっきりと申し上げましょう」

大神は口元を緩め、ついに事件の核心に迫った。

「山田さん、あなたはもともと、飛行機がサンフランシスコに着くとは思っていませんでしたね」

ますます分からなくなってきた。思わせぶりな発言の連続。私は翻弄されて頭の中を混乱させていた。

だが、山田は真実を言い当てられたとばかりに唇を震わせていた。

「飛行機がサンフランシスコに着くはずがない。そう思っていれば、いくら入念なあなたでもサンフランシスコ到着後の計画は立てないでしょう。しかし、意に反して飛行機はサンフランシスコに到着してしまった。無計画だったあなたは、バスを乗り間違えるというミスを犯してしまったのです」

筋は通る。通るが、そもそもの前提条件がおかしい。飛行機が目的地に着くことを想定しないなどということが、果たしてあり得るだろうか。

「ご友人宅に、事前に連絡をせず訪問したのもそのためですね。もともと来るはずのなかったサンフランシスコ。事前に友人宅訪問の計画は立てられません。しかし、山田さんは期せずしてサンフランシスコに着いてしまいました。何もせず日本に引き返すのも、後で警察に知られると不審がられる。そう考えて、あなたは急遽友人宅を訪れることで、強引にサンフランシスコに来た目的を作り上げたんです」

これまた筋が通る。ただしこれも前提条件が正しければという限定された理論だ。

「さあ、これ以上もったいぶるのも何です。私の考えを言いましょう」

大神は山田を見つめ、ついに結論を口にした。

「山田さん、あなたは飛行機を強引に日本に引き返させるつもりでしたね」

大神の放った言葉はますます意味不明だった。私は思わず口を挟む。

「あの、検事。一般人に飛行機を引き返させるなんて不可能ですよ」

呆れて言った言葉だったが、大神は逆に私の言葉に呆れたように肩をすくめた。

「朝比奈さん、分かりませんか。山田さんはお医者様ですよ」

そんなもの分かるはずがない。そう思ったが、医者と聞いて私はがつんと殴られたような衝撃を受けた。全てのものごとが一つに繋がった瞬間だった。

大神はそんな私を余裕の笑顔で見つめ、ついに真相を解説し始めた。

「飛行機の行き先を決められるのは、本来パイロットだけですね。ですが、そこに僅かな例外があります。機内で急病人が出た場合です。その場合、医者が指示をすれば、パイロットは最寄《もよ》りの空港に飛行機を引き返させる場合があります。急病人に一刻も早く治療を施すために」

そういった例は実際に多くある。知識としてもお馴染《なじ》みだろう。

「山田さんは、急病人を出して飛行機を引き返させるつもりでした。ですからサンフランシスコに着いてからのことは一切考えていなかったんです」

山田は目を見張り、黒目をしきりに泳がせていた。

「ですが、ここで疑問が二つ生まれます。一つ、急病人はどうやって出すつもりだったのか。一つ、そもそも何のために飛行機を引き返させるのか。まずは第一の疑問、急病人をどうやって出すかを説明しましょう」

大神は今度は指を二本立て、そのうち一本を折った。

「急病人は、気絶させることで出すつもりでしたね。乗客が意識不明の状態ともなれば、飛行機は引き返さざるを得ません。首を絞めるなりして、乗客の誰でもいいので気を失わせ、地上での治療が必要と進言するつもりだったのでしょう。

山田さんは、人目のないトイレで誰かを気絶させようとしました。そしてトイレで、すでに気絶していた被害者の菱本さんを発見しました。偶然でした。この人物を急病人に仕立て上げよう。そう思った山田さんは、念を入れて菱本さんの首を絞めますが、その際に誤って彼を殺害してしまったんです」

児玉が殺しかけた被害者を、続いて山田が誤って殺してしまった。運命のいたずらとでもいうべき事態だ。

「とにかくこの時点では、山田さんは急病人を無事に作り上げました。次は急病人発生の報を受けて、医者として駆け付けます。そしてその場で成田空港に引き返すべきだと進言するだけでよかったんです」

急病人のロジックはこれで完成だ。次は、何の目的でそんなことをしたのか、だ。

「では飛行機を引き返させる目的について。これはもう一つしかありません。児玉に高飛びをさせないためですね。罪から逃れるために、高飛びをしようとしていた児玉。本当に山田さんが引き返させたかったのは飛行機ではなく、罪深い彼だったんですね」

山田は天を仰いだ。そこまで見抜かれているのか、という絶望の表情だった。

「山田さんは、手術をして救った真野詩織ちゃんを児玉に殺されていますね。その復讐としての高飛びの阻止ですか」

問い掛けても山田は答えない。一転して顔をうつむかせ、黙秘に入っていた。

「では私から説明しましょう。山田さんにとって、真野詩織ちゃんは亡くなった娘さんの代わりでしたね」

思わぬ発言だった。山田は微かに視線を上げ、驚きの表情を浮かべていた。

「病院に電話して調べましたよ。山田さん、あなたの娘さんは拡張型心筋症という病気で三歳の時に亡くなっていますね。体が弱くて手術に耐えられないということで、山田さんは何もできなかった。そんな娘さんの死を引きずっていたあなたの前に、真野詩織ちゃんが現れました。娘さんと同じ年齢で、同じ病気。話をするうちに情が移ったんでしょう。あなたは、娘さんの形見だった髪ゴムを彼女に譲りました」

山田のデスクにあった写真の少女。あれは亡くなった山田の娘だったのだ。貝殻の飾りがついた髪ゴムも、もとは山田の娘のものだった。

「しかし、詩織ちゃんは児玉に殺されてしまいました。山田さんは児玉に復讐を誓い、ずっとチャンスを窺っていたんです。そして今回、週刊誌に児玉の顔写真が掲載され、高飛び決行日が記載されました。山田さんはそれを受けて、高飛び当日に空港で児玉を待ち構えました。するとと運命のいたずらか、SNSに児玉が高飛びで使う飛行機の便名が書き込まれました。千載一遇のチャンスと思った山田さんは同じ便に乗り、飛行機ごと児玉を日本に引き返させようとしたんです」

山田も、友永と同じ経過をたどって児玉を追っていたということだ。児玉を恨んでいるのは友永一人ではない。こんな状況になるのも不思議ではなかった。

「動機をごまかしていたのは、自分のせいでまたマスコミが真野詩織ちゃんのことをずけずけと報道するのが嫌だったからですね。いかがですか、山田さん。何か間違っていることはありますか」

推理を述べ終えたのか、大神が問い掛ける。山田はうつむいていたが、やがてゆっくりと顔を上げた。そして、寂しそうに微笑むとこう言った。

「検事さんの仰る通りです。間違いなど、何一つありません」

山田は、週刊誌とSNSの情報を元に飛行機に乗った。飛行機ごと児玉を引き返させる目的を持って。座席は、児玉を見張りやすい真横の席を、偶然取ることに成功した。どうやら私と友永より先に良い席を確保していたようだ。

機内で誰を急病人にするか考える中、山田はたまたま入ったトイレで失神していた被害者を発見。息があることを確認した後、これ幸いにと急病人に仕立て上げるためにネクタイで首を絞め、勢い余って殺してしまった。

「首を絞めすぎたのは大きな失敗でした。あの時は焦っていましたから、細かな手加減ができなかったのでしょう」

山田は視線を落として説明した。思わぬ動機だったが、これで話の筋は通った。

「山田さん。お話、よく分かりました」

大神が満足そうに頷いた。これで聴取も一区切りだろう。ここからは調書の作成だと私がパソコンのキーに指を置いていると、大神は予期せぬ言葉を口にした。

「それでは、あなたが算出した被害者の死亡推定時刻についてお話しください」

私も山田も啞然とした。真相はすでに明らかになったというのに。

「どうしてそんなことを話す必要があるんですか。死亡推定時刻なんて無関係ですよ」

山田は呆れたように首元を掻くが、大神はにこやかさを保ったままだった。

「これはただの補足です。私が気になったからお聞きしているだけです」

大神は掌を差し出して促す。山田はわざとらしく大きなため息をついた。

「分かりました。お話しします。死亡推定時刻について何をお話しすればいいですか」

「そうですね。なぜ、あれほど細かく算出できたのかをお話し願います」

山田の表情が翳り、すぐには言葉が返ってこなかった。

「山田さんが算出した死亡推定時刻は、数十分単位まで細かく算出されていました。本来、そういったことは不可能なはずですよね。どうして算出できたんですか」

基本的に、体温、死斑、死後硬直などを見ただけでは、死亡推定時刻は一時間単位までしか算出できない。そのことをきっかけに、大神は山田を疑ったのだった。

「残念ながら、あれは偽装です。児玉を疑わせるために、ありもしない死亡推定時刻を偽装したんです」

山田は声を詰まらせながら答えた。だが、大神はねちこく追及する。

「偽装ですか。どのように偽装したのですか」

「児玉がトイレに行っていた時間と、死亡推定時刻が合致するように嘘の時刻を出しました。そうすれば後々の捜査で彼が疑われると思いました」

山田は額の汗を拭いながら言った。大神の推理とも一致する。これで問題ないと私は思ったが、大神はそうではないようだった。

「おや、児玉がトイレに入っていた時間をご存じでしたか」

「ええ、知っていましたよ。それが何か？」

山田が若干いら立ちながら返答すると、大神は優しい声で訊き返した。

「それは、児玉の動きを逐一見張っていたということですか」

「そうです。恨みのある児玉を見張る。当たり前のことじゃないですか」

「どこからどこまで、児玉を見張っていましたか」

「そんなもの、最初から最後までですよ。ずっと児玉のことを監視していました」

「最初から最後までとは、具体的にはどのぐらいですか」

「ですから、飛行機に搭乗してから降りるまで、ずっとです」

「もう少し具体的にお願いします。搭乗してから降りるまでの間も知りたいです」

「児玉がトイレに行き、戻って来て、死体が見つかって逮捕されるまでずっとですよ」

大神のオープン・クエスチョンに答えるうち、段々と山田の顔に赤みが差していく。

「ずっと見張っていたのなら、なぜ児玉さんがトイレに行ったか、分かりますか」

さらなるオープン・クエスチョン。山田は怒りの表情を浮かべ始めた。

「児玉がトイレに行ったのは、被害者を追ったからでしょう。そもそも児玉はずっと被害者の方をちらちらと見ていて、被害者が席を立った直後にトイレに行きました。見た目にもはっきり分かりましたよ」

山田はもういいだろうという視線を向けてくる。だが、大神は容赦しなかった。

「おや、児玉が被害者を追ってトイレに行ったことをご存知でしたか」

「ええ、そうです」

山田は胸を張って答えたが、次の瞬間には顔面を蒼白にした。

「となると被害者がトイレに立ち、戻って来なかったことを、山田さんは知っていたのではないですか」

大神は口角を上げ、微笑んだ。獲物を照準に捉えたハンターのような笑みだった。

「山田さんはその被害者を、児玉が入っていたトイレで発見したわけですよね。失神していた状態で。どうしてその時、児玉が失神させたと思わなかったんですか」

山田は、偶然入ったトイレで被害者を発見したと証言している。その時、児玉が首を絞めたとは考えていなかったはずだ。それなのにこの状況では、児玉が首を絞めたと考えていたと推測せざるを得ない。

「そう思う余裕がありませんでした。飛行機を引き返させるのに必死でしたから」

「そうでしょうか。山田さんは、児玉がじろじろ見ていた被害者の顔を見たはずです。被害者が席を立った時にね。失神しているのを発見した時、顔を見てこの人だと分かったのではないですか」

「いいえ、ですから、私は必死だったので細かいところまでは見ていなかったんです」

「細かいところを見ていなくとも、被害者が首元に索条痕を残していたのは見たはずでしょう。それと児玉を繋げなかったはずがありませんよね」

一転してクローズド・クエスチョンが続く。勝負をかけているのだろう。

「いいえ、私は……私は酔っ払うか病気になるかして失神していると思いました。索条痕は目に入りませんでした」

「おや、山田さんは被害者の首を絞めたんですよね。首を絞める際には、どうしても首元に目が行くと思いますが。それでも索条痕が目に入りませんでしたか」

山田の反論が止まった。彼は苦しそうに喉を上下させるが、言葉が出てこない。

「分かりました。認めます。私は被害者を発見した時、児玉の仕業だと思いました」

やがて山田はため息をつき、ついに認めた。大神は満足そうに頷いた。

「ですが、私が児玉の犯行を知っていたかどうかということに何の意味があるんです」

ところが、山田はなおも反論してきた。そしてその反論は確かにもっともだった。

「いいえ、意味はあります」

それでも大神は組んだ両手をデスクに乗せ、重々しく言った。

「児玉が被害者を失神させたと知った時、どうしてそのことを周囲に知らせなかったんですか」

山田はきょとんとしたが、やがて理解が染みてきたのか、目を大きく見開いた。

「おかしいじゃないですか。山田さんの目的は、児玉を日本に引き返させることですよね。それなら、児玉が殺人未遂を犯したと知ったなら、素直にそれを証言した方がずっといいじゃないですか。児玉はサンフランシスコに着くなり現地警察に拘束され、やがて日本に移送されるでしょう。ただ単に急病人を発生させて日本に送り返すより、よほどいいですよ。だって急病人を出す方法だと、日本に戻しても別の飛行機で再度高飛びされればアウトです。警察に身柄を拘束される方が百倍いいに決まっています」

大神はそう言い切る。山田はそんな大神に向かって、弱々しく言い返した。

「児玉が逃げるかもしれないでしょう。それなら、確実性の高い急病人の方法を取ろうと思っただけです」

「逃げる？　どこへですか。現場になった飛行機は、高度一万メートル上空を飛ぶ鋼鉄の密室ですよ。何人たりとも、そこからは逃げ出せません。サンフランシスコに着いた後も、連絡を受けた警察ががっちりガードするはずで、逃げ道は存在しません」

「ですが、私の証言だけでは信じてもらえないかもしれません」

「信じてもらえるでしょうね。そもそも、移動の少ない飛行機内での事件です。山田さんの証言と周囲のCAや乗客の証言を総合すれば、すぐに犯人は判明するでしょう」

山田は言葉を切らせて歯を噛み締めた。

「しかし奇妙です。児玉を逮捕させる絶好のチャンスをふいにしてまで、自ら罪を犯す。山田さんの目的は何だったんでしょう」

大神は山田に話を促す。だが、山田は岩のように黙り込んでいた。

「だんまりですか。でしたら、私の考えを述べましょう」

大神はそう言って、山田に顔を近付けた。

「山田さん、あなたの最終目的はやはり、児玉を『殺す』ことでしたね。ただし、あなたが直接殺すのではありません。間接的に殺すのです」

山田がはっとして顔を上げた。そして、あきらめの滲む達観した表情になった。

「今の反応で、全て分かりました」

大神は大きく息を吐いた。全ての終わりを告げるような吐息だった。

そして、彼はその終わりを告げるべく、ゆっくりと口を開いた。

「動機について、何もかも分かりましたよ」

「確かに、あんたは最初、飛行機を引き返させる目的で急病人を作ろうとした」

大神はぞんざいな調子に戻り、椅子に深くもたれかかった。山田はその態度の変容を、驚きを以て見つめている。

「だが、あんたは途中で計画を変更した。その変更に、新しい動機が関わっている」

大神は脚を組んで不敵に笑った。全て見抜いたぞという得意げな態度だ。

「あんたに計画の変更を決断させたのは、児玉が被害者を襲ったことだ。児玉が人を殺しかけた。その事実が重要だったんだ。

まず、あんたは、児玉を見張っていて犯行に気付いた。トイレから不審な態度で出てきた児玉。それを怪しんで、児玉に気付かれないよう反対側の通路を通ってトイレに入ると、被害者が倒れていた。その光景を見た瞬間、あんたの中で色々なものが繋がったんだ。あんたは急病人作りをやめ、目の前の被害者を本当に殺すことを決めた」

驚きで私は震えた。山田は被害者を誤って殺したのではなく、故意に殺したのか。

「では、あんたの中で何が繋がったのかを説明していこう。トイレで失神している被害者を発見した時、あんたの頭には二つの考えがよぎった。一つは、児玉はなぜこんなことをしたのかという疑問。もう一つは、このまま被害者が死ねばどうなるかという計算だ。——まず、なぜ児玉がこんなことをしたかという疑問について。これは早々に結論が出たことだろう。児玉を、真後ろの席でずっと監視していたあんたは、真隣の席の被害者が髪ゴムを落としたことも、児玉がそれを睨みつけすぎてCAに声を掛けられたことも知っていた。少し考えれば、その後に児玉が起こした殺人未遂の動機が髪ゴムであることは明らかだ」

山田は、児玉と被害者のすぐ近くの席にいた。三席離れていた私と友永よりも、髪ゴムの一件はよく目撃できたことだろう。座席のついたてはあったが、髪ゴムを拾ってもらった時の被害者は身を乗り出したはずなので、ついたてを越えて顔も見えただろう。児玉が睨んでいたのも同じように見えたはずだ。

「事件の記事をことごとく読んでいたであろうあんたが、被害女児たちの髪ゴムが盗まれたことを知っていたのは当然だろう。そこからあんたは、自分の髪ゴムを奪われたと思い込み、奪還しようとしたという児玉の動機を察した。さらに、そんな思い込みをした理由を、荷物の中に髪ゴムを隠しているからとも見抜いた」

鋭い観察力だ。だが、そこからどう動機と繋がるのか。

「さて、ここからはもう一つの考え、このまま被害者が死ねばどうなるかという計算について考察しよう。あんたはトイレにいて、失神している被害者の前にいる。犯人の児玉は荷物に髪ゴムを隠していて、盗まれたと思って犯行に走った。そして、児玉は恐らく自分が殺してしまったと思っている」

徐々に、私の中で山田の思考が形作られていった。おぼろげに輪郭が定まり、まさかという実像が焦点を結び始める。

「そう、あんたは児玉に殺人の罪を着せようとしたんだ。児玉自身が殺したと思い込んでいるんだから、罪を暴かれれば最終的には認めるだろう。完璧な冤罪の完成だ。しかし、これだけの理由ならあんたは殺人を犯さなかった。殺人はリスクの高い犯罪だ。よほどの見返りがない限り、あんたのような慎重な人間はリスクを冒さない」

もはや間違いなかった。私にも見えている。山田の動機が、何もかも。

「だが、あんたはそのリスクある犯罪を行った。それは、充分な見返りがあったことを意味する。ではその見返りは何だ。日本に引き返させること、というのは弱い。それなら児玉の犯行を証言すればいいだけだからだ。わざわざ殺す必要はない。だとしたら、あんたが殺人を犯すことで得た見返りは、一体」

大神はそこで言葉を区切り、重々しい事実を告げるべく一つ息をついた。

「では、あんたの犯行がばれていなかったら、児玉がどうなっていたかを考えよう。まず、飛行機内での殺人事件で、殺人罪で逮捕。そして過去の二件の殺人罪でもゆくゆくは逮捕されるだろう。合計三件の殺人罪。裁判では死刑が求刑されるはずだ」

児玉の死刑。一度、大神、友永とその話をしたのを、よく覚えている。永山基準の話が出た。二人殺せば死刑かそうでないかのグレーゾーン。三人なら、死刑妥当。

「もはや動機は明白だ。あんたは、児玉を死刑にしようとした。飛行機での事件は殺人未遂だから、このままだと殺人三件という永山基準に合致しない。でも、殺人未遂から殺人にグレードアップしてやれば、基準に達する。そして、あんたは過去二件の殺人の証拠である髪ゴムを、児玉が隠し持っていることに気付いている。だから、児玉が飛行機での事件で逮捕されれば、髪ゴムが見つかって過去二件の殺人でも逮捕されると見越していた。とっさの機転にしては実に見事だ」

大神は称賛の言葉を送る。だが、山田は黙って視線を落としていた。

「あんたのもともとの目的は、誰も殺さず飛行機を引き返させることだ。機転を利かせたがゆえに、計画にない殺人を犯してしまったな。児玉が周囲を気にしていて、警戒心丸出しだったことで、殺そうと思っても殺せなかったことも影響したか」

山田は無念そうにうつむいたままだった。確かに、被害者を殺すと考えた時、それなら児玉を殺すという考えも浮かんだはずだ。だが、最大級の警戒を保っている児玉を殺せるチャンスはまず存在しない。そこで山田は児玉殺しをあきらめたのだろう。

「さあ、どうだ。俺の喋ったことに何か間違いはあるか」

大神は遥《はる》かな高みから見下ろすような口調で言った。山田はすぐには反応を見せなかったが、やがてゆっくりと顔を上げ、小さな声で答えた。

「全て、検事さんの仰る通りです」

「どうぞ罰してください。私はエゴで殺人を犯しました。私も、児玉と同じ薄汚い殺人者です。生きる価値などありません」

全てを認めた山田は、頭《こうべ》を垂れて自分を非難する。だが、私はそんな山田のことが憐れでならなかった。

山田のために何かしてやりたい。そう強く思うものの、何をすればいいのかが分からなかった。それに、室月凛奈の事件のことを思い出してしまい、口が開かなかった。あの事件で、私は出過ぎた真似をして最悪の結果を招いてしまった。今回も同じような結果になってしまうんじゃないかと思うと、体が震えて声が出ない。

「では、調書を作成しよう。朝比奈、準備はいいか」

大神が調書作成に取りかかる。私はパソコンのキーに指を置いたが、頭の中は真っ白だった。無力な自分が悔しく、悲しかった。自分は何のために検察事務官になったのか。室月凛奈の事件のような悲惨な結末を招くためだったのか。息苦しくなるほど、胸が締め付けられた。

「おい朝比奈、聞いているか」

大神のやや強い声で我に返った。顔を上げると、大神と山田が怪訝そうに私のことを見つめていた。

「調書作成もまともにできないのか。無能だな」

「すみません」

私はすぐに姿勢を正し、パソコンのキーに再度指を置いた。だが、室月凛奈の事件で、大神から報告を受けた時の衝撃が思い起こされる。私の胸はえぐられた。今すぐにでも頭を抱えて泣きじゃくりたい。そんな衝動に駆られた。

山田のことを救えない。室月凛奈の事件でもあの人を救えなかった。胸が痛い。視界がぼやけ、今にも涙がこぼれそうだった。

「どうやらこの事務官は、まともに職務を遂行できない無能らしい」

大神の冷たい声が響いた。私は慌てて顔を上げる。すると、大神の刺すような鋭い視線と、私の視線が交錯した。

「この事務官は本当に無能だ。仕事も雑用も大してできない半人前のくせに、自分の主張だけはやけに強い。そして自分は何かができると思い込んでいる。だから、事務官の分際で、被疑者を救うなんていう理想論を簡単に振りかざす」

もっともな糾弾《きゅうだん》だった。同じ台詞を以前に聞いていても大神のひねくれた言葉としか思わなかっただろう。だが、今となっては痛いほど実感できる。

大神は私のことを軽蔑しているだろう。もういっそこのまま消えてしまいたかった。

「しかも表情にすぐ出る。今もこいつの顔を見ていれば分かる。山田、あんたのことを救おうと考えている」

思考を読まれて恥ずかしかった。しかも、山田を救うことは私には絶対にできない。

屈辱が全身を駆け巡った。

「事務官の分際で人を救おうなんて、おこがましいにもほどがある。身のほどをわきまえろと強く言いたい。俺はそういう同情心が大嫌いなんだ」

もう嫌だ。デスクに突っ伏しそうになったその時、大神の意外な言葉が響いた。

「だが、時として同情心を発揮すべき場というものは存在する」

何を言っているんだ。私は自分の耳がおかしくなったかと思った。

「山田、あんたは確かに罪を犯した。無関係の人を殺したんだ。その罪は決して消せない。一生かかって償っていくものだ」

大神は真剣な調子で語りかける。私は呆然としてそれを見ていた。

「そして、あんたは自分には生きる価値がないと言った。だが、それは違う」

大神の眼差しは真摯なものに変わっていた。その眼差しで、大神はこれまで面倒臭いと言って触れてこなかった部分に話を進めている。

「そんな。でも、私は無関係の人を殺しています。やはり生きる価値などありません」

山田は首を振って、大神の言葉を否定する。それでも、大神は柔らかく続けた。

「ではどうして、真野詩織ちゃんは殺されるまでずっと、髪ゴムを付けていたんだ」

山田はきょとんとした表情を浮かべた。髪ゴムは、山田の幼い娘の遺品だったものを、親しくなった真野詩織に譲ったものだった。

「殺された時、真野詩織ちゃんはその髪ゴムを付けていた。俺は病院に電話で照会したんだが、その時に、彼女がこの髪ゴムをとても大事にしていたと聞いた。お医者さんからもらってお守りにしていた、と」

山田の表情が困惑に揺れた。その表情から、頑なさが溶けるように消えていく。

「彼女の人生は短かった。だが、決して不幸なものではなかっただろう。山田浩之という優しい医師と出会うことができたんだから」

山田は食い入るように大神の話を聞いている。一言も聞き逃すまいとして。

「あんたは確かに罪を犯した。それは許されるべきものではない。けれど、真野詩織ちゃんを始めとして、あんたが今まで人を救ってきたという、かけがえのない事実までは否定しなくていい。断じてしなくていい。だから生きる価値がないなんて言うな」

大神は熱のこもった声で訴えた。山田は黙ってそれを聞いていたが、やがて彼の表情がぐにゃりと歪み、瞼から涙がこぼれ出た。

「検事さん、ありがとうございます」

山田はうつむいて目元を拭った。どこか、これまでの硬さが取れた仕草だった。きっと、彼は救われたのだろう。

そして、私の心にも救いは広がっていた。犯した罪は許されない。しかし、今まで人を救ってきた事実は否定しなくていい。その言葉は、私に掛けられたもののように強く響いた。

私は、全てを否定しなくていいのか。曇り空に一筋の切れ目が入り、そこから光が差し込んでくる。そんな風景が見えたような気がした。

「さあ、もういいか。それでは調書の作成を再開する」

大神はまたぞんざいな口調に戻り、デスクに組み合わせた両手を置いた。私は慌ててパソコンのキーに指を置き、調書作成の準備を整えた。


「ふう、こってり絞られたよ」

闇に沈んだ千葉県警の玄関前。私が駆け付けると、友永はすでに待ち構えていた。

「参ったよ。お偉いさんが次々出てきて説教続き。疲労困憊《こんぱい》だ」

友永は笑うが、その笑みはぎこちない。どうやら相当厳しく言われたらしい。

「それで、処分はどうだったんですか」

メッセージアプリでは教えてくれなかった核心を突く。友永はますます苦笑した。

「朝比奈は単刀直入だな。まあいい、答えよう。指揮命令系統を無視して、単独で児玉を追って逮捕までし、多大なる迷惑を各所に掛けた処分は」

私は目をつぶった。遠方への左遷、あるいは懲戒免職という返事も覚悟していた。

「処分は、三ヶ月間の減給だけだ。捜査一課にも残ることになった」

「え、それだけですか」

思わず本音がこぼれた。唖然とする私を前に、友永は頭を掻いている。

「まあ児玉も逮捕、送検できたし、結果オーライってところか。上層部も、ことを大きくはしたくないみたいだしな」

肩の荷が下りた。私は安堵でその場に崩れ落ちてしまいそうだった。

「朝比奈の処分は戒告だったか。お互い軽くてよかったな」

友永は明るく笑う。今度の笑いは晴れやかで、一片の曇りもなかった。

友永にとって、ようやく念願が叶ったのだ。それに相応《ふさわ》しい笑顔だった。

「そういえば朝比奈、妙に晴れやかな顔をしているな。何かあったか」

友永が探るように問い掛けてくる。私ははっとしたが、すぐ口元を緩める。

「大神検事に救われたんです」

「え、大神検事に？」

友永は驚いたようだったが、私が説明を始めると黙って聞いてくれた。室月凛奈の事件の絶望から、今日、山田への聴取で大神が見せた優しさ。そして――。

山田の調書を作成し終えた後のことだ。制服警察官が山田を連れて去って行った後、執務室には気まずい沈黙が漂った。これを破るべきか思案していると、先に大神が口を開いた。

「勘違いするなよ」

大神はパソコンのキーを叩きながら、いつものぞんざいな口調で言った。

「今回のことは、あんたが調書を作成できるようにするためにやったことだ。別にあんたのためを思ってやったんじゃない」

大神はキーを叩き続ける。その間一切こちらに視線を向けなかった。

「全く、無能な事務官を持つと、慣れないことまでしないといけないから困る」

大神はなおもキーを叩く。そのキータッチは淀《よど》みなく、むだな動きが一切なかった。

だがよく聞くと、タッチ音がいつもより速い。速すぎるぐらいだ。

大神なりに動揺しているのか。そう感じると、言いたかった言葉が自然と口を衝《つ》いて出た。

「検事、ありがとうございました。お陰で私、救われました」

大神はなおもタイピングを続けたが、唐突にそれをやめて大きなため息をついた。

「厄介な病気がうつったようだ」

予期せぬ言葉に私が聞き返そうとすると、大神は首を振って制した。

「俺は、同情心という厄介な病気をうつされた。他でもないあんたによって」

大神は首をこちらに向けて捻り、真っすぐに私のことを見つめた。

「俺は被疑者に同情していた。あんたを職務可能な状態に戻すためという言いわけのもと、同情心を発揮してしまった。検事らしからぬことだ。大いに反省している」

大真面目な態度で、大神は語る。本気で反省しているようだ。

どこまでも自分の主義に忠実な人だ。彼の様子を見ているうち、私の頬は緩んだ。

「何を笑っている。失礼な奴だ」

大神は呆れたように視線を逸らし、またパソコンに向き直った。

「それでこそいい検事になれますよ、大神検事」

私がつぶやいたその一言は、大神の耳に届いただろうか。私の耳に届いたのは、いつもより速すぎる大神のタイピング音だけだった。


「へえ。大神検事が。意外だな」

友永はにやにやしながら話を聞いている。大神の態度でも想像したのだろうか。

「でもまあ、これで朝比奈も大神検事とうまくやっていけそうだな」

友永が言ったことに、私は頷いた。大神のためにとことん尽くそうという気持ちは、私の中で確かな形を作っていた。

「よかったじゃないか。色々あったけどな」

ふと友永が神妙な面持ちになった。そして視線を上げる。何だろうと私が目でその先を追うと、夜空には綺麗な満月が浮かんでいた。

「綺麗な月ですね」

そう言ってから、私は思わず口元を手で押さえた。室月凛奈の事件の後、こんな風に月を綺麗と思ったのは初めてだったからだ。

「あ、私……」

事件のことを思い出し、続ける言葉に詰まる。しかし、そこで友永が言った。

「いいじゃないか。月が綺麗なら、素直に綺麗って言えばいい。誰にも気兼ねすることなくな」

あの人の顔が思い浮かぶ。申しわけない気持ちが募ったが、その気持ちも忘れないでいることが必要だと思った。その上で、前を向いて歩いていくのだ。

「そうですね。月が、綺麗です」

私は夜空を見上げた。真っ暗な闇の中に明るく浮かぶ月は、優しい光を放っていた。

本当に、綺麗だった。

「大丈夫、私は大丈夫」

私は、あのドラマの台詞を口にした。以前は空疎に響いた台詞だったが、今はその力を取り戻していた。私に新しい活力をくれる。

そう。きっと、大丈夫。私は大丈夫。

この物語はフィクションです。もし同一の名称があった場合も、実在する人物・団体等とは一切関係ありません。

《参考文献》
『改訂　精神分析的人格理論の基礎　―心理療法を始める前に―』馬場禮子（著）二〇一六年　岩崎学術出版社
『虚偽検出　嘘を見抜く心理学の最前線』P・A・ギヨンゴビ　A・ヴレイ　B・フェルシュクーレ（編著）荒川歩　石崎千景　菅原郁夫（監訳）二〇一七年　北大路書房
『検事失格』市川寛（著）二〇一二年　毎日新聞社
『検事の仕事　ある新任検事の軌跡』阪井光平（著）二〇一三年　立花書房
『記憶を消す子供たち』レノア・テア（著）吉田利子（訳）一九九五年　草思社
『異邦人』カミュ（著）窪田啓作（訳）一九六三年　新潮社
『死体の視かた』渡辺博司　齋藤一之（著）二〇一〇年　東京法令出版
その他、検察庁ホームページ（https://www.kensatsu.go.jp/top.shtml）など多数のインターネットサイトを参考にしています。

宝島社
文庫

認知心理検察官の捜査ファイル 検事執務室には嘘発見器が住んでいる

(にんちしんりけんさつかんのそうさふぁいる　けんじしつむしつにはうそはっけんきがすんでいる)

2022年6月21日　第1刷発行

著　者　貴戸湊太
発行人　蓮見清一
発行所　株式会社 宝島社
〒102-8388　東京都千代田区一番町25番地
電話：営業 03(3234)4621／編集 03(3239)0599
https://tkj.jp
印刷・製本　中央精版印刷株式会社

ISBN 978-4-299-02965-2